背对故乡

鲁迅文学的多维阐释

张全之 著

山西出版传媒集团
山西人民出版社

目录 CONTENTS

第一辑

论鲁迅小说中的祭祀仪式 …… 3

鲁迅在厦门时期思想与生活态度的变迁 …… 16

“这历史没有年代”——重释鲁迅的文化—历史观 …… 26

背对故乡——鲁迅的思乡心理与其小说创作 …… 38

鲁迅文学创作高峰出现的原因探析 …… 44

为什么要废除汉字？——兼对一种流行说法的辨正 …… 53

鲁迅的“硬译”—— 一个现代思想事件 …… 61

论鲁迅小说与日常生活的关系 …… 69

第二辑

《阿Q正传》:“文不对题”与“名实之辨” …… 77

中国读书人的两种角色:“主子”与“戏子”——重读《孔乙己》 …… 89

肺病的隐喻——重读鲁迅的《药》和《孤独者》 …… 97

爱又如何——《伤逝》细读 …… 106

佛学语境中的启蒙反思——《求乞者》细读 …… 110

永远的地狱——《失掉的好地狱》细读 …… 116

第三辑

小说与启蒙——从一个角度比较鲁迅与梁启超 …… 123

从施蒂纳到阿尔志跋绥夫——“个人的无治主义”对鲁迅思想与创作的影响 …… 131

鲁迅与“东方主义” …… 146
鲁迅与无政府主义关系研究的述评与反思 …… 152
新时期鲁迅与梁实秋关系的研究述评与反思 …… 164
第四辑
鲁迅作品与中学语文教学 …… 187
鲁迅部分名篇导读 …… 200
后记 …… 212

第一辑

论鲁迅小说中的祭祀仪式
鲁迅在厦门时期思想与生活态度的变迁
“这历史没有年代”——重释鲁迅的文化—历史观
背对故乡——鲁迅的思乡心理与其小说创作
鲁迅文学创作高峰出现的原因探析
为什么要废除汉字？——兼对一种流行说法的辨正
鲁迅的“硬译”——一个现代思想事件
论鲁迅小说与日常生活的关系

论鲁迅小说中的祭祀仪式①

一、祭祀仪式的社会文化功能

仪式活动是人类生活的重要内容。台湾著名人类学家李亦园先生将人类的行为分成三个范畴：一是实用行为(Practical Behavior)，指为了达到某种现实目的而采取的应用行为，如为了解渴而举杯喝水；二是沟通行为(Communication Behavior)，指没有实用目的的示意性行为，如举一下茶杯示意客人该离开了(所谓端茶送客)；三是巫术行为(Magic Behavior)或崇奉行为(Worship Behavior)，如向神像举杯表示敬意。李亦园先生认为，在这三种行为中，后两种都属于"仪式行为"②。因此，仪式是人与人之间(沟通行为)、人与"神"(自然)之间(崇奉行为)相互沟通的重要手段。而在所有的仪式行为中，祭祀仪式最具有普遍性和影响力。我国古代就有"国之大事，在祀与戎"③、"礼有五经，莫重于祭"④的说法，直到今天，各种不同的祭祀仪式还普遍存在于人们的日常生活中。鲁迅作为一位密切关注乡土民俗的小说家，在作品中多次写到祭祀仪式，有时还将其当作重要的艺术手法借以表达自己的见解，这就为我们通过这一文化行为来透视其小说

---

①本文原刊于《中国现代文学研究丛刊》，1999(4)，发表时题为：《祭祀仪式：鲁迅小说的文化人类学阐释》，今略作改动。

②李亦园：《人类的视野》，上海文艺出版社，1996年版，第178—179页。

③《十三经注疏》，中华书局，1980版，第1911页。

④《十三经注疏》，中华书局，1980版，第1602页。

的价值提供了巨大的可能性。

祭祀仪式，起源于远古时期，它同情绪、观念一起构成人类宗教活动的三大要素，在人类历史进程中经久不衰，发挥着巨大的政治文化功能，成为人类进化过程中的“文化化石”。

人类最早举行的祭祀仪式是图腾祭祀。在原始社会早期，人类不能区分动物与植物、事物与自然现象及人与其他动物之间的不同，却认为他们之间有某种神秘的联系，即列维·布留尔所说的“互渗律”[①]。在此基础上，人类形成了最初的世界观——万物有灵观。这一在各民族蒙昧时期普遍存在的世界观主要由两方面构成：第一，各个动物的灵魂“在肉体死亡或消灭之后能够继续存在”；第二，存在着威力强大的神灵，他们“影响或控制着物质世界的现象和人的今生和来世的生活，并且认为神灵和人是相通的，人的一举一动都可以引起神灵高兴或不悦；于是对它们存在的信仰就或早或晚自然地甚至可以说必不可免地导致对它们的实际崇拜或希望得到它们的怜悯”[②]。这不能不说是后世关于鬼神观念的发端。既然万物都有灵魂，原始人就将自己的生存与周围的某一事物（或动物）联系在一起，并将其当作自己的实物祖先和氏族的标志进行膜拜，这便是最早的图腾崇拜。图腾崇拜产生以后，随之便有了约束同一图腾成员的禁忌。禁忌(Taboo)“代表了两种不同方面的意义。一方面，是‘崇高的’、‘神圣的’；另一方面，则是‘神秘的’、‘危险的’、‘禁止的’、‘不洁的’”[③]。这两种含义决定了人们对待图腾的两种心理：祈祷与恐惧。这种复杂的原始心理被深深地镶嵌在为图腾举办的祭祀仪式之中，使该仪式成为人类最初的也是最重要的文化活动。随着人类对自身的认识不断加强，图腾崇拜渐渐被祖先（人祖）崇拜所取代，死去的祖先受到隆重的祭祀。由图腾（实物）祭祀到祖先（人）祭祀，祭祀的对象发生了改变，但祭祀者的心理和目的却被保留了下来，“内容积淀为形式，想象观念积淀为感受”[④]，祭祀仪式获得了独立性和权威性。随着时间的推移，祭祀仪式不仅承传着既往的情绪、观念和想象，它还在不断延续的过程中，开发出内部隐含的或滋生出的情绪、观念和想象。统治者有时也会利用仪式的神圣性，来推行自己的政治主张。中国传统社会中等级观念的神圣性正由此而来，因为祭祀仪式从

---

①参见[法]列维·布留尔著，丁由译：《原始思维》第二章，商务印书馆，1981年版。

②[英]爱德华·泰勒著，连树声译：《原始文化》，上海文艺出版社，1992年版，第414页。

③[奥]弗洛伊德著，文良文化译：《图腾与禁忌》，中央编译出版社，2005年版，第19页。

④李泽厚：《美的历程》，文物出版社，1981年版，第18页。

它诞生的时候起，就为人类社会埋下了等级制和权威崇拜的种子。在祭祀图腾或祭祀祖先的时候，主祭者往往就是氏族的首领，在祭祀过程中，首领被看作是神的意志的体现者，这就给氏族首领的权威涂上了一层神秘色彩，为后世“君权神授”提供了最早的心理基础。

人类进入阶级社会以后，祭祀仪式的文化功能得到加强，成为统治者推行政治策略的重要手段。所谓“有天下者，祭百神”①，“祭者，敬之本也”②，充分说明了祭祀仪式对人们行为的规约能力。而祭祀仪式中所包含的等级观念成为统治者们有意或者无意的统治手段，祭祀仪式走向规范化：“王立七庙”、“诸侯立五庙”、“大夫立三庙”③等种种规定，充分体现了政治地位与祭祀仪式之间密不可分的关系。在民间，祭祀活动也成为普通百姓日常生活中最神圣、最隆重的仪式，他们通过祭祀祛灾祈福，而为了祭祀举行的歌舞，往往成为一年中最快乐的群体娱乐活动。正是这种自上而下的祭祀活动，传播和强化着中华民族长期以来形成的种种情绪和观念。《礼记》将祭祀的意义分为十条（“祭有十伦”），其中除第一条“见事鬼神之道”是祭祀的本意外，其余九条像“见君臣之义”、“见父子之伦”、“见贵贱之等”、“见夫妇之别”等，都指出了祭祀在维护社会秩序方面的教化功能。随着人类文明的发展，祭祀仪式在不断地发生变形，但万变不离其宗，即使到今天，广泛存在于民间的各种祭祀活动，依然凝冻着来自远古时代的信息。一位西方学者指出：“虽然中国人早在从前的多少年代就已经从野蛮状态升到他们现在独特的文化水平，在他们那墨守成规的宗教中，对祖先灵魂、自然精灵和仁慈之天的关于求雨、求收获、求财富的祷文……在长期中几乎依然没有变化。”④因此可以说，祭祀仪式是中国传统（自远古以来的传统）文化中意义汇集的符码。

二、鲁迅与中国的祭祀文学传统

祭祀仪式与各种艺术之间，有着极为密切的关系。氏族作为“宗教发展的天然核心和宗教意识的发祥地”，是各种艺术形式得以产生和发展的重要基础。也

①《十三经注疏》，中华书局，1980 版，第 1588 页。
②《十三经注疏》，中华书局，1980 版，第 1604 页。
③《十三经注疏》，中华书局，1980 版，第 1589 页。
④[英]爱德华·泰勒著，连树声译：《原始文化》，上海文艺出版社，1992 年版，第 802 页。

正是在这一时期，以祭祀仪式为核心的礼乐制度开始萌芽。毫无疑问，图腾祭祀和祖先祭祀时的歌舞、岩画、祭祀仪式上讲述的神话，成为早期的艺术形式。鲁迅指出："昔者初民，见天地万物，变异不常，其诸现象，又出于人力所能以上，则自造众说以解释之：凡所解释，今谓之神话……故神话不特为宗教之萌芽，美术所由起，且实为文章之渊源。"①根据学术界目前研究的成果，位居中国文学源头的两部经典《诗经》和《楚辞》，其中大部分篇章是祭祀时用的祭歌②。文学与祭祀之间密不可分的关系，对后世文学产生了不可估量的影响。

鲁迅的故乡绍兴，自古就是"春祭三江，秋祭五湖"③的"淫祠滥祭"之地。来自原始宗教的习俗和信仰，在这一带仍然广为流传着；各种祭祀仪式，依然盛行于民间。对当地的人们来说，一年之中最隆重最热闹的事情就是祭祀了。夏至冬至祭天、中秋春节祭祖等，都是必不可少的项目。除家中的常规祭祀外，还要定期到墓地去给死去的亲人祭祀，如拜岁头、送寒衣、拜岁尾等。通过这些仪式，人、鬼、神之间的距离被大大缩短——他们就像邻居一样，按照同样的生活逻辑相互需要、相互满足着，而祭祀仪式是使这种关系始终处于和谐状态的重要手段，如果没有它，人神鬼的关系就会失调，人们将生活在恐惧之中。周作人在其散文《上坟船》、《关于祭神迎会》、《关于扫墓》及《两种祭规》中，较为详细地介绍了绍兴的祭祀风俗，此不赘述。围绕着各种祭祀仪式，民间都要上演一些颂神或驱鬼的戏曲。鲁迅较为熟稔的祭祀演剧主要分为三种："一是在各神庙所祀诸神的诞生日等日子为谢神娱神而演出的'庙会戏'；二是旨在超度祖灵与亡魂的'目连戏'；三是旨在镇抚给村镇带来灾祸与疫病的祭鬼的'大戏'"④。鲁迅看戏的经历与记忆，在他的作品中频频出现："社戏"是为了祭祀土地神而演出的戏曲（《社戏》）；阿Q最喜欢唱的戏文"我手执钢鞭将你打"出自"目连戏"（《阿Q正传》）；在《朝花夕拾》中，他回忆了小时看迎神赛会时的情景（《五猖会》、《无常》），并对高唱"那怕你，皇亲国戚"的活无常留下美好的印象。祭祀仪式是传统观念的重要载体。鲁迅故乡广泛存在的祭祀仪式及祭祀演剧，为少年鲁迅营造

①《鲁迅全集》，人民文学出版社，1981年版，1991年北京第5次印刷，第9卷，第17页。特别说明：本书后面所引《鲁迅全集》，凡是属于这个版本的，就不再一一注明，只标出卷号和页码；不是属于这个版本的将加以详细标注。

②《诗经》的祭祀特征，可参见张岩《图腾制与原始文明》，上海文艺出版社，1995年版，第8章；《楚辞》的祭歌模式，可参见过常宝《楚辞与原始宗教》一书，东方出版社，1997年版。

③[东汉]袁康、吴平辑录，俞纪东译注：《越绝书全译》，贵州人民出版社，1996年版，第267页。

④[日]丸尾常喜著，秦弓译：《"人"与"鬼"的纠葛》，人民文学出版社，1995年版，第22—23页。

了人、鬼、神杂居的传统文化氛围。鲁迅有时自愿或不自愿地参与到这类祭祀活动中去。在一次驱鬼演出中，少年鲁迅曾扮演过一个“鬼卒”；在他的祖母去世时，他被迫按照古老的葬仪为祖母送葬，这一情节后来被写入小说《孤独者》中，可见对其影响之深；在他的父亲去世时，他亲眼看见了父亲临终时的烦琐仪式（《父亲的病》）。来自故乡的这些童年记忆，深深地影响着鲁迅，使他自觉或不自觉地将天堂、地狱当作潜在的价值参照来透视人间世态。20 世纪 20 年代，他面对中国黑暗的现实就曾说：“华夏大概并非地狱，然而‘境由心造’，我眼前总充塞着重迭的黑云，其中有故鬼，新鬼，游魂，牛首阿旁，畜生，化生，大叫唤，无叫唤，使我不堪闻见。”[①]而在其小说创作中，以天界和冥界来映照人间的不幸和罪恶，更是他常用的手法。

尤其引人注目的是，鲁迅在从事文学活动之前，就撰写了一篇祭文，即《祭书神文》[②]。这篇长期以来不被重视的文章，至少在三个方面可引起我们的思考：第一方面，这是鲁迅作品中唯一一篇骚体文章。鲁迅酷爱《离骚》。《离骚》在结构上采用了楚国当时流行的祭歌模式，诗里面包含着丰富的祭祀文化信息。所以鲁迅采用骚体祭祀书神，正是基于他对《离骚》的深刻理解和把握。《祭书神文》中也有“狂诵《离骚》兮为君娱，君之来兮毋迟迟”的句子，这说明鲁迅对以《离骚》为代表的祭祀文学传统极为重视。第二方面，鲁迅祭祀书神说明他深受家乡祭祀风俗的浸染。我们不能简单地将祭祀书神的活动斥为迷信，也不必为贤者讳，从而否认鲁迅的祭祀活动。祭神与迷信鬼神并不是一回事。由于祭祀活动成为春节必不可少的内容，致使一些不迷信鬼神的人，也要履行这些手续，以表达对死者的悼念或对幸福的企盼，同时也可增添节日的气氛，就像我们今天贴春联，却很少有人相信它的避邪作用一样。第三方面，也是最重要的一点，鲁迅在祭文中注入了新的内容，并在对书神的祭祀中，抒发了自己的情怀，这一点更像《离骚》。屈原借用楚国祭歌的形式，将“个人的身世，国家的命运，变成哀怨和愤怒，火浆似的喷向听众，炙灼着，燃烧着千百人的心”[③]。可以说年轻的鲁迅深刻地领悟到了《离骚》借流行的祭歌模式来抒发个人情怀的特征，使他的《祭书神文》超出了一般祭文的范畴，成为个人的抒怀之作：“钱神醉兮钱奴忙，君独何为兮守残籍？华筵开兮腊酒香，更点点兮夜长。人喧呼兮入醉乡，谁荐君兮一觞。”

---

①《鲁迅全集》第 3 卷，第 68 页。

②《祭书神文》写于 1901 年，收入 1981 年版《鲁迅全集》第 8 卷，第 472 页。

③《闻一多全集》，生活·读书·新知三联书店，1982 年版，第 1 卷，第 256 页。

“钱奴”们利欲熏心，争相祭祀“钱神”，书神倍受冷落，鲁迅却将这位寂寞之神引为知己：“绝交阿堵兮尚剩残书，把酒大呼兮君临我居。”大有不与世俗同流合污的志向。这与屈原借诸神之气势以抒胸臆的笔法有着异曲同工之妙。《祭书神文》可以说是解读鲁迅小说的一个密匙，也是鲁迅文学活动的一次演习。它像一个胚胎一样，带有作家“争天拒俗”(《摩罗诗力说》)的个性印记。远古的祭祀文学传统与故乡的祭祀文化氛围，或隐或显地制约和影响着鲁迅的小说创作，因此，要分析鲁迅小说的文化价值，就不能忽视祭祀仪式在其小说中的地位。

三、祭神(祖)仪式：多元世界的生存挣扎

鲁迅小说包含着大量有关祭祀仪式的描写。据笔者统计，在《呐喊》、《彷徨》的25篇小说中，出现（有时是梦幻或想象）祭祀场景（包括葬仪）的有6篇：《药》、《明天》、《祝福》、《孤独者》、《伤逝》、《弟兄》；涉及祭祀器具、场所或迁坟的有5篇：《故乡》、《阿Q正传》、《社戏》、《在酒楼上》、《长明灯》。在近半数的小说中出现祭祀仪式或有关祭祀场景、场所或器具的描写，这不是偶然的巧合，而是一个有着丰富文化内涵的文学现象。祭祀死去的亲人是中国人的义务，而死后成神被后人祭祀是中国人的理想。中国人在活着的时候，还要不时地为死后的“生活”打算：养育后代、修建坟墓。阴间作为每一个生者的最终归宿，成为支配现实人生的一股重要力量。阿Q担心“死后没人供一碗饭”而向吴妈求爱。涓生在子君死前和死后，脑海里多次浮现出子君的葬仪和“唱歌一般的哭声”，暴露了他渴望摆脱生活重负的潜在欲望；张沛君在弟弟病重时，梦境与幻觉中出现了弟弟的葬礼，在弟弟转危为安后，他争着去埋葬东郊倒毙的“无名男尸”，无意中暴露了“兄弟怡怡”背后的私心(《弟兄》)；单四嫂子为了让宝儿在阴间活得开心，将他生前的玩具等都一起放进棺材。在这一系列小说中，我们都可看到鲁迅对祭祀(包括葬仪)文化内涵的挖掘。祭祀仪式是连接人、鬼、神三界的桥梁。它在作品中的频繁出现，使鲁迅小说的艺术空间成为多元的立体世界。而我们在已有的研究中却将其看成一个平面的世界。如在第一部分中所论述的那样，从人类开始睁开迷离的眼睛去认识周围的世界时，世界就不是一个单一的存在，而是一个复合体。在他们的意识中除了他们生活的世界之外，还有一个他们看不见的世界，即神界，它由神、祖先(人死后的灵魂)及图腾和所有事物的“灵魂”构成。现实世界中的日月星辰、风云雷电、春夏秋冬及生老病死，这些人们还无

法解释的现象，都被看作是另一个世界的表象，无一不在神的控制之下。人们在现实生活中，如果要利用或者改变现实世界中的一草一木，都必须获得另一世界的理解和支持，否则就会受到惩罚。例如印第安人相信“疾病，特别是风湿病，其起源应归因于对猎人生气的动物所完成的神秘行动”①。在同时或者稍后，随着人们对死亡的认识，人们又为自己的灵魂另外寻找了一个处所，这样第三个世界——冥界出现了。神界、人间和冥界，构成了古人最基本的宇宙观。屈原在《招魂》中，对天界和冥界进行了较为详细的描绘；长沙马王堆出土的汉代帛画，为我们形象地再现了神话中的三层宇宙：最上层的是天堂，一位人面蛇身的主神端坐中央，上面是日、月、神鸟、飞龙和神仙；中层自象征天盖的圆形伞顶到下部的大地及人物、蛟龙、仙禽等图案，表现的是人间世界；大地以下的一层是冥界，中间是一个巨人，他站在两只巨大的鳌鱼之上，横跨一条大蟒蛇，双手及头部顶着大地。这正是原始人三位一体的宇宙观。生存的需要，强迫人们与另外两个世界交流：人们需要表达自己的愿望，以便获得神的支持，祭祀仪式正是现实世界与其他两个世界交流的重要手段。随着人类文明的进步，人们一步步走出了原始的蒙昧混沌状态，但三元世界的观念不但没有削弱，反而越来越被强化。在道教学说中，神界与冥界的秩序愈加井然、严密，其对人间的干预和控制能力得到加强：“中国本信巫，秦汉以来，神仙之说盛行，汉末又大畅巫风，而鬼道愈炽。”②鲁迅认为“中国根柢全在道教”③，正是看到了道教对蒙昧文化的继承和强化。从这一对中国文化的深刻洞察出发，鲁迅在他的小说中，按照民间的三元宇宙观，构筑了一个三元世界，而祭祀仪式是三元世界的一个结合部。

《祝福》和《长明灯》是祭神（祖）小说的代表。在以往的研究中，我们着重分析了它在现实层面（人间）上的社会意义和文化批判价值，但对这两篇小说来说，这是远远不够的。祥林嫂的悲剧不只是在人间，而是在人—鬼—神三元立体世界中完成的。在小说中，祥林嫂的生命图式如下：

①亡夫—②做佣人—③再嫁—④亡夫失子—⑤做佣人—⑥冬至祭祖—⑦沦为乞丐—⑧祝福时死亡

在这一生命图式中，⑥和⑧是两次有关祭祀的描写，是祥林嫂命运的转折

---

①[法]列维·布留尔著，丁由译：《原始思维》，商务印书馆，1981 年版，第 29 页。

②《鲁迅全集》第 9 卷，第 43 页。

③《鲁迅全集》第 11 卷，第 353 页。

点。祥林嫂像一个跨栏运动员一样，越过了①②③④⑤这重重的人生痛苦，却在⑥这一看似与她关系不甚密切（鲁家祭祀，她只是配角）的障碍面前跌入深渊，从此命运急转直下，心理失去平衡，到情节⑧（又一次祭祀）时，她走向了人生的终点。小说的题目是从情节⑧中选取的，可见祭祀情节在作品中的核心地位。

从现实人生层面（人间）上来说，情节①和情节④是祥林嫂一生中最不幸的时候：她两次失掉丈夫，唯一的儿子又被狼叼走了，这对一个女人来说，确实称得上是塌天之祸。从作家这一角度来说，这也是充分展示祥林嫂不幸命运的最佳时刻，许多言情小说正是在这类"关键"情节上大做文章的。但在《祝福》中，我们很容易发现，鲁迅对这些大的事件作了虚化处理——仅从侧面略作交代。这说明鲁迅无意向读者展示女人丧夫失子这类人间惨剧，而是于不经意处向人们揭示祥林嫂的真正悲剧不在人间而在冥界——她死后要被锯成两半！生前死掉两个丈夫的悲痛与死后被锯成两半的恐惧相比，就变得微不足道了。因为祥林嫂不只是活在人间，她活在神—鬼—人三元世界中。对她来说，在人间生存的时间是短暂的，也是无须留恋的，可死后她要长期"生活"在冥界。如果说生的痛苦可以以死来解脱，那么死后的痛苦就无处躲藏了，她必须慢慢地没有止境地忍受被分尸的惩罚。面对这一可怕的结局，对人间痛苦已经麻木的祥林嫂"显出恐怖的神色来"，"第二天早上起来的时候，两眼上便都围着大黑圈"。她不得不为自己"后路"着想，到土地庙里苦苦哀求捐一条"给千人踏，万人跨"的门槛。捐完门槛，她"神气很舒畅，眼光也分外有神"，她终于化解了人生（"鬼"生）的一大悲剧。

冥界的悲剧化解了，祥林嫂不再有后顾之忧。她非常勤快地尽自己做佣人的义务。冬至祭祖时，"她做得更出力"。历尽了人间不幸而没有灰心、化解了冥界苦难而感到庆幸的祥林嫂，以为不但可以安心做人、死后亦可安心做鬼了。正在她"享受"这奴隶生涯时，神界的惩罚降临了："你放着罢，祥林嫂！"一句看似平常的话，宣告了神的旨意：她是一个不洁的女人，神已经抛弃了她！祥林嫂"像受了炮烙似的缩手，脸色同时变作灰黑"，"这一回她的变化非常大，第二天，不但眼睛窈陷下去，连精神也更不济了。而且很胆怯，不独怕暗夜，怕黑影，即使看见人，虽是自己的主人，也总惴惴的，有如在白天出穴游行的小鼠；否则呆坐着，直是一个木偶人。"祥林嫂的悲剧走向了顶点，她面对着比被锯成两半更为可怕的"未来"：在神——"鬼的主宰者"眼里，她罪孽深重。这就意味着，死亡不是对尘世苦难的解脱，而是更为苦难历程的开始，而且无从化解：那由火焰、剑树、沸油等构成的地狱,将是她灵魂的归宿。在此,死后的恐怖与诱惑(见到死去的儿子)撕裂着她的灵魂,使她坠入万劫不复的深渊!最终她在诸神将要下界接受人间“祝福”祭祀的时刻死去。她“选择”这个时刻,大约是为了不被下界的诸神看到自己这个不祥之物以免罪上加罪吧?鲁迅给她取名“祥林”(祥临)嫂,不正是对其悲剧命运的反讽吗?

祥林嫂的悲剧是逐步升级的:(一)人间的悲剧:丧夫失子;(二)冥界的悲剧:死后被锯成两半;(三)神界的悲剧:不洁之物。一次比一次强烈的迫害形成一股合力,最终将她的灵魂捻碎,使她成为一个没有灵魂的“木偶人”。祥林嫂对人死后是否有灵魂的追问,不是对冥权世界的怀疑,而是来自于她对冥权世界的恐惧:她不但没有做人的资格,连做鬼的资格也没有!她不仅生活在一个“人吃人”的世界,而且还是一个“鬼吃人”、“神吃人”的世界,因此她不仅被人吃,还要被鬼吃、被神吃,还有什么比这更可怕的呢?

《长明灯》可以看作是《祝福》的姊妹篇。《祝福》以悲剧形式来昭示冥权世界的罪恶;《长明灯》则是投向冥权世界的一道闪电,照亮了这个世界的黑暗,显示出了这个世界的沉闷与凝滞。

吉光屯与鲁镇一样,人间受制于冥界,受制于那个由“社老爷、瘟将军、王灵官”组成的冥权世界。这里的人们“动一动就须查黄历,看那上面是否写着‘不宜出行’;倘没有写,出去也须先走喜神方,迎吉利”。那盏在庙里(祭祀场所)燃烧了数千年的绿荧荧的灯,就像众神的眼睛一样,注视着吉光屯,并给它带来吉祥,那盏灯一旦熄灭,众神就会离他们远去,吉光屯“就要变海”,人们“就都要变泥鳅”。从这一意义上来说,吉光屯就是鲁镇。这里的人们害怕像祥林嫂一样被神抛弃,拼命地维护着那盏神灯,只要它亮着,人们的眼前就会一片光明,可以安心做人,死后亦可安心做鬼。但吉光屯又不同于鲁镇:鲁镇在众神醉醺醺地呵护下,沉入死一样的寂静中,而吉光屯出现了一个叛逆。“他”在随父祭祀众神时,识破了这一古老的骗局,“他”要吹灭那盏灯!他与吉光屯其他人的不同表现在于,他认为“自己能够理解并按照自己的意志控制自然和社会”,而这正是“现代性的开端”。著名政治理论家亨廷顿指出:“现代人与传统人之间,最重要的区别在于二者对人和环境之间关系看法不同。在传统社会中,人们将其所处的自然与社会环境看作是给定的,认为环境是奉神的旨意缔造的,改变永恒不变的自然和社会秩序,不仅是渎神的而且是徒劳的。传统社会很少变化,或有变化也不能被感知,因为人们不能想象到变化的存在。当人们意识到他们自己的能力,当他们开始认为自己能够理解并按自己的意志控制自然和社会之时，现代性才开始。”[①]那盏长久不灭的灯，正是“永恒不变的自然和社会秩序”的总体象征，而作品中的“他”是理性精神的象征，并意味着现代意识在古老的宗法社会中开始觉醒。那么接下来的问题是，这一现代意识是从哪里来的呢？他为什么能够意识到反抗呢？作品对此作了一些交代：“他”的祖父“捏过印把子”，“他的老子也有些疯的”。这说明“他”出生于书香门第，并从他父亲那里继承了一些“疯”的因子，这是其叛逆思想形成的心理基础。在此基础上，作品交代了他“疯病”发作时的情境：“有一天他的祖父带他进社庙去，教他拜社王爷，瘟将军，王灵官老爷，他就害怕了，硬不拜，跑了出来，从此便有些怪。后来就像现在一样，一见人总和他们商量吹熄正殿上的长明灯。”这是一个与祭祀仪式有关的情节，也是“他”“疯病”发作的直接原因。“他”祖父带他到庙里去的主要目的是教他掌握拜神仪式，像其他人一样，学会按照神的旨意行事，以便获得神的保佑，正是在这一过程中，他的叛逆思想脱颖而出。我们从作品中无法知道他当时的心态，但有一点是可以肯定的：庄严神圣的参拜仪式，并没有唤起他心中的原始恐惧，反而使他顿悟到新的出路。同样是面对祭祀仪式，在这里，他与祥林嫂分道扬镳了：祥林嫂无法承受被剥夺祭祀权力带来的恐惧，以至于在即将到来的下一次祭祀仪式（“祝福”）前，结束了自己的生命，而“他”却从祭祀仪式中发现了人类新的生存希望：“……都应该吹熄……吹熄。吹熄，我们就不会有蝗虫，不会有猪嘴瘟……”从祥林嫂与“他”的不同态度上，我们不难看出，祭祀仪式以自身的威慑力，延续着传统的命脉，而祭祀仪式自身一旦被放在理性之光的照耀下，其欺骗性就会变得昭然若揭，必然会激起对它的反叛。因此祭祀仪式作为传统观念的渊薮，必然会成为人们反叛传统的起点。

四、祭鬼仪式：冥权世界的价值倒错

在中国传统观念中，鬼和神的界限不是很明显。《礼记·祭法》云：“山林川谷丘陵，能出云，为风雨，见怪物，皆曰神。”如雷公电母、山神土地等，都是自然现象的“神格”化，它是蒙昧人在“万物有灵论”的基础上，以想象来解释世界的产

---

①[美]塞缪尔·P.亨廷顿著，王冠华等译：《变化社会中的政治秩序》，生活·读书·新知三联书店，1989年版，第92页。

物。除这些“天生”的神之外，人鬼亦可成神，这主要有两种情况：其一，那些对民族有着较大贡献、死后享受国家级祭祀的人，如孔子、关公、岳飞等；其二，儿孙满堂、香火旺盛、死后享受众多后人祭祀的人，亦可位列神籍。由于神界对加入者的资格审查不是很严格，所以在后世子孙眼中，寿终正寝的祖先都可升天为神，这就使祭祖仪式和祭神仪式没有多大差别。但有些人死后是永远也成不了神的，如横死者、作恶者、夭折者、无后者、无人安葬者、无人祭祀者等。鲁迅小说中出现的这类“鬼”较多，如夏瑜和华小栓（《药》）、宝儿（《明天》）、阿顺和吕纬甫之弟（《在酒楼上》）、子君（《伤逝》）、阿 Q（《阿 Q 正传》）、祥林嫂（《祝福》）、孔乙己（《孔乙己》）、陈士成（《白光》）等。在这一系列小说中，祭鬼仪式最富文化内涵的当推《药》。已有的研究就像对《祝福》的研究一样，学者们更多地看到小说在现实层面上的矛盾对立及其思想意义，而没有将其放在一个立体的世界中去透视它的深刻含义。

《药》基于这样一种传说：人血馒头可以医治肺痨。类似的传说还有很多，例如：吃了恶人的心肝可以壮胆、少女初潮的经血可以壮阳、人肉能医治疑难杂症，等等。这类荒诞不经的偏方容纳着来自蒙昧社会的丰富的文化信息，其根源是古人对人身肉体的崇拜。人类文化学的研究表明，人类在进化过程中，经历了一段人肉崇拜期。这主要表现在两个方面：一是人类将“人祭”看作是对神的最高奉献；二是分吃人肉可以获得死者的保佑和力量。“人祭”是许多民族在蒙昧时期普遍存在的现象。在《圣经》中，耶和华对摩西说：“你要从你庄稼中的谷和酒榨中滴出来的酒拿来献上，不可迟延。你要将头生的儿子归给我；你牛羊头生的也要，也是这样，七天当跟着母，第八天要归给我。”①在上帝开列的祭品中，有“头生的儿子”这最高规格的祭品。在中国这一习俗更加野蛮和普及，而被杀死用来祭祀的多是童男童女。据考古发现，早在属于龙山文化的邯郸涧沟、洛阳王湾和相当于龙山文化的沣西客省庄遗址中，就屡屡发现有杀祭坑，坑中埋着被杀祭的人头骨及骨架，其中有五到十岁的儿童。殷商的人祭手段更是残暴，除砍头外，还有焚烧、肢解等。甲骨文的卜辞中，有关人祭的记载特别多，据胡厚宣先生统计：“从盘庚迁殷都到帝辛亡国，在这八世、十二王、二百七十三年（公元前1395—1123）的奴隶社会昌盛期间，共用人祭一千三百零五十二人，另外还有一千一百四十五条卜辞未记人数，即都以一人计算，全部杀人祭祀，至少应当用一

①《新旧约全书》中国基督教协会印发，1989 年南京印制，第 74 页。

万四千一百九十七人。"[①]实际数字恐怕还要多。在把人杀掉以飨鬼神的同时,活人吃人的记载在远古时期也屡见不鲜。李泽厚先生也指出,中国在青铜时代,"杀俘以祭本氏族的图腾和祖先,更是当时的常礼",因此,青铜器上铸的"吃人的饕餮倒恰好可作为这个时代的标准符号"[②]。

随着文明的发展,这类野蛮的习俗受到抑制,但远古的记忆依然积淀在民族的血液中,化装成各种各样的仪式,频频出现。即使到今天,农村送葬时以纸人纸马祭祀死者,即是这一野蛮仪式的遗留。而人血馒头治肺痨的传统,正是这一蛮性遗留的结果。鲁迅以"吃人"来概括中国历史,正是基于他对原始蛮性遗留的深刻洞察。《药》在这一意义上,是对《狂人日记》中提出的"吃人"母题的进一步发挥。但与《狂人日记》相比,《药》给这一"吃人"母题注入了政治内容,它在批判民族血液中"蛮性遗留"的同时,还以冥权世界的价值倒错来映射人间价值观念的荒诞性。

《药》共分四章,前三章是小说的主体,第四章以两位老女人(华大妈、夏四奶奶)祭祀儿子作为全篇的结束。《药》的结尾是大有深意的,可在长期的研究中,这一章都被忽视了。如果说前三章作者集中剖析民族血液中的嗜血原始欲望,那么第四章即是以鬼文化为背景,极大地拓展了小说的艺术空间,并将小说的思想意义推向一个新的高度。

夏瑜是一位民族英雄,他为救民于水火而抗争,却被他本家夏三爷出卖。夏三爷出卖夏瑜得了"二十五两雪白的银子",使康大叔们艳羡不已,而夏瑜对他们进行宣传,却被看成是疯子,鲁迅时刻没有忘记对麻木的民众进行批判。夏瑜与华小栓死了以后,在人们的心目中都成了鬼。以今天的价值标准来看,夏瑜生为英雄、死为鬼雄,值得人们永远纪念;华小栓庸庸碌碌,还喝了英雄的血,其生命价值是无法与夏瑜相比的。但在民间蒙昧的文化氛围中,夏瑜与华小栓虽同为鬼,地位却不一样,他们的尸体也不能葬在一起。小说第四节开篇就写到墓地的情形:

西关外靠着城根的地面,本是一块官地;中间歪歪斜斜一条细路,是贪走便道的人,用鞋底造成的,但却成了自然的界限。路的左边,都

①见陈建宪著:《神祇与英雄》,生活·读书·新知三联书店,1994年版,第183页。
②李泽厚:《美的历程》,文物出版社,1981年版,第38页。

埋着死刑和瘐毙的人，右边是穷人家的丛冢。两边都已埋到层层叠叠，宛然阔人家里祝寿时候的馒头。

一块墓地被一条小路分成两半，象征着人们观念中对鬼的不同态度。像人有善恶一样，鬼也有善恶之分。人的善恶是根据人的言行而定的，而鬼的善恶则是由生前的作为（善或恶）和不同的死法决定的。在这二者中，"死法"具有决定性：正常死亡的人成为鬼后，大多被认为是善鬼，而非正常死亡的人就被认为是恶鬼。恶鬼因其非正常死亡，所以常常会作祟为害人间。绍兴一带，每年七月十五，都要举办一系列的驱鬼活动，就是为了驱逐这类为害人间的恶鬼。在埋葬死者时，横死者被集中埋在一起，以便人们更好地躲避他。夏瑜遭受砍头之刑，自然被视为恶鬼，也就只能被埋在小路的左边了；华小栓是正常死亡，死后是善鬼，不会无故害人，就被允许埋在小路的右边了。家人死为恶鬼，是家中的耻辱，所以夏四奶奶给儿子上坟时，就没有华大妈那么坦然。小说细致地描写了夏四奶奶在坟地上出现时的复杂心情："（夏四奶奶）忽然见华大妈坐在地上看他，便有些踌躇，惨白的脸上，现出些羞愧的颜色；但终于硬着头皮，走到左边的一坐坟前，放下了篮子。"鲁迅批判国民性的世故与巧滑，感叹没有抚哭叛徒的吊客，实在是痛心之言。英雄死了，不但没有人来悼念，反而给母亲带来了耻辱；为民请命的斗士死后不但没有墓碑，反而被看成是为害人间的恶鬼。英雄变成恶鬼，这正是冥权世界的逻辑，它所包含的悲剧意义，已经远远超过了英雄被杀、鲜血被喝这类情节的含量。因此，小说第四节，又将悲剧的意义推向了一个更高的层面。也只有在这一层面上，我们才能够理解鲁迅使用"曲笔"的一番苦心：他违背了没有人悼念英雄这一无情的事实，送给了夏瑜一个花环，以寄托自己的哀思。这是悼念夏瑜，更是在向一个不知道珍惜英雄和继承英雄业绩的民族示威！

学过医的鲁迅写起小说来也像一位医生，他纵刀切入民族文化的病灶，解剖了人与人之间、人与神之间及人与鬼之间的多重关系，多方位多角度地透视了民族文化的病态及现实人生的悲剧。因此可以说，《药》是写给夏瑜的挽歌，也是献给英雄的祭文，更是声讨"嗜血民族"的诉状！

鲁迅在厦门时期思想与生活态度的变迁[①]

从1926年9月4号到1927年1月16号，鲁迅在厦门生活了四个多月。这四个多月的时间，在鲁迅一生中显得非常短暂，却成为鲁迅思想与生活的转折点。厦门当时地处偏僻，交通不便，相对宁静的生活环境，使鲁迅有可能对他的思想和生活进行反思和调整。这时候有两个不在厦门的年轻人，以各自的言行，从不同的侧面，摇撼着鲁迅既定的思想观念和生活方式，成为鲁迅反思自己思想和调整自己生活态度的直接动因。这两个年轻人，一个是在上海的高长虹，一个是在广东的许广平。

鲁迅与高长虹的关系，学术界一直讳莫如深。我认为，如果不正视鲁迅与高长虹之间的恩怨纠葛，我们就无法全面把握鲁迅思想的发展脉络。从对鲁迅思想感情刺激的深度而言，除了许广平之外，大约很少有人能与高长虹相比。高长虹是在现代文学史和思潮史上作出过一定贡献的人物，是一位颇有才华的高产作家。他在二十多年的文学生涯中，出版各类著作十七种，一百三十余万字；他倡导的“狂飙运动”，波及大江南北，多有建树。大约因为他对鲁迅的不恭及其他政治原因，学术界未对他展开研究。限于本文的题旨，我在这里还不能对高长虹作专门论述，只是通过他与鲁迅之间的关系，说明鲁迅思想因他而发生的改变。

鲁迅在北京期间，与高长虹来往密切，而且对他也较为赏识。1925年，鲁迅邀高长虹、向培良、章衣萍等人筹备出版《莽原》周刊。高长虹与鲁迅密切合作，成为《莽原》的主要撰稿人之一。二人结怨之后，鲁迅仍称高长虹为“奔走最力

①本文原刊于《鲁迅研究月刊》，1994(12)。

者”[1]。1925年3月，有一北京女子师范大学的学生写信购买高长虹的诗集，并与高长虹建立了通信联系，此人就是景宋(许广平)。在许广平与高长虹的通信联系中，许广平谈到了自己性格上的矛盾，高长虹对当时思想界“只说不做”的缺点表示不满。这大约是高与许的最初交往，但二人并未见面[2]。几乎在同时，许广平也与鲁迅开始有通信往来。后来，高长虹在鲁迅家中见到了许广平，就中止了与许广平的通信联系。是否在高与许的通信中，高对许产生了好感或爱慕之情，现在已没有查考的必要，但正是这件事，使鲁迅与高长虹的关系潜伏了危机。1940年，高长虹在回忆这件事时说：“青年时代的狂想，人是必须加以原谅的。”[3]我们不难理解这“狂想”指的是什么。

鲁迅离京到厦门时，曾途经上海，与高长虹面谈，这是他们之间的最后一次见面，高长虹称这次谈话“象很深知的朋友”[4]。鲁迅到厦门后，《莽原》的编辑工作由韦素园担任。不知何故，韦素园退了高歌(长虹二弟)的小说《剃刀》，压了向培良的剧本《冬天》，高长虹对此极为不满，便在《狂飙》周刊上发表《给鲁迅先生》和《给韦素园先生》两封公开信，攻击韦“党同伐异”，并要求在厦门的鲁迅表态。鲁迅因不知底细，未予理睬，但对这种因争夺“地盘”而起的“内讧”很不满，并打算停刊《莽原》。随后，高长虹又发表了《1925，北京出版界形势指掌图》[5]，在该文中，高用刻薄的语言，对鲁迅进行人身攻击。高长虹列举了他与鲁迅合办《莽原》时产生的摩擦和分歧，并认为鲁迅“提议办《莽原》”不过是“想得到一个‘思想界权威’的空名”，并称鲁迅“遂戴其纸糊的权威者的假冠入于心身交病之状况矣”。高长虹在攻击鲁迅的同时，又在当时妇女研究会编辑的《新女性》上为他的《狂飙丛书》做广告。在这个广告中，他自称“本社同人(指狂飙社——引者注)与思想界先驱者鲁迅及少数进步的青年文学家合办《莽原》”，并将鲁迅主编的《乌合丛书》、《未名丛书》和《莽原》都列为“狂飙”运动的功绩。鲁迅看到这个广告后大为不悦，写《所谓“思想界先驱者”鲁迅启事》，揭穿高长虹企图利用他的伎俩，随后又写了《〈走到出版界〉的“战略”》、《新的世故》等文进一步还击。众所周知，鲁迅对青年人是非常关心的。基于他那种实践形态的进化理

①《鲁迅全集》第6卷，第250页。
②《高长虹文集》下卷，中国社会科学出版社，1989年版，第519页。
③《高长虹文集》下卷，中国社会科学出版社，1989年版，第519页。
④《高长虹文集》下卷，中国社会科学出版社，1989年版，第519页。
⑤《1925，北京出版界形势指掌图》刊于《狂飙》周刊，1926(5)。

念[1],他将改革中国社会的希望寄托在青年们的身上,并甘愿为培养进步青年而牺牲自己。对青年的过激行为,他常常采取宽容态度。在北京期间,曾有个叫田问山的大学生,连写三信,对鲁迅极尽讽刺挖苦之能事,然而鲁迅一直保持沉默[2]。他说:"有青年攻击或讥笑我,我是向来不去还手的,他们还脆弱,还是我比较的禁得起践踏。"[3]可是高长虹"骂个不完,好像我即使避到棺材里去,也还要戮尸的样子"[4],他不得不还击了。在鲁迅的一生中,专门写大量文章笔伐他精心扶持的青年作家,这是第一次也是最后一次。

鲁迅开始认为高长虹对他的攻击仅仅是因为稿件的纠纷,其实问题并没有那么简单。高长虹在《介绍中华第一诗人》一文中说:"在恋爱上我虽然好象嫉妒过人,然而其实是我倒让步过人。"在《时代的命运》一文中称:"我对于鲁迅先生曾贡献过最大的让步,不只是思想上,而且是生活上。"在《给——》这组爱情诗中,他又写道:

我在天涯行走,
夜做了我的门徒,
月儿我交给他了,
我交给夜去消受。
……
夜是阴冷黑暗,
他妒嫉那太阳,
太阳丢开他了,
从此再未相见。

鲁迅与许广平的恋爱,本身很容易成为社会关注的话题,又加上高长虹的旁敲侧击,一时京沪地区谣言蜂起:认为这首诗中的太阳、黑夜、月亮代指他们

①我不同意"鲁迅接受进化论思想"这一说法,因为鲁迅没有在理论层面上接受进化论这一思想体系,只是从实用性和现实性的层面上从进化论中汲取了一种进化的理念,我称其为实践形态的进化理念。

②周海婴编:《鲁迅、许广平所藏书信选》,湖南文艺出版社,1987年版,第83页。

③《鲁迅全集》第11卷,第212页。

④《鲁迅全集》第11卷,第212页。

三个人。如果单从这组爱情诗本身来看，是不容易看出这一点的。但谣言并非无根而生，它与高长虹的“不打自招”是有很大关系的。后来，韦素园将此事转告鲁迅，鲁迅才知道“长虹的拚命攻击我是为了一个女性”[①]，如果说先前鲁迅对高长虹仅仅是反感和不满的话，那么这回就是厌恶和愤怒了。小说《奔月》就是他听到谣言之后创作的。

我重视鲁迅与高长虹之间的恩怨，并非是为了续写绯闻。高长虹作为鲁迅悉心扶持的文学青年，终以不可告人的目的向鲁迅倒戈，这对鲁迅实践形态的进化理念，是一种异乎寻常的讽刺。它比任何形式的批判和攻击，更容易使鲁迅感到彻入骨髓的痛楚。从南京到日本，从读严译《天演论》到读丘浅治郎的《进化论讲话》，鲁迅逐渐确立了他的进化理念——“将来必胜于过去，青年必胜于老人”，于是“一边吃药，一边校稿”，试图从青年中寻找生力军，但培养起来的却是一位从背后枪击自己的人，且不是“公仇”，而是地地道道的“私怨”！当他意识到“长虹原来在害‘单相思病’，以及川流不息的到我这里来的原因，他并不是为《莽原》，却在等月亮”[②]，而自己一直蒙在鼓里时，他心中那种被欺骗的屈辱感，使他苦心营造了二十多年的进化理念的大厦摇摇欲坠。更何况，高长虹嘲笑他的年老和多病，这正是他与许广平结合的主要障碍之一，无疑在这一点上，高长虹击中了鲁迅面对爱情时心理上最虚弱的部位。残酷的事实，逼迫他不得不对他的思路进行调整了。再加上向培良等人也对他表示不满，于是他对许多的文学青年表示了他的失望，并决定不再让步。在《两地书》中这样的议论随处可见：

> 我现在对于做文章的青年，实在有些失望；我看有希望的青年，恐怕大抵打仗去了，至于弄弄笔墨的，却还未遇着真有几分为社会的，他们多是挂新招牌的利己主义者。[③]
>
> ……所以我昨天就决定，无论什么青年，我也不再留情面[④]……
>
> ……感到了有些青年之于我，见可利用则尽情利用，倘觉不能利用了，便想一棒打杀，所以很有些悲愤之言。[⑤]

---

①《鲁迅全集》第11卷，第275页。
②《鲁迅全集》第11卷，第275页。
③《鲁迅全集》第11卷，第226页。
④《鲁迅全集》第11卷，第212页。
⑤《鲁迅全集》第11卷，第240—241页。

这大量的"悲愤之言",说明他的进化理念已在现实生活土壤里失去了存在的根基。

关于鲁迅对进化理念的抛弃,他自己曾有过表白。他在《三闲集·序言》中说:"我一向是相信进化论的,总以为将来必胜于过去,青年必胜于老人,对于青年,我敬重之不暇,往往给我十刀,我只还他一箭。然而后来我明白我倒是错了。这并非唯物史观的理论或革命文艺的作品蛊惑我的,我在广东,就目睹了同是青年,而分成两大阵营,或则投书告密,或则助官捕人的事实!我的思路因此轰毁,后来便时常用了怀疑的眼光去看青年,不再无条件的敬畏了。"过去,我们往往根据这段自述,认为鲁迅对进化理念的清算,只是因为他目睹了"四一二"反革命政变的结果。我认为这种说法是不确切的。思想的转变并非是在一日之间完成的,它需要一个漫长的转化过程。鲁迅对青年的怀疑从厦门时期就开始了。高长虹的行为,已把他的进化理念逼向了死角。因此,从在厦门与高长虹的冲突,到在广东目睹"四一二"大屠杀,在这个过程中,鲁迅完成了思想上的转变。

在厦门期间,鲁迅还对自己的生活进行了全面反思。促使他这样做的原因,除了高长虹的背叛之外,起主要作用的是许广平。

鲁迅离京到厦的原因,他自己说,是为了"暂避军阀官僚'正人君子'们的迫害,然而小半也在休息几时,及有些准备"[①]。我觉得这只是表面上的理由,甚至不是他离京的真正理由。他不是那种畏刀避剑的人。他离京的深层原因,应该是为了逃避在京的母亲和朱安。作为一个至孝的长子和甘愿陪着无辜者做一世牺牲的受难者,他没有勇气在母亲和朱安面前接纳许广平的恋情,或者说他不愿面对面地伤害年老的母亲和那位不幸的女子,那么唯一的办法就是逃离。据许广平回忆,他们离京时曾约定"做两年工作再见面"[②],可以看出他们离京前是有过计划的。所以鲁迅离京的真正原因是为了许广平。从他离京的第一天起,就意味着他准备告别往日的生活而开始一种全新的生活。厦门,正是他实现这一过渡的中转站。在鲁迅的一生中,没有任何一个时期像在厦门那样仔细思考过自己的个人生活问题。

鲁迅在厦门的生活是孤独的。生活的将要改变,引起了他内心的激烈冲突。他已不再像五四时期那样,仅仅把对传统的批判和对新生活的向往写进他的作

---

①《鲁迅全集》第11卷,第258页。

②许广平:《鲁迅回忆录(手稿本)》,长江文艺出版社,2010年版,第76页。

品。如今,爱情就在不远的地方向他召唤,他要克服重重心理的和社会的障碍,以实际行动踏上他在"五四"时期为青年们指明的道路。然而真正行动起来,又是何等的艰难。他曾这样记叙他在厦门的生活:

> 一所很大的洋楼里,除我以外,没有别人。我沉静下去了。寂静浓到如酒,令人微醺。……我靠了石栏远眺,听得自己的心音,四远还仿佛有无量悲哀,苦恼,零落,死灭,都杂入这寂静中,使它变成药酒,加色,加味,加香。①

他用隐晦的语言,描摹着自己内心无处诉说的无奈与悲怆。正是在这无量的悲哀中,他想到了他的父亲和往日的师友,写成《朝花夕拾》中的后五篇作品。其中《父亲的病》一篇,使我们得以窥见鲁迅内心受到的冲击和震荡。

过去,我们往往将鲁迅在厦门的悲哀,归因于他对黑暗政治的失望。我认为,这种悲哀还来源于生活的变迁给他带来的不安和内疚。作为长子,父亲死后,他要代替父亲支撑着渐趋衰落的家庭。尤其重要的是,他要代替父亲照料母亲的生活,可是如今他要背叛甚至伤害自己年迈的母亲了,那么他内心的愧疚不仅是对母亲的,而且也是对父亲的。对母亲的愧疚可以逃避,可以通过对母亲生活的照顾(比如从经济上)得到补偿和化解,可是对亡父的愧疚却无法补救,也无处可逃。在《父亲的病》中,他说"我很爱我的父亲",这是否反映了他面对父亲亡灵时内心的虚弱与紧张?在这篇散文的结尾,他写了父亲亡故时,自己在衍太太的吩咐下大喊大叫的情节。周作人回忆说并无其事②。鲁迅为什么要虚拟这样一个情节呢?退一步讲,即使确有其事,对一个孩子来说,也并非什么罪过,更何况又是在别人的指示下干的。鲁迅为什么对此大作忏悔文章,并认为是"对于父亲的最大的错处"呢?我想,他对这一情节的强调,只是为了给当时(指写这篇文章的时候)自己内心的愧疚之情寻找一条可以消解的渠道,只是一个借口,一个可以向父亲公开忏悔的理由。其实内疚并非因此而起,但借此可以使自己回避心中真正的隐痛。当他写这篇文章时,他不会意识不到,"对于父亲的最大的错处",并不是惊扰了父亲临终的安宁,而是自己的再婚。然而他不得不小心翼翼

---

①《鲁迅全集》第4卷,第18页。

②见周作人著,止庵编:《关于鲁迅》,新疆人民出版社,1997年版,第323页。

地绕过这一心理上的障碍。可喜的是，鲁迅并没有在内心的动荡中失却前进的勇气。在与许广平频繁的书信往来中，柔情轻诉的调侃和惺惺相惜的关怀，使他意识到“我可以爱”[①]！他终于放弃了心灵的重负，为了他的“朋友”，去重新开辟生路了。

许广平对鲁迅产生的积极影响，使他抛弃了过去悲观虚无思想和自虐的心理倾向，使他不再做“无谓的牺牲”，对自己的身体也较为爱惜。他说：“我一生的失计，即在向来不为自己的生活打算，一切听人安排，因为那时豫料是活不久的。”[②]鲁迅预料自己“活不久”的心态是早已有了的。他在日本留学期间，母亲让他回国结婚，他就“认为自己死无定期，母亲愿意有个人陪伴，也就随她去”[③]。后来到了北京，“故意拼命的做”，“希望生命从速消磨”[④]。而且大量吸烟酗酒。这种自虐行为，是一种有意识的慢性自杀。到厦门后，他终于意识到“我先前的办法已是不妥”，“我必须改变我的农奴生活”[⑤]。在给许广平的信中，也多次出现节制抽烟喝酒的记录，自虐倾向渐渐改变。

既然过去的生活“已是不妥”，那么这种农奴生活应怎样改变呢？鲁迅当时为自己设计了三条道路：“（一）死了心，积几文钱，将来什么事都不做，顾自己苦苦过活；（二）再不顾自己，为人们做些事，将来饿肚也不妨，也一任别人唾骂；（三）再做一些事，倘连所谓‘同人’也都从背后枪击我了，为生存和报复起见，我便什么事都敢做，但不愿失了我的朋友。”[⑥]这是他对自己生活进行反思后，总结出的三种可能。然而他对这三条路似乎都不满意，可在此后的生活中，这三种可能都程度不同地影响着他的行为方式和人生态度。

第一条路，带有隐姓埋名的意味，但他几乎从一开始就否定了这种活法的可能性。在同一封信中他解释说：“前一条，当先托庇于资本家，恐怕熬不住。”他认为，要“积几文钱”，就得给资本家做工，就得出卖自己的劳动、自由和尊严，这是无法想象的。他最终没有选择此路，这一事实本身已不再具有争辩的意义，重要的是，从来自鲁迅心灵深处的这一信息，使我们得以体验到鲁迅当时内心的

①《鲁迅全集》第 11 卷，第 275 页。
②《鲁迅全集》第 11 卷，第 221 页。
③薛绥之主编：《鲁迅生平史料汇编》第 1 辑，天津人民出版社，1981 年版，第 107 页。
④《鲁迅全集》第 11 卷，第 79 页。
⑤《鲁迅全集》第 11 卷，第 222 页。
⑥《鲁迅全集》第 11 卷，第 200 页。

疲惫和对文坛争锋的厌倦。这一"归隐"的念头一经产生，就变得格外固执。对处境困顿的生存者来说，这一传统文人的蒲逃数是一种甜蜜的诱惑，鲁迅拒绝了这一诱惑，但在拒绝的时候，内心是否还有一丝对"归隐"的眷恋呢？鲁迅一生酷爱古典文学，尽管他一再告诫青年人不要读中国书。他早期刊行古籍时，以周作人的名字行世，而不愿署自己的真名。这可以看出他对历史的研究，只是一种内心的需要，而不是为了成就功名。这种"内心的需要"是否就是一种渴望"归隐"的心灵暗示呢？他在《〈呐喊〉自序》中就说过，麻醉灵魂的方法是"沉入于国民中"，"回到古代去"。所以我认为，他对古籍的嗜好，在某种意义上满足了他渴望"归隐"的心理需要，或者说，他只有"回到古代去"，才能忘却现实的喧嚣，抚慰自己受伤的灵魂。也正是在这点上，我看到了鲁迅内心的"脆弱"。我把他内心"脆弱"的一面和那个直面人生、疾恶如仇的反封建斗士结合起来，鲁迅的形象顿时变得生动而真实。

鲁迅为自己假定的第二条路，是符合他的思想要求的，他其实也一直这样做着。"我吃的是草，挤出来的是牛奶，和血。"这句常被人引用的名言，正说明了他这种奉献精神。然而他发现，喝过他的血的人，也笑他瘦了，他觉得自己"太傻"。他说："我牺牲得不少了，而享受者还不够，必要我奉献全部的性命。我现在不肯了，我爱对头，我反抗他们。"[①]他还说："我近来改变了一点态度，诸事都随手应付，不计利害，然而也不很认真。"[②]在《两地书·厦门—广州》中，这种有点消极的生活态度有明显体现。可是，他能做到这一点吗？当他在给许广平的信中发着这些牢骚时，不还在帮厦大的学生编刊物看稿子吗？不也还计划再"印点关于文学的书"，并到广东与创造社联合起来"造一条战线"吗？历史的责任感像无情的鞭子抽打着他的灵魂，使他无处逃避内心强烈的自律，最后连他自己也不得不承认："但这是我的意思，至于行为，和这矛盾的还很多，所以终于是言行不一致。"[③]但自从离开厦门后，他对青年人的态度确也发生了不少改变。尽管他一直奉献着，尤其到上海后，不遗余力地培养左翼青年作家，但明显不像北京时期那样，坚定地认为"青年必胜于老人"，对所有要求进步的青年，一律退让，一律扶持。譬如，萧红萧军初到上海时，曾要求见他，就被他拒绝，直到经过长期通信了解之后，才答应见面。这充分反映了他对青年人已存有戒备心理。

---

①《鲁迅全集》第 11 卷，第 274 页。
②《鲁迅全集》第 11 卷，第 263 页。
③《鲁迅全集》第 11 卷，第 249 页。

鲁迅心中有一把锋利的复仇之剑。来自于西方的“摩罗”精神，常常逼使他拔出这把利剑劈开人间的黑暗。但作为一个深刻的思想家，他又意识到，面对强大的“无物之阵”，举起投枪的战士往往会成为失败者。如果“全露出我的血肉来，末路正不知要到怎样”①。他只好将复仇的激情导向自我的内心，面向对手作韧性的抗战。小说《铸剑》正吐露了他这一内心的隐秘。他在厦门期间，对生活所做的第三种设想，也体现了他渴望复仇与反抗的一面。这便想到他曾译过的一本书——《工人绥惠略夫》。小说中的绥惠略夫就是这样一位“为生存和报复起见”，“什么事都敢做的人物”。

《工人绥惠略夫》是俄国作家阿尔志跋绥夫的作品。无论是在俄国，还是在西方，都算不上最优秀的作品，但鲁迅对这一作品却特别偏爱。他起初从一堆旧书里挑出这本书以后，翻译出来，先在《小说月报》上发表，1922年出版单行本，五年之后，他又对该书重新校对，交出版社重印。至于为什么翻译和重印这本书，鲁迅作了如下说明：

> 那一堆书里文学书多得很，为什么那时偏要挑中这一篇呢？那意思，我现在有点记不真切了。大概，觉得民国以前，以后，我们也有许多改革者，境遇和绥惠略夫很相像，所以借借他人的酒杯罢。然而昨晚上一看，岂但那时，譬如其中的改革者的被迫，代表的吃苦，便是现在，——便是将来，便是几十年以后，我想，还要有许多改革者的境遇和他相像的。所以我打算将它重印一下……②

鲁迅正是在绥惠略夫身上，看到了中国改革者的命运。绥惠略夫“先是为社会做事，社会则迫害他”。这一先驱者命运的悲剧模式，与鲁迅对中国先驱者命运的思考相契合，这就难怪他要借“他人的酒杯”了。从早期对“争天拒俗”的摩罗诗人的赞美，到后来的小说创作（如《药》、《孤独者》、《狂人日记》、《长明灯》等）和《野草》中的《复仇（二）》、《颓败线的颤动》等作品，都萦回着这一悲剧主题。他说：“孤独的精神的战士，虽然为民众战斗，却往往反为这‘所为’而灭亡。”③鲁迅

---

①《鲁迅全集》第1卷，第284页。

②《鲁迅全集》第3卷，第356—357页。

③《鲁迅全集》第3卷，第140页。

作为中国的精神界之战士，也常常和绥惠略夫一样面临同样境遇，但他并没有像绥惠略夫一样面向社会复仇，这并不能说明他心中没有复仇的愿望，事实上，这种愿望有时异常强烈，他只好用他的笔向社会宣战。鲁迅正是在绥惠略夫身上看到自己内心的一个侧面，绥惠略夫做了他想做而未能做的事情，因此可以说，绥惠略夫以一种替代的方式，缓解了他心中的压抑和不平。

鲁迅为自己设计的三条路，他并没有如实地去履行其中的任何一条，但分明这三种生活态度一直交相影响着此后的人生和创作：他在历史的研究中抚慰着自己的灵魂；他在世俗的生活中，奉献着自己的生命；他在文学创作中痛苦淋漓地宣泄着绥惠略夫式的复仇。正是这三种生活态度，织成了他壮丽辉煌的人生。

在鲁迅的一生中，有两段时光应引起我们足够的重视，一段是他在北京S会馆抄古碑的时期，一段是他在厦门生活时期。前者的沉默与思考，使他从中国的历史里读出了现实人生，形成了他的"生命和基础"，这一点，日本学者竹内好已在他的《鲁迅》一书中作了论述。厦门时期，鲁迅对自己的思想和生活进行了全面反思和调整，他自己曾指出："我离开厦门的时候，思想已经有些改变。"[①]因此，厦门时期，是鲁迅一生中的一个重要界碑。

①《鲁迅全集》第3卷，第453页。

“这历史没有年代”[①]
——重释鲁迅的文化—历史观

我翻开历史一查,这历史没有年代……满本都写着两个字是——吃人!

——鲁迅《狂人日记》

鲁迅的思想基于他对历史文化的深刻把握及对当时种种社会现象的独到领悟,因此,分析鲁迅的文化—历史观,是我们认识鲁迅思想的必经之路。鲁迅文化—历史观主要由三个理论板块构成:第一,在人类文明视野中,鲁迅通过对民族全部文明史的整合与批判,发现中华民族依然处于蒙昧野蛮时期(简称历史批判论);第二,鲁迅以历史为参照,对当时的政治动荡和文化喧嚣进行剖析和反省,发现现实依然是野蛮历史的延伸(简称现实反省论);第三,由于痛感“人类尚未长成”,鲁迅超越民族立场,构筑了人类理想的生存图景(简称前景构想论)。因此,鲁迅的文化—历史观既立足于人类文明的全部历史,又具有强烈的民族性,或者说,他正是在人类文明史的广阔视野中,寻找民族发展的出路;而在对民族前景的探询中,显露出对人类理想生存状态的预期。从这个意义上来说,鲁迅既是民族的,又是人类的。

鲁迅文化—历史观的三个理论板块,相互依存,相互融合,形成一个稳定的三角形构架,这个三角形的一个角指向历史,一个角指向现实,一个角指向未来,而三角形内部是一个浑融的整体。正是这个三角形构架,以其自身的稳定性支撑起鲁迅思想的辉煌大厦。

---

①本文原刊于《鲁迅研究月刊》,1999(7)。

一、历史批判论："凡有所谓国粹，没一件不与蛮人的文化（？）恰合……"

鲁迅与传统文化之间的关系，一直是鲁迅研究界非常关心的热点问题之一。在业已进行的研究中，人们对传统文化的理解主要集中在以下两个方面：从狭义上说，传统文化主要指在封建社会占统治地位的官方文化——儒家文化系统；从广义上说，除儒家文化之外，还包括道家（及道教）、法家等诞生于春秋战国时期的众家学说及后来传入中国的佛教等。这两种说法，除共时性上存在着范围的差别外，在历时性上，他们的思路是一致的，即封建社会以来的文化就是传统文化。由此出发推出了一系列的命题："传统文化就是封建文化"、"反传统即是反封建"、"国民性就是封建性"等，这类看似无可争议的说法，暴露了学术界在鲁迅研究中的简单化倾向。我们毕竟不应该忽视这样一个事实：在封建社会之前，我们的祖先就在这块土地上繁衍生息了几十万年。他们在漫长的生存探索中，不断地改变着周围的客观世界，也创造了丰富灿烂的文化成果，为中华民族此后的发展奠定了基础。虽然原始丛林里打猎时的呐喊和巫术祭坛前祈祷时的歌舞已经变得陌生和遥远，但那段历史对我们来说，绝不是一节多余的盲肠，而是文化链中不可或缺的血肉，因此它理应被看作传统文化的重要组成部分。许多人类学家的研究成果表明，来自原始社会的蒙昧文化是后世文化发展的雏形，并持续不断地影响和制约着此后的历史发展和文明走向。著名人类学家摩尔根指出："人类的一切主要制度都是从早期所具有的少数思想胚胎进化而来的。这些制度在蒙昧阶段开始生长，经过野蛮阶段的发酵，进入文明阶段以后又继续向前发展……原始的思想胚胎对人类的心灵和人类的命运产生过最有力的影响，这些思想胚胎中，有的关系到政治，有的关系到家族，有的关系到语言，有的关系到宗教，有的关系到财产。"[①]我们不难想象，如果没有那些原始文明的"蚕蛹"，就不可能有后世文明的"蝴蝶"。即使人类文明发展到今天，"形成原始民族思想的若干因素同样存在于我们的头脑中，至于每个人在不同情况下的具体行为，则决定于这个人具备的是什么样的传统知识"[②]。既然来自原始社会的文化信息持续不断地影响着此后历史的发展，那么当我们说"传统文化"时，就不能仅仅指封建文化。事实上，鲁迅在他的作品中"从来没有用'封建主

①[美] 摩尔根著，杨东莼译：《古代社会》，商务印书馆，1977 年版，第 59 页。

②[美]弗朗兹·博厄斯著，金辉译：《原始艺术》，上海文艺出版社，1989 年版，"前言"第 8 页。

义'等西方词汇来解释中国古代社会"[1],在他的文化视野中,中国历史并不像历史教科书上说的那样具有清晰的时间脉络,而是一目了然地分成两个时期:"想做奴隶而不得的时代"和"暂时做稳了奴隶的时代",在本质上,这两个时代其实是同一历史本质("吃人")的两种表现形式,这一下子就抹平了在政治层面上对中国历史所做的各种划分,并得出一个惊世骇俗的结论:中国几十万年的历史原来始终停滞于蒙昧野蛮时期;中国文化仍是蒙昧的野蛮文化。他指出:

> 试看中国的社会里,吃人,劫掠,残杀,人身卖买,生殖器崇拜,灵学,一夫多妻,凡有所谓国粹,没一件不与蛮人的文化(?)恰合。拖大辫,吸鸦片,也正与土人的奇形怪状的编发及吃印度麻一样。至于缠足,更要算在土人的装饰法中,第一等的新发明了。……
>
> 自大与好古,也是土人的一个特性。……[2]

鲁迅从"国粹"中发现了来自远古时代的"蛮性遗留"及文明外衣掩盖下的"土人"的生活方式。这一切文化现象表明了中国数十万年的生存过程,不过是在原地踏步,"仿佛时间的流驶,独与我们中国无关"[3]。显然,鲁迅重估历史的视角,已超越了我们习以为常的政治社会学范畴,而上升到了哲学的高度。对此,黑格尔也指出:"那种不断重复出现的、滞留的东西取代了我们称之为历史的东西。当各种因素互相结合的前提终于变成了活生生的进展的时候,中国还处在世界历史之外。"[4]既然一个民族像"土人"一样生活在蒙昧时期,那么西方人根据他们的历史进程总结出来的社会进化步骤(原始社会、奴隶社会、封建社会、资本主义社会等)对我们来说,就失去了意义。因此在本质上,我们的历史是没有年代也无须年代的历史,我们的历史是蒙昧野蛮的吃人的历史。那些记载封建文明的"十三经二十五史,正是酋长祭师们一心崇奉的治国平天下的谱"[5]。

小说《狂人日记》是对这一历史观的总结,它凝聚着作家对民族进化史的思考成果。在小说中,他借"狂人"之口对人类迄今为止的进化过程进行了总结:

---

①高旭东:《文化的碰撞与认同:从生搬硬套到对话》,见《中外文化与文论》第2辑,四川大学出版社,1996年版,第148页。

②《鲁迅全集》第1卷,第327页。

③《鲁迅全集》第3卷,第17页。

④夏瑞春编:《德国思想家论中国》,江苏人民出版社,1995年版,第114页。

⑤《鲁迅全集》第1卷,第328页。

……大约当初野蛮的人，都吃过一点人。后来因为心思不同，有的不吃人了，一味要好，便变了人，变了真的人。有的却还吃，——也同虫子一样，有的变了鱼鸟猴子，一直变到人。有的不要好，至今还是虫子。这吃人的人比不吃人的人，何等惭愧。怕比虫子的惭愧猴子，还差得很远很远。[①]

在“狂人”的理解中，人类在野蛮时代(类人猿时期)，都是吃人的，后来一部分要求进步，不再吃人，就进化为人——“真的人”；而不要好的那一部分，还继续吃人，所以到今天也没有进化成为“真的人”——鲁迅称之为“类猿人”[②]。随后“狂人”以虫子的进化为喻，说明了进化过程中的差异。以图式表示如下：

A.野蛮人(类人猿)——(不吃人，进化)——人(“真的人”)

B.野蛮人(类人猿)——(吃人，不进化)——“类猿人”(非人)

虫子之喻：

a.虫子——(进化)——鱼鸟猴子——人

b.虫子——(“不要好”、不进化)——虫子

通过比喻，我们不难发现，人类由野蛮时代进化到人的时代，就像虫子进化到人一样，发生了质的变化，它表现了人类的真正进步。结合鲁迅对中西文化的价值评判，我们还可发现，在人类的两种进化图式(AB)中，“A”式为西洋人，“B”式为中国“人”(非人)。“A”式与“B”式的根本分界在于是否“吃人”。在这两种进化图式的对比中，潜藏着鲁迅对“中国人尚是食人民族”[③]这一本质的揭露与批判。小说为了更好地显示这一主题，在作品中除了让“狂人”体验“难见真的人”的恐惧外，还让吃人原型一次次复活，充分渲染吃人民族的血腥与残暴。根据荣格对人类心理学的研究，“原始意象或者原型是一种形象（无论这形象是魔鬼，是一个人还是一个过程），它在历史进程中不断发生并且呈现于创造性幻想得到自由表现的任何地方”，“每一个原始意象中都有着人类精神和人类命运的一块碎片，都有着在我们的祖先的历史中重复了无数次的欢乐和悲哀的一点残余，并且总的说来始终遵循同样的路线”[④]。就像根据原始化石和陶器碎片可以

---

①《鲁迅全集》第1卷，第429页。

②鲁迅对“类猿人”的论述，见《热风·随感录四十一》：“尼采式的超人，虽然太觉渺茫，但就世界现有人种的事实看来，却可以确信将来总有尤为高尚尤近圆满的人类出现。到那时候，类人猿上面，怕要添出‘类猿人’这一个名词。”

③《鲁迅全集》第11卷，第346页。

④[瑞士]荣格著，冯川、苏克译：《心理学与文学》，生活·读书·新知三联书店，1987年版，第121页。

推断历史的概貌一样,“原型”保留了人类在远古时期的“种族记忆”,是人类精神的化石,它“以象征的形式贮存着人类从蛮荒走向文明的历历往事,汇集着千百年来无数人的心灵震动”[1]。在《狂人日记》中,吃人者的“欢乐”和被吃者的“悲哀”在特定的语境中再次呈现:

> 你看那女人“咬你几口”的话,和一伙青面獠牙人的笑,和前天佃户的话,明明是暗号。我看出他话中全是毒,笑中全是刀。他们的牙齿,全是白厉厉的排着,这就是吃人的家伙。[2]
>
> ……
>
> 有的是看不出面貌,似乎用布蒙着;有的是仍旧青面獠牙,抿着嘴笑。我认识他们是一伙,都是吃人的人。[3]

这些原始意象的复活,将原始丛林里吃人的场景与现实重叠起来,进一步证明,中国还处在吃人的野蛮阶段,还没有进化到“真的人”。同时这些原始意象使整部作品笼罩在吃人的恐怖之中,显示出狞厉之美。

鲁迅在日本留学期间,就对人类进化的历史怀有浓厚的兴趣。写于1907年的《人之历史》,较为系统地介绍了西方著名人类家黑格尔(海克尔)、达尔文、赫胥黎等人的研究成果,对“有生始于无生,盖质力不灭律所生之成果尔”的生命起源论和“种族进化,亦缘遗传及适应二律而来”的种族进化论极为推崇。该文是鲁迅弃医从文之后, 在有目的提倡文艺启蒙运动初期写的几篇重要论文之一。这说明鲁迅文化—历史观在最初形成的时候,就将视野投向了人类远古时期:从人类起源这一根本问题上,重建关于人类进化和发展的思想体系。鲁迅的文化—历史观正是在这一广袤的历史旷野上矗立起来的。

---

①傅道彬:《原型批评与精神的考古》,见《中外文化与文论》第2辑,四川大学出版社,1996年版,第90页。

②《鲁迅全集》第1卷,第424页。

③《鲁迅全集》第1卷,第430页。

二、现实反省论："正如我辈约了燧人氏以前的古人，拼开饭店一般，……店铺总要倒闭。"

既然迄今为止的历史是没有年代的岁月堆积，那么现实也就被湮没在已逝的混沌之中。从这个角度来说，鲁迅的文化视野是没有历史与现实之分的。也可以说，他对历史的批判，即是对现实的批判；他对现实的反省，即是对历史的反省。但鲁迅活在极不平静的时间维度上：时局的动荡和文化界的喧嚣时时幻化出种种迷人的假象，似乎民族辉煌前景已在不远的地方等候。鲁迅像在讲台上给他的学生澄清小说史的迷雾一样，他不得不用他的笔，去戳穿他身边的种种假象，以便让人们看到现实社会的本质。

洋务运动、维新变法、晚清文学改良及五四新文化运动，从物态文化层面、制度文化层面到精神文化层面，逐步深入地向民族文化深层掘进。这种种努力给处在危难中的人们带来了希望之光，人们期待着它能够改变中国历史的走向。而焦灼的期待与对民族复兴的渴望，很容易使人们陷入盲目乐观的泥淖。鲁迅对此异常警惕与警觉，因为他清醒地意识到文化变革的艰巨性。他不止一次地感叹中国文化的老化及其对异域文化的同化（黑色染缸）能力。在一片救亡图存的呼声中，鲁迅发现了潜藏在民族文化深处最为可怕的病灶："在现存的旧民族中，最合中国式理想的，总要推锡兰岛的 Vedda 族。他们和外界毫无交涉，也不受别民族的影响，还是原始的状态，真不愧所谓'羲皇上人'。"[①]这就一针见血地指出了中国人迷恋远古盛世的崇古心态。鸦片战争之后，在复古与西化的喧嚣中，民族的惰性依然像横亘河中的巨石，激起滔天浊浪。也许让人担忧的还不是保守派对西方文化明目张胆地抵制，而是投机者对西方文化的歪曲和新潮人物在不自觉中重复"老例"。"中体西用"、"维新保皇"、"整理国故"等等，不能不让鲁迅从中看出点"造化的把戏"来。来自西方的"新花样"在东方的凝固的"本质"上漂浮着，像泡沫一样，很快就被巨大的"黑色染缸"吞没："中国大约太老了，社会上事无大小，都恶劣不堪，像一只黑色的染缸，无论加进什么新东西去，都变成漆黑。"[②]在新的旗帜下诞生的中华民国，"也还是五代，是宋末，是明季"[③]。

---

①《鲁迅全集》第 1 卷，第 352 页。
②《鲁迅全集》第 11 卷，第 20 页。
③《鲁迅全集》第 3 卷，第 17 页。

在对现实种种假象的反思中，鲁迅对辛亥革命的反思最为深刻。按照来自西方的社会分期方法，这场革命意味着结束了漫长的封建社会，开始向资本主义社会迈进。与之相伴而来的声光化电，又给这个古老的民族涂上了一层新鲜的釉彩：历史似乎是向前迈了一大步。就在人们盲目的乐观与欢呼声中，鲁迅将其敏锐的目光投向现实的深处，去打捞它的本质特征：

> 中国社会上的状态，简直是将几十世纪缩在一时：自油松片以至电灯，自独轮车以至飞机，自镖枪以至机关炮，自不许"妄谈法理"以至护法，自"食肉寝皮"的吃人思想以至人道主义，自迎尸拜蛇以至美育代宗教，都摩肩挨背的存在。
>
> 这许多事物挤在一处，正如我辈约了燧人氏以前的古人，拼开饭店一般，即使竭力调和，也只能煮个半熟；伙计们既不会同心，生意也自然不能兴旺，——店铺总要倒闭。[①]

鲁迅没有沉醉在古老民族的回光返照之中，而是在变动的世界中发现了不变的旋律：在我们所开的这家"店铺"里，隐藏着"燧人氏以前的古人"正在与我们合作，并预言"店铺总要倒闭"。既然我们还在与"燧人氏以前的古人"合作着，那么历史所谓的进步不过是野蛮人重复了一次狩猎游戏，巫师们重复了一次祭坛歌舞，酋长们讲述了一个充满幻想的神话故事。急剧动荡的社会形势像湖面的浮萍一样，无论怎样聚合，都不会从根本上改变湖的形状。对政治革命来说，其价值最终体现在对社会中每一个个体成员命运的改变上。辛亥革命作为一场被称为推动了历史进步的重大事件，给他的社会成员带来了什么呢？鲁迅说：

> 我觉得仿佛久没有所谓中华民国。
>
> 我觉得革命以前，我是做奴隶；革命以后不多久，就受了奴隶的骗，变成他们的奴隶了。[②]

这种"奴才式的革命"不可能从根本上改变现状，时间久了，"涂饰的新漆剥落已尽，于是旧相又显了出来"[③]。这"旧相"就是蒙昧野蛮文明。因此，鲁迅对中

①《鲁迅全集》第 1 卷，第 344 页。
②《鲁迅全集》第 3 卷，第 16 页。
③《鲁迅全集》第 11 卷，第 31 页。

国历史的整体把握，与政治学层面上的历史分期大异其趣，他是从文化的本质上，宣判了中华民族全部文明史的死刑！在鲁迅的文化—历史观中，根本就不存在一种叫作封建文明或封建文化的观念系统，在他的视野中，中华民族迄今没有走出蒙昧时期，既如此，那么我们津津乐道的反封建也就无从谈起了。

在《阿Q正传》中，他通过审判阿Q的情节，又一次反省了这场政治革命的本质：

> "我本来要……来投……"阿Q胡里胡涂的想了一通，这才断断续续的说。
>
> "那么，为什么不来的呢？"老头子和气的问。
>
> "假洋鬼子不准我！"
>
> "胡说！此刻说，也迟了。现在你的同党在那里？"
>
> "什么？……"
>
> "那一晚打劫赵家的一伙人。"
>
> "他们没有来叫我。他们自己搬走了。"阿Q提起来便愤愤。[①]

这是两个世界的奇妙对话。阿Q因没能参加抢劫赵家的"革命行动"，心中愤愤不平，"长衫人物"却将此当作阿Q对罪行的供认。审判者与被审判者各自从自己的目的出发，各说各的话，看上去他们生活在两个世界中，其实他们在本质上又是一样的：野蛮、专横。"长衫人物"是资产阶级革命的产物，他们嘲笑阿Q的"奴隶性"，以文明人自居，然而经过一番"驴唇不对马嘴"的审判之后，把阿Q草草地枪毙了。在现代文明的名义下，上演的依然是野蛮的吃人悲剧，"所以无论什么主义，全扰乱不了中国"[②]。在西化呼声最高的教育界，教育家们"把'九天玄女传与轩辕黄帝，轩辕黄帝传与尼姑'的老方法，改称'新武术'，又是'中国式体操'，叫青年去练习"[③]。新的招牌下，贩卖的仍是最为古老的货色。这是鲁迅对中国近代文化变革所作的评价，也是其文化—历史观的重要组成部分。

---

①《鲁迅全集》第1卷，第523页。

②《鲁迅全集》第1卷，第347页。

③《鲁迅全集》第1卷，第309页。

三、前景构想论:“人类尚未长成”,“将来总会有尤为高尚尤近圆满的人类出现”

鲁迅作为一位具有强烈忧患意识和救世目的思想家,他的文化—历史观不是一套凝固的价值体系,而是一个指向未来的动态过程。甚至可以说,他对历史的深刻认识,不是为了从社会历史学的角度去寻找和把握历史发展的规律,而是为了给停滞的历史装上车轮,以便使它能够走出蒙昧文化的迷雾。从这个意义上说,鲁迅是一位理想主义者,可这一点在鲁迅研究中常常被忽视或被曲解。这主要体现在两个方面:一方面,许多著名学者在谈及鲁迅时,认为“读完了鲁迅的作品以后,感到对国家、对社会,只是一片乌黑乌黑”①,鲁迅“只告知社会是恶,并不能解决问题”②。其实鲁迅揭社会的病疮毒瘤,不是为了使人们陷入绝望的深渊,而是为了将世人唤醒。鲁迅在对中国文化进行毁灭性打击的时候,内心深处却燃烧着火一样的拯救民族的激情。在他的精神世界里,理想的旗帜猎猎作响,召唤着人们奋然前行;另一方面,在鲁迅研究界,人们谈到鲁迅的理想时,大都看到了他对“人国”(或“第三样时代”)的呼唤,于是将“立人”看作鲁迅思想的终极指向。这其实是误解。

“立人”、“立国”等概念在鲁迅著作中最早出现于《文化偏至论》:

> 外之既不后于世界之思潮,内之仍弗失固有之血脉,取今复古,别立新宗,人生意义,致之深邃,则国人之自觉至,个性张,沙聚之邦,由是转为人国。人国既建,乃始雄厉无前,屹然独见于天下,更何有于肤浅凡庸之事物哉?
>
> 是故将生存两间,角逐列国是务,其首在立人,人立而后凡事举;若其道术,乃必尊个性而张精神。③

从这两段话中我们可以看出两点:第一,“人国”并不是对人类生存前景的构想,而是针对中华民族的自救提出来的思想启蒙构想,而且“人国”通过“取今

①《徐复观集》,群言出版社,1993年版,第58页。

②刘梦溪:《传统的误读》,河北教育出版社,1996年版,第345页。

③《鲁迅全集》第1卷,第56、57页。

复古，别立新宗”就可以达到，并不是太遥远的未来憧憬；第二，通过“立人”来建立“人国”是民族独立的手段，不是目的，是民族发展的前提，而不是期待中的结果。张扬个性，建立“人国”，是为了使中华民族“雄厉无前，毅然独见于天下”。在世界形势急剧恶化的背景下，鲁迅提出“立人”，其目的是为了“凡事举”。由此可以看出，“立人”是在当时条件下的一种启蒙救国策略，是我们民族自强自立的必由之路，而不是对民族或人类理想前景的终极构想。那么鲁迅是否像其他思想家一样有过对人类未来的遥远憧憬呢？鲁迅不是一个耽于幻想的人，他不会面对着野蛮的历史去撰写中国版的《乌托邦》，更不会在危难的现实中构筑现代版的《桃花源记》，但他坚定地相信，“将来容不得吃人的人，活在世上”！正是这一信念，吸引着他遥想人类未来的理想图景。

自近代以来，像鲁迅这样试图拯救民族的有识之士，大有人在。但由于文化历史观的差异，鲁迅显得与众不同。梁启超、严复、孙中山、胡适、陈独秀、李大钊等一大批有识之士为拯救中华民族做出了巨大努力，他们把英、日、美、俄等国的社会制度和文化，当作人类幸福的彼岸，孜孜以求。似乎中国只要实现西方或俄国式的社会制度，一切问题就迎刃而解。鲁迅与此不同，他没有将西方的某一社会形态当作人类理想的范本，而是在幻想世界里表达了对人类生存境界的无限憧憬。过去我们过多地强调了鲁迅对西方文化的认同和借鉴，认为在“五四”时期，他像胡适等人一样，是一个西化论者，这其实是一种错觉。固然鲁迅对西方文化常常表现出难以掩饰的向往之情，但我们忽视了他的另一面：对西方文化的批判。早在日本留学期间，鲁迅就在《文化偏至论》中，对西方社会的物质主义进行了严厉的批评，并反对中国照搬西方的社会发展模式。鲁迅这一矛盾心态基于以下两个原因：一方面，与中国文化相比，西方文化表现出了极大的优越性，它本身所固有的自由气息和个性意识，是中国用来批判自身蒙昧文化的重要武器，所以，在中西的对比中，他自然推崇西方文化，并将其当作救治民族痼疾的药石。另一方面，在鲁迅的心目中，西方社会并不是人类进化的终极，更不是人类最理想的梦乡，尤其是物欲横流的物质主义和“众数专制”的社会运行方式，使鲁迅感受到对个人的压制和扼杀。在这里他比同时代的智者表现出了更多的理性批判精神。鲁迅理想的世界与理想的人类生存方式，虽然不在蒙昧的东方，却也不在所谓文明的西方，而是在遥远的未来。他所寻求的不是一种理想的社会制度，而是个人作为人的生存状态。

鲁迅对西方文化的推崇，实际上就是以“人”的文明去改造吃人——“非人”

的文明，以便使进化“B”式转化为进化“A”式。但在鲁迅的文化视野中，西方的进化“A”式也还没有达到人类理想的境界，毕竟人类不能仅仅满足于做人，而应该成为“尤为高尚尤近圆满的人类”。鲁迅这一对人类进化终极境界的设想，明显受到尼采的影响。尼采说：

> 那是伟大底正午，因为人正居于他的轨道的中点，那轨道一端是禽兽，另一端是超人，而且庆祝其向夜晚的程途为最高底希望：因为这是向另一新晨之路。……
>
> “一切天神皆已死去；如今我们希望超人长生”（原文有着重号——引者注）——这将成为那伟大底正午时我们的最后希望！——[①]

在这段话中，尼采将人类整个的进化过程（包括将来）看作一个“轨道”，“轨道”的起点是“禽兽”，终点是人类进化的最高理想“超人”，处在中间的是我们今天的“人”。尼采鸟瞰人类进化史的宏观视野及其对“超人”的预言，与鲁迅从人类进化史的角度考察人类发展的进程有着异曲同工之妙。鲁迅没有接受尼采关于“超人”的“渺茫幻想”，但他仍然觉得“人类尚未长成，人道自然也尚未长成”[②]，相信“将来总有尤为高尚尤近圆满的人类出现”[③]。不管是东方还是西方，人类离高尚圆满的人类还存在着很大距离，并且相对而言，中国离这一理想更加遥远。前面的进化图式可以扩充为（虚线表示未来）：

A.（西方）：野蛮人（类人猿）——（不吃人，进化）——人……“尤为高尚尤近圆满的人类”

B.（中国）：野蛮人（类人猿）——（吃人，不进化）——野蛮人（类猿人）……人……“尤为高尚尤近圆满的人类”

在西方（图式A）和中国（图式B）已有的进化历史中，中国还需要重复西方已经走过的由野蛮人到人的路，但必须警惕在西方泛滥的物质主义和众数专制对人类进化历程的阻碍作用。“青山遮不住，毕竟东流去”，东方人与西方人，他们最终会消除隔膜，进化成为“高尚”、“圆满”的人类！

鲁迅对人类生存前景的高扬，给他的思想注入了无限生机和活力，使他在

---

①[德]尼采著，徐梵澄译：《苏鲁支语录》，商务印书馆，1992年版，第76页。
②《鲁迅全集》第1卷，第358页。
③《鲁迅全集》第1卷，第325页。

绝望的抗争中依然坚定相信："生命的路是进步的，总是沿着无限的精神三角形的斜面向上走，什么都阻止他不得。"[1]正是这种力量，支撑着他的思想，支撑着他的生命，使其在无地彷徨的困顿中，仍然固执地追寻着通向未来的道路。这是鲁迅思想中最为激越、最为迷人的乐章！

①《鲁迅全集》第 1 卷，第 368 页。

背对故乡[①]

——鲁迅的思乡心理与其小说创作

思念故乡是中国文学的古老母题之一。在封建社会,文人大都异地做官,在交通极为不便的条件下,归乡成为一种奢望。面对高山远水,抒发对故乡魂牵梦绕的思念,就成为古代文学一个重要的表现主题。进入新文学时期,思乡依然是作家们心中"剪不断、理还乱"的心结。但由于时代的变化和文人生存方式的改变,现代作家的思乡情感与古代文人相比,有了许多新的内容。作为新文学的创始人之一,鲁迅对故乡的感情是非常复杂的。他像所有的游子一样,深深眷恋着那片生养他的土地,无论走到哪里,都会对故乡投去深情的一瞥。然而,对家乡的思念常常伴随着难以抑制的怨愤和痛苦:家庭的变故、族人的伤害、亲戚的歧视、质铺与药店之间的奔波,这些灰暗的记忆,织成一张忧郁的网,笼罩着他思念故乡时的温馨情怀。这一复杂的思乡情结,使他在心理上产生了无家可归的漂泊感,进而影响着他的人生选择和文学创作。

在游子的心目中,故乡往往是感情的依托、心理的支点,也是失意时的退身之地。自古以来,不少的文人、墨客,无论漂泊何处,一旦遇到挫折,往往会用思乡的脉脉温情,化解心中的郁积并发出"不如归去"的感慨。故乡像一湾静水,随时接纳他们在风浪中颠簸的人生之舟。但对鲁迅来说,家乡已失掉了这种功能。来自故乡的那些灰暗的童年记忆,让他心有余悸,不堪回首。所以当他在外地遇到磨难时,他已经没有退身之处,只有独自面对异乡的坎坷。

鲁迅人生旅程的第一站是南京。由于"S城人的脸早经看熟,如此而已,连心肝也似乎有些了然",他决定"去寻为S城人所诟病的人们,无论其为畜牲或魔

---

①本文原刊于《齐鲁学刊》,1997(4)。

鬼”[①]。由此可知，年轻的鲁迅选择南京的洋务学堂作为走向社会的起点，并没有什么明确的社会功利目的，更不像有人说的那样是为了实业救国。当时他去南京，除了省点学费之外，主要原因是为寻找“别样的人们”：“因为那时读书应试是正路，所谓学洋务，社会上便以为是一种走投无路的人，只得将灵魂卖给鬼子，要加倍的奚落而且排斥的”[②]。到南京之前，他对洋务学堂并没有多少了解。家乡的人认为那是一条“歪路”，反而更加坚定了他选择的信心。在其踌躇满志的少年意气里，包含着对故乡义无反顾的背叛。毫无疑问，他第一次远行，就用自己的手斩断了回归故乡之路，将灵魂也一同装入了行囊，踏上了漫漫的漂泊旅程。无论是1926年被军阀和“学者”们“挤”出北京，还是在厦门受到“学者”们“候审”的恐吓，抑或是惊恐于“四一二”的血雨腥风，他都没有回乡的打算，而是四处奔波。

他逃避故乡，但故乡并未停止对他的牵制。1906年，他从日本回国，奉母命与朱安女士结婚。面对乡亲父老的期待，面对含辛茹苦的慈母，他屈服了，一切照旧，拜堂成亲。可表面上的温顺，并不能减轻他心理上的痛苦。如果说，在此之前，他与故乡之间还以亲人为纽带发生着有形的联系，那么与朱安结婚之后，他对亲人的思念，也不可避免地会触动他内心的隐痛。从此，他对故土的感情变成一种难以面对的痛苦。在思想上，由于在日本读了大量书籍和对国民性问题的探讨，使他充分意识到国民的“愚弱”，更加拉大了他与故乡之间的距离。这位故乡的叛逆者，变成了一位清醒的批判者和拯救者。即使他到仙台学医，也主要是因为家乡中医的愚昧和误人，故乡以一种无形的力量，左右着他的行为方式和文化心态，他也自觉地将来自故乡的童年记忆，当作一个参照系，用以判断现实中的取舍。在他后来的小说创作中，他选择故乡为解剖国民性的切入口，与他这种复杂的文化心理有很大关系。

鲁迅小说主要创作于旅居北京时期。无论是在绍兴会馆的补树书屋，还是砖塔胡同、西三条胡同，他都是过着独身生活。遥远的家乡归不得，身边又没有一个真正属于自己的家。现实生活的不幸，强化了他思想上的悲观与虚无。我从哪里来，到哪里去，我叫什么名字，人生的最后归宿是什么，这些人生最基本的问题，化作一个个难以破译的谜，折磨着他，使他陷入对人生终极价值的深刻怀

①《鲁迅全集》第2卷，第293—294页。

②《鲁迅全集》第1卷，第415—416页。

疑之中(《过客》)。也只有无家可归而又无地彷徨的精神漂泊者才会有这样的内心独白:

我愿意这样,朋友——

我独自远行,不但没有你,并且再没有别的影在黑暗里。只有我被黑暗沉没,那世界全属于我自己。①

孤独悲凉的漂泊情怀及对人生价值宿命般的怀疑和追问,足以瓦解来自现实社会的理性判断和对人生基本价值的认同。地理意义上的S城已成为心中的伤口,可在情感世界里,又难以接受"无家可归"这一事实,他只好从久远的记忆中寻出一点美好的东西加以强化,以想象来粉饰美化自己的故乡:

深蓝的天空中挂着一轮金黄的圆月,下面是海边的沙地,都种着一望无际的碧绿的西瓜,其间有一个十一二岁的少年,项带银圈,手捏一柄钢叉,向一匹猹尽力的刺去,那猹却将身一扭,反从他的胯下逃走了。

这幅充满诗意的图画,是小说《故乡》中最迷人的场景。但细读作品,我们就会发现,这幅画面并非来自他的真实记忆,因为他并没有亲眼见过闰土刺猹的场面,这完全是他想象的产物。而能够诱发他产生这种想象的主要因素,是试图摆脱来自故乡的灰暗记忆对个人情感世界的束缚,用想象为自己找一个可以寄托思乡情感的替身。这想象中的诗意世界,与"远近横着"的"几个萧索的荒村"形成鲜明的对比,使他感到惘然和困惑:

阿!这不是我二十年来时时记得的故乡?

我所记得的故乡全不如此。我的故乡好得多了。但要我记起他的美丽,说出他的佳处来,却又没有影像,没有言辞了。仿佛也就如此。

离家越近,现实的故乡越来越清晰,而想象中的诗意世界,变得虚无缥缈。进了家门,没有发现让自己感到惊喜和意外的改变,没有热烈的喜庆场面,也没

---

①《鲁迅全集》第2卷,第166页。

有“青春做伴好还乡”的快感和激情。来自邻人们的，还是讽刺、挖苦、误解及对家产的明抢暗夺。当杨二嫂说他在外面放了道台了，有三房姨太太，出门便是八抬大轿时，他只有苦笑，无法解释，也无从解释。虽然已别了二十余年，可就像昨天刚离开一样，心中充满忧郁和沉重。这时他想见一见闰土，不仅因为闰土是昔日的好友，可以谈谈，还因为闰土是连接想象中的故乡和现实故乡的纽带。闰土果然来了，但远远地喊了他一声“老爷”。当年那个项带银圈的少年被“多子，饥荒，兵匪，官，绅”“苦得像一个木偶人了”。他痛切地感受到，他与闰土甚至与故乡之间已隔了一层可悲的厚障壁了。作为一个具有现代意识的知识分子，他已无法认同故乡的文化形态。所以尽管身已归乡，而心却无法融入那熟悉的田园，更加重了他异乡漂泊的沧桑感。鲁迅在 1919 年 12 月的这次故乡之行，粉碎了他心中珍藏多年的关于故乡的“神异图画”，强化了他与故乡之间的隔膜和对立。直到他重离家乡，越行越远时，他心中的想象才重新复苏：“我在朦胧中，眼前展开一片海边碧绿的沙地来，上面深蓝的天空中挂着一轮金黄的圆月。”这心中美好的故乡，在想象的天国中朦胧显现，他却难以回归，这就注定了他的思乡之情，在现实的世界上，永远也找不到停泊点。同《故乡》一样，《社戏》也是一篇追忆故乡的小说。当他忆起在家乡吃的罗汉豆时，那记忆中的香味似乎冲淡了他与故乡之间的紧张对立，可在《朝花夕拾·小引》中，他不得不承认：“我有一时曾经屡次忆起儿时在故乡所吃的蔬果：菱角、罗汉豆、茭白、香瓜。凡这些，都是极其鲜美可口的；都曾是我思乡的蛊惑。后来，我在久别之后尝到了，也不过如此，唯独在记忆上，还有旧来的意味留存。他们也许要哄骗我一生，使我时时反顾。”明知道罗汉豆的滋味只是记忆的“哄骗”，可仍要闭上眼睛，在“哄骗”中得到一点快慰，这不仅是艺术的需要，更是一种心理的需要。

在文学创作中，我们不难发现，思乡只是一种有意味的心境。思乡与归乡并不是一回事。文人反复咏叹思乡之苦，并非是要真正的回归故土，而是玩味思乡之情。无论是作者还是读者，当他全身心地浸泡到思乡的情海时，往往会得到审美愉悦，这也许就是为什么那些终生足不出户的人，也愿读描写思乡之情的作品。思乡而又不愿归乡，但长久的思念，使作家将故乡诗化，导致心中的故乡与实际的故乡相分离。在鲁迅的心中，他的故乡也具有这种两重性：一个是根据记忆中零星的愉快的材料，加以想象的修补，幻化而成的富有诗意的故乡；另一个是那个切实存在的让他苦涩难言的故乡。

由于鲁迅与故乡的对立越来越被强化，逐渐使他的小说充溢着无家可归的惶惑:“北方固不是我的旧乡,但南来又只能算一个客子。”[①]他已经被故乡所放逐。在他的小说中也反复出现了这样的主题:热爱故乡、拯救故乡的游子反受到故乡的遗弃和迫害。《孤独者》是一篇鲁迅的精神自传。在这篇小说中,鲁迅以第三者的身份审视了他与故乡之间的对立。魏连殳的性格经历在许多方面与鲁迅是相似的,比如思想激进、单身生活、孝敬祖母等;魏连殳的父亲死后,他的本家因为要夺他的房子,逼他在笔据上画押。魏连殳的祖母病逝后,族人如临大敌,严阵以待,准备制服这个“信洋教”的“新党”,结果魏连殳毫无反抗之意,说:“都可以的。”这也是鲁迅的真实经历。在村人眼里,魏连殳被当作“异类”,最后客死他乡。从小说来看,对魏连殳伤害最大的不是军阀、官僚,而是他的故乡!这一主题,一反传统文学中游子与故乡之间脉脉含情、休戚与共的相依关系,体现出游子被故乡遗弃的悲怆心理,这正是鲁迅个性心理的外化。在魏连殳与故乡之间,正隐藏着鲁迅面对故乡时的心态,这正是《孤独者》这篇小说的意义。

魏连殳与故乡的对立,反映了微弱的现代意识与庞大的封建文化系统之间的对抗。作为一个单身鏖战的反封建斗士,面对社会的围攻、强权的迫害时,往往能大义凛然,因为他自信,他代表着一种进步的文化力量,是新的历史使命的承担者,社会的迫害能唤起他心中的崇高感。但当这种迫害来自于亲人、来自于魂牵梦绕的故乡时,就让他们举步维艰。鲁迅说:“死于敌手的锋刃,不足悲苦;死于不知何来的暗器,却是悲苦。但最悲苦的是死于慈母或爱人误进的毒药……”[②]爱与憎、绝望与希望、批判与拯救、无奈与抗争、思恋与迫害,成为鲁迅小说显著的精神特征。《药》中的夏瑜没有死在疆场,回归故里时被亲人出卖;《祝福》中的“我”在年底回归故乡,面对鲁四老爷的迂腐和祥林嫂的愚昧,只好逃离家乡;《狂人日记》中的狂人和《长明灯》中的“疯子”被乡亲或亲人禁锢起来。这些新时代的窃火者,或被故乡吞没,或被永远地流放,这不仅仅是思想的悲剧,更是心灵的悲剧。

鲁迅小说中这一反复出现的主题,与他在日本时期的思想是一脉相承的。在日本时期,他高度赞扬“立意在反抗,指归在动作”的摩罗诗人,遍索中国,呼唤“精神界之战士”。经过辛亥革命及“五四”新文化运动的洗礼以后,“精神界之战士”诞生了,他们的命运如何呢?吕纬甫、魏连殳经过一阵抗争之后,又“从事先前所反对的一切”了;“狂人”病愈后赴某地候补了。这些旧时代的反抗者,清

①《鲁迅全集》第2卷,第25页。
②《鲁迅全集》第3卷,第48页。

醒的失败者，只留下内心深处累累伤痕。鲁迅的小说是对这些不幸者的抚慰，也是对死难者的凭吊，更包含着对先驱者命运的反思。他抚慰先驱者的不幸，就是抚慰自己内心的伤痛；他凭吊死于亲人之手的夏瑜，就是凭吊自己无家可归的处境；他反思先驱者的命运，笔锋指向了中国愚弱的民众。

1927年，鲁迅移居上海，与许广平建立了自己的家庭，但他与故乡之间的对立作为强大的心理背景，仍然顽固地存在着，使他时时反顾，又使他黯然神伤。在上海与他交往颇为密切的郁达夫回忆："鲁迅不但对于杭州，并没有好感，就是对他出身地的绍兴，也似乎并没有什么依依不舍的怀恋。"[①]即使到了人生暮年，他也像不宽恕自己的论敌一样，没有宽恕留给自己创伤的故乡。中国人历来有叶落归根之意，那么鲁迅晚年是否有回归故乡的愿望呢？据冯雪峰回忆，鲁迅多次说过下面这些话：

> "比较起来，我还是关于农民，知道得多一点。"
>
> "要写，我只能写农民，我回绍兴去。"
>
> "……其实，现在回绍兴去，同农民接近也不容易了，他们要以不同的眼光看我，将我看成他们之外的一种人，这样，就不是什么真情都肯吐露的。"[②]

虽然足迹遍及中外，但他最了解的还是农民，那里是他的人生起点，也是他文学创作的源泉，他渴望再次融入那片热土去重新认识与重新感受，但是在父老乡亲的眼中，他变成了另外一种人，深深的隔膜横亘在他与故乡之间，使他无法跨越。当年为寻找"异样的人们"，愤而离乡，人生暮年想回归故里时，又担心被看作"异样的人"，身在他乡为客，回归故乡还是客，解不开的故乡情结，萦回在他的心中，使他痛苦不堪。鲁迅逝世前没有留下遗嘱，一般将他那篇《死》视为他的遗言。在那篇文章中，他交代说："赶快收敛、埋掉，拉倒。"他没有指定将他的遗骨埋向何处，也许对于漂泊一生的鲁迅来说，已经四海无家、四海为家了。

①陈子善、王自立编注：《郁达夫忆鲁迅》，花城出版社，1982年版，第44页。
②冯雪峰：《回忆鲁迅》，见鲁迅博物馆、鲁迅研究室、《鲁迅研究月刊》选编：《鲁迅回忆录（专著）》（中册），北京出版社，1999年版，第611页。

鲁迅文学创作高峰出现的原因探析[①]

鲁迅从1918年发表《狂人日记》到1936年去世,在近20年的时间里,有两个创作高峰期:一个是从1925年至1927年,一个是从1933年至1936年(见附录)。这两个时期的创作篇目分别占了统计总数的26%和47%。它们与其他年份创作量之间的巨大落差启示着我们去探求背后的原因。笔者认为是文艺创作的内驱力、规约力和激发力三者的有机结合,共同促成了鲁迅文学创作高峰的出现。

1924年底,鲁迅在给译作《苦闷的象征》写的"引言"中提到厨川白村的文艺观:"生命力受了压抑而生的苦闷懊恼乃是文艺的根柢,而其表现法乃是广义的象征主义。"[②]鲁迅对这一观点是赞成的。厨川白村认为,人的本性是追求一种自由自在的生活,由于现实中的人要受到种种束缚,所以会产生"苦闷懊恼"的情绪。他还认为"文艺是纯然的生命的表现;是能够全然离了外界的压抑和强制,站在绝对自由的心境上,表现出个性来的唯一的世界"[③]。当作家完成了作品以后,"又如经了'生育的苦痛'之后,产毕的母亲就有欢喜一样,在成全了自己生命的自由表现的创作家,也有离了压抑作用而得到创造底胜利的欢喜"[④]。

---

①本文原刊于《鲁迅研究月刊》,2008(5)。本文为我和孙伟共同完成,并以我们两个人的名义发表。孙伟当时正跟我读硕士。今征得孙伟同意,收入本书,特向孙伟致谢。

②[日]厨川白村著,鲁迅译:《苦闷的象征·出了象牙之塔》,人民文学出版社,1988年版(以下同一部书的版本皆同),第4页。

③[日]厨川白村著,鲁迅译:《苦闷的象征·出了象牙之塔》,第15页。

④[日]厨川白村著,鲁迅译:《苦闷的象征·出了象牙之塔》,第39页。

产生于创作主体心灵深处的苦闷懊恼是文艺创作的内驱力。如果没有浓烈的苦闷情感,则一定不会有文艺创作高峰的出现。1928 年至 1932 年的 5 年时间里,鲁迅文学创作的篇目总和还不如 1933 年一年的多,原因是鲁迅这一时期的生活是相对轻松的。鲁迅和许广平摆脱种种内在外在的压力,经过艰难的碰撞磨合,终于走到了一起;由于远离了北京那个大漩涡,他心理上的重压也得以暂时缓解;国民政府大学院特约撰述员的身份,让他的生活有了基本保障。鲁迅本人也认为这一段时间是比较轻松的。在给友人的信中,他写道:"四五年前的悠闲生活,回忆起来,有如梦境。"[①]"大约四五年前罢,增田涉君几乎每天到寓斋来商量这一本书,有时也纵谈当时文坛的情形,很为愉快。那时候,我是还有这样的余暇,而且也有再加研究的野心的。"[②]这里所说的"四五年前",指的就是 1930 年、1931 年前后。生活得轻松是作家的幸运,但对于他的文学创作却是一种不幸。

情感苦闷是文艺创作的内驱力,并不表示有了苦闷情感就一定会有文艺作品的出现。1918 年之前,在北京独居的鲁迅不可谓不苦闷,却基本上没有进行文学创作。他的理性认识拒绝把自我的苦闷情感以文艺作品的形式表达出来。王晓明认为鲁迅在 1912 年创作《怀旧》的动因就是为了抒发内心的苦闷,但对自身定义的"启蒙者"角色和对小说"改良社会"的功利性期待,都迫使他放弃了这种对于"苦闷"情感的表达方式[③]。情感的表达要受规约力的监督控制。

当理性认识认同了苦闷情感的表达方式以后,文艺作品的出现还有待于外部环境的刺激。外部环境作为激发力对文艺创作起着至关重要的作用。"艺术家同时也是一种社会的动物,他有意无意之间总不免受社会环境的影响。艺术的动机自然须从内心出发,但是外力可以刺激它,鼓励它,也可以钳制它,压抑它。风气的势力之大实非我们意料所及。"[④]我们可以想象,如果没有五四时代的风云激荡,鲁迅就只是教育部的一个普通科员,是"五四"唤醒了鲁迅年轻时的梦,促使他披挂上阵。

社会环境对创作主体所产生的刺激,还需要结合艺术家自身的个性来分

---

①《鲁迅全集》第 14 卷,人民文学出版社,2005 年版,第 359 页。

②《鲁迅全集》第 6 卷,第 347 页。

③参见王晓明:《潜流与漩涡:论二十世纪中国小说家的创作心理障碍》,中国社会科学出版社,1991 年版,第 30—31 页。

④朱光潜:《文艺心理学》,复旦大学出版社,2005 年版,第 157 页。

析。即使同一事件对不同的创作主体所激起的心理反应也是不一样的。鲁迅"从小就已显示出活泼好动的个性,因此有'胡羊尾巴'之称,这样的个性一旦汇入大转折、大动荡、大变革的历史潮流之中,和他意念中破坏与创造的双重冲动结合起来,就必然形成了他的跃跃欲试、躁动不安的、不断探索、不断追求的心理态势"①。所以,他总是站在时代的风口浪尖上,时刻关注着时代的风云变幻。在这一点上,他和一母同胞的周作人形成了鲜明的对比。鲁迅对所处时代有非常清醒的认识,基于此,他有着一套自我设计的以"立人"为核心的社会改造构想。当外在的社会事件与自我设计相矛盾时,他总是会积极地做出回应。当越来越多与理想相悖的社会事件向他围困过来时,他内心的苦恼就会加剧,甚至会陷入"绝望"的境地。鲁迅又是那么一个有着强烈"独战"意识的战士,他要"反抗绝望"。这都迫使他写出一篇又一篇的文章来。

鲁迅是一个做事认真的人。他的内心有一种追求完美人格的倾向。周作人在回忆他们的童年时,记录了一件小事。鲁迅在描一幅画时,"描了一半暂时他往,祖母看了好玩,就去画了几笔,却画坏了,豫才扯去另画,祖母有点怅然"②。鲁迅的书房非常条理,以至于搬到上海以后,他仍能凭借记忆指出藏书的具体位置③。对完美品格的追求,加上敏感的个性,就使得他特别不能忍受他人的攻击。即使是在生命垂危的时候,面对徐懋庸的挑衅,他每天凑一些,还是写出了长文《答徐懋庸并关于抗日统一战线问题》进行回击。别人的攻击会引起他的反击,同样,当自我的行动与追求的完美品格相冲突时,他内心的苦闷也会加剧。所以,当越是处在外在或内在的矛盾冲突中,他越有可能创作出大量的文学作品。

情感苦闷作为内驱力,理性认识作为规约力,环境刺激作为激发力,它们结合成一个有机的整体作用于创作主体。创作主体基于环境刺激会形成一定的理性认识,它对人无拘无束、自由自在的本性加以规约并且发生冲突,于是,就会有苦闷情感的产生。随着实践的深入,更多更深的环境刺激会引起原有的理性认识发生变化,这也会引起情感上的苦闷。在不受理性认识的阻碍时,苦闷情感

①钱理群:《心灵的探寻》,河北教育出版社,2005年第2版,第103—105页。

②鲁迅博物馆、鲁迅研究室、《鲁迅研究月刊》选编:《鲁迅回忆录·专著》(中册),北京出版社,1999年第1版,第880页。

③参见景宋:《鲁迅先生的日常生活》,见中国社会科学院文学研究所鲁迅研究室编《1913—1983鲁迅研究学术论著资料汇编》(第2卷),中国文联出版公司,1986年版,第1137—1141页;俞芳等著:《我记忆中的鲁迅先生:女性笔下的鲁迅》,河北教育出版社,2000年版,第102—103页。

会以文艺作品的形式创造出另一个虚构的世界来作为现实世界的补偿，从而获得精神世界的完整。因此，当环境对创作主体的刺激越剧烈，创作主体的情感苦闷越浓烈，理性认识对文艺传达的阻碍越小时，作家的创作高峰也就越容易出现。

1925年至1927年文学创作高峰的出现，是鲁迅在与外部环境的纠葛中身陷心灵的挣扎撕扯，并最终突破长期以来形成的理性认识的束缚，在争取获得心灵与肉体的双重自我解放过程中所爆发的强大创作力所致。

瞿秋白在《〈鲁迅杂感选集〉序言》中评价他“是封建宗法社会的逆子，是绅士阶级的贰臣”[1]。深受现代文明教育的鲁迅是封建社会最彻底的批判者。创办《新生》杂志失败后，鲁迅不仅意识到自己不是英雄，同时也深切地感受到了传统势力的强大。“铁屋子”的言说是他走进“五四”时思想态度的明证。“鲁迅是以一种非常独特的方式，加入‘五四’那一代启蒙者的行列的，这独特并不在他的战斗热情比其他人高，也不在他的启蒙主张比其他人对，他的独特是在另一面，那就是对启蒙的信心，他其实比其他人小，对中国的前途，也看得比其他人糟。”[2]虽然他在别人的催促下写了小说，但骨子里仍是充满绝望的。对于旧社会和自我，他都是一个悲观主义者。五四中的他只是一个“听将令”的“敲边鼓者”，《呐喊》也并不是发自内心最深处的歌哭，而是“带着面具的呐喊”[3]，所以，五四不是鲁迅文学创作的高峰。

真正触动鲁迅内心并给他的生存状态带来根本性改变的，是与许广平的恋爱。对于和旧社会的关系，许广平在《两地书》中写道：“你的苦痛，是在为旧社会而牺牲了自己。旧社会留给你苦痛的遗产，你一面反对这遗产，一面又不敢舍弃这遗产，恐怕一旦摆脱，在旧社会里就难以存身，于是只好甘心做一世农奴，死守这遗产。”[4]这一关系最集中地体现在他对待母亲制造的旧式婚姻中。鲁迅说：“但在女性一方面，本来也没有罪，现在是做了旧习惯的牺牲。我们既然自觉着人类的道德，良心上不肯犯他们少的老的的罪，又不能责备异性，也只好陪着做一世牺牲，完结了四千年的旧账。”[5]他把自己归于那个旧世界，所以“向来不为

①何凝：《〈鲁迅杂感选集〉序言》，见中国社会科学院文学研究所鲁迅研究室编《1913—1983鲁迅研究学术论著资料汇编》（第1卷），中国文联出版公司，1985年版，第819页。

②王晓明：《无法直面的人生——鲁迅传》，上海文艺出版社，1993年版，第60页。

③王晓明：《无法直面的人生——鲁迅传》第七章的论述，上海文艺出版社，2001年版。

④《鲁迅全集》第11卷，第220页。

⑤《鲁迅全集》第1卷，第322页。

自己生活打算，一切听人安排”[①]。他只是准备做一个“黎明的翘望者”，准备和旧世界一同消亡。

恋爱引起了他内心剧烈的震动。鲁迅对个人的私生活非常严肃，甚至是实行禁欲主义的。这是他对完美人格的追求和自我期待所决定的。当许广平出现时，作为一个有血有肉真性情的人，他陷入了巨大的矛盾中。他渴望得到异性热烈的真实的爱，但传统的重担让他始终无法轻松起来。他挣扎在摆脱因袭重担的囚笼中。和许广平在一起意味着一种新生活的开始，同时也是对于灵魂和肉体的一种双重自我解放。他在“与旧社会一同消亡”和“开始新的生活”两种生存方式之间犹豫徘徊。这是两种截然不同的生活理念的较量，也是他心灵世界最深处的苦闷。恋爱把他引向了一条自我解放的道路。当终于发出那声“我可以爱”[②]的时候，标志着他的生命从此走向了一个新的阶段。他不要再做旧社会的殉葬品，要把所主张的启蒙理念实践于自身，要做一个新生活的参与者。

恋爱之前，他对社会和人生就已经形成了比较稳定的看法，但让他得以摆脱心灵的桎梏，是与许广平的恋爱。“从压缩式到展开式，这不仅将取决于内在意象或图景的美学生成程度，或许更取决于作家灵魂的搏斗，即取决于作家能否冲决陈腐偏见的牢笼，而释放出最美好的情思。”[③]恋爱所带来的两种生存方式的徘徊，是鲁迅在这一时期情感苦闷的根源。它构成了文艺创作的内驱力。“内驱力的突发与艺术情思的长期郁积有关”[④]。其实，两种生存方式的冲突早就内隐在鲁迅身上，只不过是由恋爱这条导火索引爆在这一时刻。鲁迅在恋爱中爆发了惊人的创作力。

这一时期，鲁迅情感上的苦闷还来源于理性认识的分裂。在前期，他是一个进化论者，认为青年必胜于老年。但“高长虹作为鲁迅悉心扶持的文学青年，终以不可告人的目的向鲁迅倒戈，这对鲁迅实践形态的进化理念，是一种异乎寻常的讽刺”[⑤]。再加上他在广州，“就目睹了同是青年，而分成两大阵营，或则投书告密，或则助官捕人的事实”[⑥]！对于长期作为精神支柱的“进化论”理念的怀疑，

①《鲁迅全集》第 11 卷，第 221 页。
②《鲁迅全集》第 11 卷，第 275 页。
③夏中义：《艺术链》，上海文艺出版社，2001 年第 2 版，第 94 页。
④夏中义：《艺术链》，上海文艺出版社，2001 年第 2 版，第 77 页。
⑤张全之：《鲁迅在厦门时期思想与生活态度的变迁》，载《鲁迅研究月刊》，1994(12)。
⑥《鲁迅全集》第 4 卷，第 5 页。

也使他陷入苦闷。

三一八惨案的血腥残暴,"女师大风潮"事件,章士钊、陈源等人的攻击迫害,独处异地的寂寞,这些因素作为一种激发力,也是促成鲁迅文学创作高峰出现的不可缺少的因素。它推动着鲁迅进行思考并创作。

1933年至1936年创作高峰的出现,跟鲁迅所处的外部环境和个人的思想认识以及身体的健康状况有密切的关系。身受敌对战线和同阵营战友的攻击,再加上疾病折磨和越来越浓重的暮年意识,让他陷入巨大的精神苦闷中。来自他人的攻击和对生命行将消失的忧虑,刺激着他更加努力地进行创作。

这一时期的国民政府对出版物实行严格的检查制度。他在通信中写道:"自本周起,中国将对全国出版物进行压迫。这是必然的,所以也并没什么吃惊。然而可能会对我们的经济有影响,从而也影响到生活。"[①]如果说当局的迫害是鲁迅精神苦闷的外部因素,那么,来自同一阵营战友的暗中攻击则是从内部加深了他的苦恼。他加入"左联"是希望借助这个组织来推动心中理想的实现。但他"无论怎样拼命地干,周扬之流还是不满意,背后说他'懒','不做事','不写文章'等等,后来甚至散布一种空气,说他'破坏统一战线',这就不能不让他感到失望,焦烦,常常有'独战'的悲哀"[②]。来自同一阵营的攻击让他的内心产生了无尽的苦恼与孤独寂寞之感。他的"同人"并不是他精神上的战友。这样的矛盾在本质上是一个有着独立人格、崇尚自由思考的现代知识分子与一个貌似文学团体实为政治团体的冲突。"在鲁迅看来,一个集团或组织所以值得存在,正是由于个人在其中能够按照自由意志采取行动,甚至更有利于这种行动;也就是说,集体或组织变成了表达和行使个人权利的手段"[③]。不幸的是,当时中国的社会环境还不可能涌现出这样的社会团体,他参与的组织对他实施威压,这是他苦闷的来源之一。

他的精神苦闷还来源于疾病的折磨和死亡的潜在威胁。"作为鲁迅晚年的密友,冯雪峰曾经这样反复地强调说:疾病是鲁迅晚年'不时要流露忧郁的主要的原因','对于他的心情不平衡',疾病的'影响最大'。他说:'我想,无论他自觉或不自觉,他都不相信自己会被病所战胜的;但是,也是无论自觉或不自觉,他

①《鲁迅全集》第14卷,人民文学出版社,2005年版,第265页。
②林贤治:《鲁迅的最后十年》,东方出版中心,2006年版,第126页。
③林贤治:《鲁迅的最后十年》,东方出版中心,2006年版,第162页。

都不能不暗暗地把病看做可能不能战胜的敌人。'"[①]"在他的暮年,尤其是在他的大病之中,鲁迅已经越来越感受到一种迫在眉睫的死亡的阴影,并且,他似乎也已经感觉到,自己终将不能摆脱这种阴影了。"[②]正是这样一种对于生命行将远去的忧虑,他更是把全部的时间和精力都用来写作。"鲁迅暮年的写作状态确实已经到了一种可怕的疯狂境地,几乎已经超越了生命所能承载的最后限度。"[③]他要以文学创作来完成他的文学理想,同时也需要创作文学作品来确证自我的生命存在。

情感苦闷作为文艺创作的内驱力推动着鲁迅进行创作,而这时期的理性认识对于杂文这一文艺传达形式也进行着支持。鲁迅已是一个有着完整理性认识的成熟作家。他要用笔写出犀利的杂文进行至死尚息的战斗。对此,钱理群有着非常恰切的论述:

> 这是因为此时的鲁迅,与中国人民革命的实践运动保持着空前密切的联系及一致,他在精神上有了强大的依靠。鲁迅正是安泰式的思想文化巨人,他需要不断从坚实的大地——中国人民变革现实的实践运动中汲取力量。鲁迅当然不会忘记自己作为"历史中间物"必然被否定的命运,但这种否定是与代表历史方向的前进运动的肯定联系在一起;鲁迅的"寂寞"与"牺牲"也就获得了一种崇高——但已不是20世纪初纯粹主观逻辑上的崇高,而是主客观逻辑相统一的崇高。[④]

鲁迅对社会现实的强烈关注和对中国前途命运的关怀,让他选择了杂文这种文体作为文艺传达的形式。他既用它传达对社会现实的理性认识,也借以抒发自己苦闷的情绪。他在传达中超越了自我,让自己的精神世界变得无比强大,以至于美国医生称他是"平生所见第一个善于抵抗疾病的典型的中国人"[⑤]。

这一时期,对鲁迅创作起到影响的激发力,从大的方面而言,是他身处上海这个时代漩涡的中心,对于各种风潮,他总是站在风口浪尖上,来自或敌或友的

---

①吴俊:《暗夜里的过客:一个你所不知道的鲁迅》,东方出版中心,2006年版,第162页。
②吴俊:《暗夜里的过客:一个你所不知道的鲁迅》,东方出版中心,2006年版,第167页。
③吴俊:《暗夜里的过客:一个你所不知道的鲁迅》,东方出版中心,2006年版,第207页。
④钱理群:《心灵的探寻》,河北教育出版社,2005年第2版,第147页。
⑤《鲁迅全集》第14卷,人民文学出版社,2005年版,第108页。

攻击刺激着他做出回应；从自身而言，为了摆脱疾病带来的痛苦和生命行将消亡的暮年意识，他需要用创作来确证自我生命的存在。另外，经济原因也起着一定的影响。

作家的创作是用自己的苦痛来酿成文学上甜蜜的果实。“苦痛比欢乐更能产生诗歌，好诗主要是不愉快、苦恼或‘穷愁’的表现和发泄”；“真正的诗歌只出于深切苦恼所炽燃着的人心”①。基于追求生命自由所产生的苦闷懊恼是文艺创作的内驱力，而作家创作高峰的出现则是文艺创作的内驱力、规约力和激发力三种力量作为一个有机整体共同作用的结果。

附录

鲁迅创作量曲线图

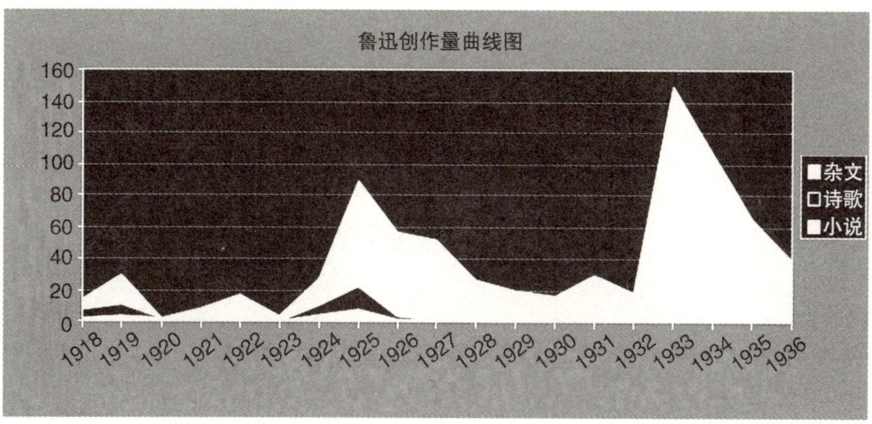

鲁迅历年创作篇目数量表

	1918	1919	1920	1921	1922	1923	1924	1925	1926	1927
小说	2	3	2	2	6	0	4	7	1	1
诗歌	5	8	0	0	0	0	6	15	2	0
杂文	7	18	0	6	11	3	17	67	54	51
	1928	1929	1930	1931	1932	1933	1934	1935	1936	
小说	0	0	0	0	0	0	1	4	0	
诗歌	0	0	0	0	0	0	0	0	0	
杂文	26	20	16	29	18	150	105	62	40	

①钱理群：《心灵的探寻》，河北教育出版社，2005年第2版，第150页。

统计说明:

(1)本图统计的范围是2005年版《鲁迅全集》(1—8卷)中的小说、白话诗(含散文诗)和杂文(含散文)。

(2)本图创作量的统计单位是作品的篇目。

(3)本图统计的时间范围限定在1918—1936年。

(4)由于鲁迅的书信基本上属于私人性质的、不准备发表的,所以不计入杂文这一类的统计范围。

(5)本图把各集子中的小引、序言、题记、前记算入杂文进行统计,后记、附记不计入。

(6)对于《集外集》、《集外集拾遗》、《集外集拾遗补编》中的按语算入杂文,关于某著作的说明、注、体例、附记、编校后记、提要等介绍性篇目,题某著作和公文均不计入。

为什么要废除汉字？[1]

——兼对一种流行说法的辨正

在五四新文化运动中，钱玄同抛出“废除汉字”的主张，使之成为这次运动中最为激进的口号。反对新文化运动的人，将此说看作新文化运动的“软肋”，抓住不放，加以嘲弄和打伐；为五四新文化运动辩护的人，将此说看作是一种“取法乎上，得乎其中”的斗争策略，来为钱玄同开脱。近读袁良俊先生的《五四文学革命的历史功过》[2]一文，发现袁先生在为五四文学革命辩护的同时，也对钱玄同等人的“废除汉字”说提出了尖锐批评。他认为：“钱玄同等在废止文言时，比较偏激，发展到废除汉字，走拉丁化的道路，搞‘世界语’运动，后来瞿秋白、鲁迅等也接受了这一观点，甚至有‘汉字是一个死症’，‘汉字不灭，中国必亡’等过急之词，当然都是不对的，行不通的，已经遭到抛弃的。”在文章近结尾处，他又历数与“废除汉字”有关的激进主张，批评说都“大错而特错了”。袁先生此文的主要目的，是为了批驳那些攻击五四文学革命的人，但在“废除汉字”问题上，袁先生与他所声讨的论敌走到了一起。再翻阅有关该问题的研究著作，人们就会发现，持此观点的并非袁先生一人。很多文学史著作中，涉及“废除汉字”问题时都采取了否定的态度。这不免使人困惑：钱玄同、鲁迅、瞿秋白、傅斯年等人，都不是莽撞、粗鲁的无知之辈，为何会提出如此“大错而特错”的主张？是耸人听闻、哗众取宠，是说着玩玩聊以快意，还是真的像陈独秀说的那样是“以石条压驼背”的斗争策略？在我看来，“废除汉字”一说，作为五四时期的一个著名口号，自

①本文原刊于《粤海风》，2005(6)。

②袁良俊：《五四文学革命的历史功过》，载《求是学刊》，2004(4)；又见人大复印资料《中国现当代文学研究》，2004(9)。

有其发生的根源和意义,我们不能根据我们的“后见之明”进行简单的否定和嘲弄,因为在这一口号的背后,隐藏着比这一口号本身远为重要的思想文化意义。

要想对这一口号作出全面评价,我们必须梳理清楚这一口号的来龙去脉。事实上,“废除汉字”的问题,并不自钱玄同始,而是一股自晚清就开始的文化脉动。在近现代史上,最早以拼音文字取代汉字的是西方传教士。鸦片战争之后,西方传教士想在中国民间传播《圣经》,但中国民众多不识字,看不懂译成中文的《圣经》,于是他们就在厦门、汕头一带,推广一种用罗马文字拼写的当地方言,称为“Romonized Chinese”。由于此种文字简单易学,且能直接拼读方言,故而流布极广,这应该是最早取代中国汉字的“新文字”。自然,传教士们创制推广新型文字的目的是为了传播教义,与中国汉字改革无关,但这给了中国知识分子很大启发。于是,在内忧外患的逼迫下,改革汉字、提倡俗话(白话)之风,在晚清逐渐凝成了一股不可忽视的潮流。1892年,福建同安人卢戆章出版了《一目了然初阶》,介绍了他仿照拉丁字母创造的“中国切音新字”的字母。1894年,吴稚晖在苏州吴县教官陈容民家充任教席,因每日膳食必有豆芽,吴心中腻烦。但见豆芽酷肖字典上的注音符号,便按《康熙字典》之等韵,创作拼音字母一套,谐称之为“豆芽字”。吴将其传授给不识字的家人和亲朋,使他们能用家乡话互通音讯。吴的妻子给吴写信即用此“豆芽字”,能长达万言。吴后来对改革文字的兴趣,由此可见端倪。

“戊戌变法”失败以后,随着政治危机的日渐深重,许多知识分子出于教化民众、开启民智的目的,对拼音字母倾注了更多的精力。直隶宁河县人王照,是戊戌变法的积极倡导者,变法失败后发愤创制“官话字母”,专拼白话。他的这一举动得到“桐城派”领袖吴汝纶、北洋大臣袁世凯、两江总督周馥、浙江桐乡的“等韵学”专家劳乃宣等人的支持。随后,劳乃宣采用王照的官话字母,又添制了“江宁(南京)音谱”、“苏州音谱”和“闽广音谱”,合成《简字全谱》。在一部分知识分子忙于创制新式拼音文字的时候,也有另一部分人在不遗余力地提倡白话。梁启超、裘廷梁、陈独秀等人,将白话作为“教育民众的利器”,这两个运动构成了晚清语言、文字变革的主潮。固然这些文字改革的主要目的,都是出于政治宣传的考虑,但却从根本上动摇了汉字的权威地位,它至少使人们明白,在中国延续了数千年的汉字,并非是唯一神圣的文字,这对历来崇拜汉字、迷信圣贤经书的中国民众来说,无疑有着重要的启蒙作用。

对中国汉字讨伐最激进的是中国的无政府主义者。无政府主义诉求世界大同，主张消弭国家、民族和人我之界。要实现世界大同，就要先统一文字。这一思潮在19世纪末20世纪初传入中国，并迅速在中国知识分子中间蔓延。1907年，中国知识分子在法国巴黎和日本东京分别成立了两个影响深远的无政府主义团体，被称为“巴黎派”和“东京派”。“巴黎派”的主要人物是李石曾、吴稚晖、张静江、褚民谊等，创办了《新世纪》杂志，鼓吹无政府主义；“东京派”的主要人物是刘师培和他的妻子何震，他们以《天义》报、《衡报》为阵地，宣扬自己的主张。尽管在对无政府的理解和宣传上，这两派有明显区别，但在推广世界语方面，有着一致的要求。两派相比，“巴黎派”在“废除汉字”问题上更为激进。《新世纪》出版初期，一篇署名为“醒”的文章在介绍世界语时说：“欲求万国弭兵，必先使万国新语通行各国，盖万国新语，实求世界和平之先导也，亦即大同主义实行之张本也。”[①]万国新语是Esperanto一词的最初译名，又音译为“爱斯不难读”，后来沿用日本译名“世界语”或“世界新语”。它是1887年由波兰眼科医生柴门霍夫（石门华：Zamenhop，1859—1917）创制。他发明世界语的目的包含着世界大同、人类一家的理想，这与无政府主义者们的追求十分相近，因而获得无政府主义者们的青睐。

“新世纪派”的理论基础是达尔文的进化论和克鲁泡特金的互助论。按照前者的理论思路，人类的语言文字也是一个进化的过程；按照后者的预设，所有动物都有互助的本能，是互助而不是竞争，维护和促进了动物种群和人类社会的进化。人类最终进入大同社会，也同样是这一互助本能发展的必然结果。在无政府主义的理论框架内，互助论被看作是对进化论的修正和补充——此问题甚为复杂，此处不论。而人类要互助，就要首先统一语言，这为提倡世界语奠定了理论基础。语言既然是一个从野蛮到文明的进化过程，那么他们就断定有些语言文字是原始野蛮时代的遗留，有些文字是人类文明进化的结果。按照这一思路，他们认定中国汉字同古代波斯的楔形文字一样，属于野蛮文字，不仅复杂难学，而且也不适合现代排版印刷，成为传播现代文明的一大障碍，早就应该彻底铲除了。吴稚晖指出：“汉字不惟无音（若云谐声字即音，此即秀才可识半边字之笑话。有此原理，无此实用也）而且不便于排印，不便于检字，为文明传布，庶事整理上之大梗。”[②]笃信子认为：“中国文字为野蛮，欧洲文字较良；万国新语淘汰欧

---

①醒：《万国新语》，载《新世纪》第6号，1907年7月。
②燃：《书神州日报东学西渐篇后》，载《新世纪》第101号，1909年6月。

洲文字之未尽善者而去之，则为尤较良。弃吾中国野蛮之文字，改习万国新语之尤较良文字，直如脱败絮而服轻裘。”[①]这样一来，世界文字就被纳入到一个进化链中：汉字（象形文字）—西方文字—世界语。所以中国应该实行文字革命，直接采用最为先进的世界语，跃至世界前列。李石曾强调说：“从进化淘汰之理，则劣器当废，欲废劣器，必先废劣字”[②]。他们对汉字的厌恶有时达到了极为情绪化的地步，认定汉字必废，成为他们牢不可破的信念，吴稚晖说：“以汉文之奇状诡态，千变万殊，辨认之困难，无论改易何状，总不能免。此乃关于根本上之拙劣。所以我辈亦认为迟早必废也。”[③]对汉字的痛诋贬斥，在晚清以此为甚。

在《新世纪》提倡废除汉字推行世界语的同时，在东京的文化保守主义者刘师培也提出了培养世界语教师和发刊世界语杂志等主张，但与《新世纪》不同的是，刘师培“宣传世界语而同时主张保存古文”[④]，这与他的文化保守立场是一致的。辛亥革命后，无政府主义的主要宣传阵地由国外转向国内，师复[⑤]成为这一时期的核心人物。在语言问题上，师复直接继承了《新世纪》的立场，主张“语言统一”，推行世界语。1914 年，叶纫芳、苏爱南在上海组织“世界语讲习所”，传播世界语和无政府主义，与师复互通声气。1914 年 8 月 29 日至 9 月 6 日，无政府万国大会在伦敦召开，师复代表中国“共产无政府主义同志会”写信向大会报告了中国无政府主义进展情况，并提出了五条建议，其中就有“采用世界语”的主张。由此可以看出，废除汉字，采用世界语，一直是中国无政府主义者的共识。

五四新文化运动时期，钱玄同等人对汉字的仇视和对世界语或拼音文字的提倡，是这一语言革命潮流涌动的结果，并非是突发奇想，或故走偏锋。从内容来看，五四时期对汉字的攻击，基本沿袭了《新世纪》上的观点。

钱玄同是五四新文化阵营中最早提出“废除汉字”的人，他在那篇著名的文章《中国今后之文字问题》中，认为汉字是记载孔门学说和道教妖言的符号，断

---

①见燃：《新语问题之杂答》一文，载《新世纪》第 44 号，1908 年 4 月。

②真：《进化与革命》，载《新世纪》第 20 号，1907 年 11 月。

③《编造中国新语凡例》（前行君来稿）之“本报附注”，载《新世纪》第 40 号，1908 年 3 月。

④见曹世铉：《清末民初无政府派的文化思想》，社会科学文献出版社，2003 年版，第 87 页。

⑤师复（1884—1915），广东香山（今中山市）人，原名刘绍彬，曾参加反满革命，改名刘思复。1905 年加入同盟会，并回国暗杀广东水师提督李准，因安装炸弹时不慎爆炸，失去左臂，被捕。在狱中阅读无政府主义著作，信奉无政府主义，改名师复，废刘姓。其理论被后世追随者称为“师复主义”。

不适用于20世纪，并从《新世纪》上摘引了一大段吴稚晖痛斥汉字的文字，引为同道。可见，钱玄同对汉字的仇视，对世界语的青睐都与《新世纪》的影响有关。在他的带动下，《新青年》专门组织了对"世界语"问题的讨论[①]。在这次讨论中，《新世纪》提倡世界语的文章，被屡屡提及、征引。吴稚晖本人也参加了这次讨论，并提出"将世界语加入学校课程之中"，黄凌霜认为此意见很对，并将《新世纪》上发表的《万国新语》一文称为"中国人说Esperanto的先声"。钱玄同在给吴的信中说："先生所讲的话，我句句都赞成。将Esperanto加入学校课程之中，我是和先生、吴先生的意见一样。《新青年》第三卷第四号里，我有给陈独秀先生的一封信，就讲过这话；陈先生也很以为然。"[②]"新潮社"的傅斯年也对汉字进行了无情诅咒："中国文学(字)的起源是极野蛮，形状是极奇异，认识是极不便，应用是极不经济，真是又笨，又粗，牛鬼蛇神的文字，真是天下第一不方便的器具。"[③]这不仅在观点上与吴稚晖极为相似，且在该文中，他还多处援引吴稚晖的观点，可见吴氏对其影响之深。这都说明，五四新文化运动时期的"废除汉字"问题，不是一个偶然事件，而是自晚清以来中国政治文化思潮涌动的结果。"废除文字"的背后，有着更为深远的思想文化意义。

五四新文化运动的主要人物，如蔡元培、陈独秀、鲁迅、周作人、胡适等，都受无政府主义影响，或具有无政府倾向，在语言观上，他们继承早期无政府者们对语言问题的看法，正是情理中的事。但是长期以来，由于在审视五四文学革命时，隐掉了晚清无政府主义思潮这一支援性背景，致使钱玄同"废除汉字"的主张显得幼稚而莽撞，事实远非如此简单。就像鲁迅一再强调自己在《青年必读书》中告诫青年不读或少读中国书，是发自肺腑的沉痛之言，而不是说说玩玩一样，钱玄同的废除汉字，也是基于自己认真严肃的思考。即使持重如胡适，也一再强调，提倡白话，是为了造就一种国语，为将来废除汉字，改用拼音文字做准备。鲁迅到20世纪30年代也没有改变对汉字的敌视态度，认为"方块字本身就是一个死症"，"是中国劳苦大众身上的一个结核，病菌都潜伏在里面，倘不首先

---

①《新青年》第3卷4号、3卷6号、4卷2号、4卷3号、4卷4号、4卷5号、5卷2号、5卷4号、6卷1号、6卷2号的"通信"栏，集中讨论推广"世界语"的问题，钱玄同、胡适、陈独秀、鲁迅、吴稚晖、黄凌霜、区声白、陶履恭等人都参与了讨论，其中区声白和黄凌霜都是当时著名的无政府主义者。

②见《新青年》第6卷2号"通信"栏。

③傅斯年：《汉语改用拼音文字的初步谈》，载《新潮》，第1卷3号，1919年。

除去它,结果只有自己死"[1]。如果把这种沉痛之言,都看作是耸人听闻,或是"取法乎上,得乎其中"的斗争策略,显然将问题简单化了。因此我们只有将这股废除汉字的潮流与中国无政府主义思潮联系起来,寻绎其来龙去脉,才能看清其中的文化史线索。

当然,无政府主义者们的语言革命与五四时期的语言革命相比也有差别。无政府主义者们将世界语作为汉字的替代品,但他们同时也看到,要使世界语迅速成为中国通用语言,困难重重,在这种情势下,他们的意见也有分歧。吴稚晖认为,"上策必径弃中国之语言文字,改习万国新语;其次则改用现在欧洲科学精进国之文字;其次则在中国文字上附加读音"[2],也有人提出创制一种中国新语,为世界语张本,但笃信子认为这种做法无异于"如欲人之长行万里,先使之在室中推磨三年"[3]。到五四文学革命时期,钱玄同主张用世界语,鲁迅没有像钱氏那么公开提倡世界语,但他指出:"至于将来通用的是否 Esperanto,却无从断定。大约或者便从 Esperanto 改良,更加圆满;或者别有一种更好的出现;都未可知。但现在即是只有这 Esperanto,便只能先学这 Esperanto。现在不过草创时代,正如未有汽船,便只好先坐独木小舟。"[4]陈独秀在谈到吴稚晖废除汉字之说后评论道:"吴先生'中国文字,迟早必废'之说,浅人闻之,虽必骇怪,而循之进化公例,恐终无可逃。"[5]但他主张先废汉字,保留国语,"改用罗马字母书之"[6],胡适对陈独秀的意见深表赞成。后来拉丁化运动时期,鲁迅赞成以拉丁字母来取代汉字,对世界语的热情稍减。傅斯年对吴稚晖发表在《新青年》上的《补救中国文字之方法若何?》一文极表赞赏,但对吴稚晖反对汉字走拼音化道路不以为然,认为改用拼音文字"绝对的应该"[7]。在这里我们看到,提倡世界语也好,走拼音化道路也好,都是为了实现他们内心蕴藏的世界一体化冲动。也许他们理想中的世界一体化,与无政府主义者们的大同世界有差别,但那份在五四时期洋溢出的大同情怀和乌托邦梦想,在语言变革中表现得非常明显。

除了这种大同情怀和乌托邦之梦外,对汉字的仇视还有着更为复杂的文化

---

①《鲁迅全集》第 6 卷,第 160 页。
②燃:《续书神州日报东学西渐篇后》,载《新世纪》第 102 号,1909 年 6 月。
③燃:《新语问题之杂答》,载《新世纪》第 44 号,1908 年 4 月。
④《鲁迅全集》第 7 卷,第 34 页。
⑤《中国新文学大系·建设理论集》,上海文艺出版社,1981 年影印本,第 146 页。
⑥《中国新文学大系·建设理论集》,上海文艺出版社,1981 年影印本,第 146 页。
⑦傅斯年:《汉语改用拼音文字的初步谈》,载《新潮》第 1 卷 3 号,1918 年。

动机，或者说，他们废弃汉字的决绝态度，不只是因为汉字的繁难，而是还有着更为复杂的原因，这就是汉字与中国传统文化之间的密切关系。

文字不只是一种交流的符号，也是一种文化的载体。与西方“语音中心主义”的文字符号相比，中国传统遗留下来的“文字中心主义”使汉字具有强大的运载功能。以“语音中心主义”而著称的索绪尔提出“能指”和“所指”两个概念。他认为“能指”和“所指”之间的链接是武断的，没有什么道理可讲。“所指”也只是一个抽象的概念，与其所代表的实物无关。由于人们的约定俗成，使“所指”与实物之间发生了没有任何逻辑必然性的关联。所以在西方，文字只是口语的“音响”记录，与物质世界之间存在着一个断裂带。以此理论反观汉字，我们就会发现，汉字与拼音文字有着很大的不同，它象形、会意、指事功能使它与其所代表的实物或现象之间建立了密切联系。或者说，汉字的形状暗含着它的指称对象及丰富的文化信息，这是方块汉字区别于拼音文字的重大特征，也正是这一特征，使汉字成为“我们”与传统之间的脐带。如果“我们”要与传统彻底脱钩，去重建一种新文化，就必须将其彻底斩断。从《新世纪》诸公到《新青年》群体，都有着这种自觉的要求。吴稚晖认为，中国文字与中国之“旧种性”合而为一，难以剥离：“若必以代表单纯旧种性之文字，以之保存旧种性于无疆，则质而言之，直为一制造野蛮之化学药料矣。”[①]吴氏虽然没有明确界定“旧种性”的内涵，但从其论述来看，中国之旧种性以野蛮为特征，与人类进化之理相悖，这与鲁迅一直鞭挞的“国民性”有着相似之处。吴稚晖认为，国粹如同“干粪”，不能因为其“曾在我肠腹中”就予以保存；那些认为“中国人能识中国字，则爱国思想即油然而生”的高论如同“屁说”，都不值一哂，唯独这“旧种性”与文字如影随形，非废除汉字不足以将其铲除，这与鲁迅将汉字比为国民身上的“结核菌”可谓异曲同工。在此，我们看到，吴稚晖将其废除汉字的主张，纳入了中国近现代启蒙主义的思想轨道，成为中国启蒙主义思想的重要组成部分。

因此，近现代史以来的“废除汉字”问题，既不是故作惊人之语，也不是一种斗争策略，而是在中国近现代文化转型过程中催生出来的一种思想文化事件，它背后隐藏着知识分子的大同梦想和普世情怀，也表现了知识分子欲与传统彻底断绝联系的决绝姿态。在今天博识的人们看来，“废除汉字”问题已经成了一个笑柄，但对当时吴稚晖、钱玄同、鲁迅、傅斯年等人来说，是一个严肃而又沉重

①燃：《续废除汉文议（苏格兰君来稿）》之“本报按”，载《新世纪》第 71 号，1908 年 10 月。

的话题，后人不可轻侮先哲们这份严肃与沉重，应该深入思考先哲们提出的课题。即使我们今天不同意“废除汉字”的主张，也不能不承认，在这一激进的主张背后隐藏着的那些思想文化问题，至今仍然没有得到解决。再说，谁又能保证，古老的汉字能万世长存呢？

鲁迅的"硬译"[①]

——一个现代思想事件

鲁迅不仅是具有原创性的作家、文学史家和文学理论家，而且也是伟大的翻译家。据统计，鲁迅一生的译作总数在239万字左右，共译了15国110人的244种作品，涉及短篇、中长篇小说、戏剧、童话、诗歌散文诗、杂文、文艺理论专集以及散文，及其他非虚构类作品[②]。如此数量庞大、门类繁多的译著，成为鲁迅文学世界的重要构件，也是中国现代文学的有机组成部分。但相对于他在文学创作和研究领域取得的卓越成就，他的文学翻译似乎留下了太多遗憾，成为其文学事业的"软肋"。尤其他所坚持的近乎"硬译"的"直译"笔法，历来为人诟病，即使那些想为鲁迅辩护的人，也常常难以自圆其说，而那些指责鲁迅翻译的人，总是显得理直气壮，信心十足。

这的确是一个无法回避的事实：鲁迅的译文有太多让人不敢恭维之处。当年梁实秋从鲁迅的译文中挑选出了三段文字，作为抨击鲁迅"死译"的证据，其中第一段是：

> 这意义，不仅在说，凡观念形态，是从现实社会受了那惟一可能的材料，而这现实社会的实际形态，则支配着即被组织在它里面的思想，或观念者的直观而已，在这观念者不能离去一定的社会底兴味这一层意义上，观念形态也便是现实社会的所产[③]。

---

①本文原刊于《粤海风》，2007(4)。

②相关数据见王友贵：《鲁迅翻译对中国现代文学史、翻译文学史、中外关系的贡献》，载《外国语言文学》(季刊)，2005(3)。

③原文出自鲁迅译的《艺术论》，今据梁实秋：《论鲁迅先生的"硬译"》，见《梁实秋文集》第1卷，鹭江出版社，2002年版(下同)，第348页。

这段文字,今天读来仍觉晦涩,难怪梁实秋说:“专就文字而论,有谁看得懂这样希奇古怪的句法呢?……读这样的书,就如同看地图一般,要伸着手指来寻找句法的线索位置。”[①]梁实秋批判鲁迅的翻译固然有着其他用心,但他对鲁迅译文句法的批评,并非是无的放矢。后世学者从鲁迅的译文中找到了这样的句子:

> 这时候,要来讲助那识别在三次元的空间的方向的视觉底要素的相互的空间底距离的,谁都知道的眼睛的构造,大约是没有必要吧。[②]

确实有点匪夷所思,初学翻译的学生,也未必能译出这样的文字,但在鲁迅这里,类似这样的句子并不罕见。熟悉鲁迅译文的人也都知道,这是典型的“鲁迅译法”。对于这种晦涩深奥的文字,有人跳出来指责,也是情理中的事。所以除梁实秋外,林语堂、瞿秋白等,都对鲁迅的译文提出过批评意见。那么,鲁迅本人对自己的译文是何态度?一方面,他对自己的译文也不满意:

> 自然,世间总会有较好的翻译者,能够译成既不曲,也不“硬”或“死”的文章的,那时我的译本当然被淘汰,我就只要来填这从“无有”到“较好”的空间罢了。[③]

在其他文章里,他也多次说自己的译文“拙劣”、“冗长而且费解”,这说明他对自己译文的缺点有着清醒的认识,从不标榜自己翻译的功绩。但另一方面,他对来自“论敌”的批评颇为不满:“在这一个多年之中,拚死命攻击‘硬译’的名人,已经有了三代:首先是祖师梁实秋教授,其次是徒弟赵景深教授,最近就来了徒孙杨晋豪大学生。”[④]言语中透出难以掩饰的怨恨和讥讽。而对梁实秋的反击,更是带上了强烈的个人情绪。

鲁迅一生常常陷入论战的漩涡,在后世学者眼中,鲁迅的立场多是正确的,他对论敌的揭露也是深刻而有力的,但在他与梁实秋有关翻译问题的论战中,

---

①《论鲁迅先生的“硬译”》,见《梁实秋文集》第1卷,第347、349页。

②这段话出自鲁迅翻译的《艺术论》,此处转引自王宏志:《能够“容忍多少的不顺”——论鲁迅的“硬译”理论》,见《重释“信达雅”——二十世纪中国翻译研究》,东方出版中心,1999年版(下同),第218页。

③《鲁迅全集》第4卷,第210页。

④《鲁迅全集》第4卷,第342页。

人们发现他对梁实秋的反驳存在着避实就虚、转移论题之嫌，所以有人评价说："鲁迅为'硬译'的辩解并非没有合理性……但是这种合理性并不足以掩盖他在翻译苏联文学批评上的生吞活剥造成的缺憾。如果说陈西滢将治学严谨的名著《中国小说史略》说成是抄袭之作是对鲁迅的一种冤枉，那么梁实秋对鲁迅'硬译'的批评的确戳到了鲁迅的痛处。"[①]人们已经看得很清楚，鲁迅的译文的确问题多多，而他的反批评又未能提供富有说服力的陈辩，就必然会使自己处于不利地位。

这就出现了一系列耐人寻味的问题：鲁迅是杰出的语言大师，他完全有能力将译文表述得简洁、雅训、流畅；他精通日语，完全具备理解日文文本的能力，可为什么会译出如此佶屈聱牙的文字呢？这成为鲁迅研究中的最大谜团。痛贬鲁迅翻译的梁实秋也曾有过这样的困惑："因为我们人人知道鲁迅先生的小说和杂感的文笔是何等的简练、流利，而没有人能说鲁迅先生的文笔不济，但是他的翻译却离'死译'不远了。"[②]梁实秋抓到了问题的要害，但他没有对此进行解释，而是转向了对鲁迅的批判和攻击，所以在梁实秋这里，这一谜团没有得到很好的解释。

新时期之后，鲁迅研究渐成显学，鲁迅的翻译也成为鲁迅研究的重要课题。但鲁迅翻译中的这一谜团仍然没有得到令人信服的阐释。到目前为止，学术界对鲁迅翻译的认识和评价，形成了四种主流观点：

一、从中国翻译史的角度，高度评价鲁迅的"直译"理论及其在翻译史上的贡献，认为在晚清意译风气极为盛行的时代，鲁迅对"直译"的执着，具有划时代的意义。着眼于晚清译界的混乱局面，高度评价鲁迅（及周作人）对直译的自觉坚守，并不为过。但这种史学视野，也必然会忽视鲁迅具体译文中存在的问题[③]。

二、认为鲁迅的译文的确存在着问题，梁实秋等人对鲁迅翻译的指责"确戳到了鲁迅的痛处"[④]。而鲁迅对梁实秋的反批评"无法给对方以有力反击"，"作为

---

①高旭东：《论鲁迅梁实秋论战的是非功过》，载《鲁迅研究月刊》，2004(12)。

②《梁实秋文集》第 1 卷，第 347 页。

③从各种不同的角度（包括硬译），充分肯定鲁迅译文在中国文学史上的意义，仍然在鲁迅翻译研究中占据着主流地位，此类成果代表性的有郑海凌《关于"宁信而不顺"的艺术法则——鲁迅译学思想探索之一》（《鲁迅研究月刊》2003 年第 9 期）、陈福康《论鲁迅的"直译"与"硬译"》（《鲁迅研究月刊》1991 年第 3 期）等论文，已出版的多部研究鲁迅翻译的论著，也充分肯定了鲁迅在翻译史上的成就。

④高旭东：《论鲁迅梁实秋论战的是非功过》，载《鲁迅研究月刊》，2004(12)。

局外人，我们可以清楚地看到，正是这种‘硬译’观点，……才屡屡招来梁实秋充满敌意的笔伐，才使自己在历次论战中似乎总是处于被动地位。就此看来，鲁迅在这场论战中持迂回暧昧的态度的确令人捉摸不透”[①]。鲁迅对“直译”的执着，变得暧昧不明。

三、从政治角度高度评价鲁迅译文的价值和意义，认为他促进了马克思主义在中国的传播。而梁实秋通过攻击鲁迅的翻译，向国民政府暗示鲁迅的左派立场，想置鲁迅于屠刀之下，而鲁迅“也同样地利用了翻译的标准作借口，攻击一些在政治上他不能认同的人”[②]。由此，王宏志得出结论：

> 鲁迅与梁实秋的论争虽然以翻译标准作包装，实际上那只不过是一个双方相互攻击的切入点，他们始终没有从学理上去尝试解决问题，却出现了猛烈的人身攻击，这是其他有关翻译标准的讨论所没有的。结果，经过激烈的争论后，翻译标准的问题并没有得到解决，反而却牵涉到了文学的阶级性、无产阶级革命运动等问题，以至“武装保卫苏联”、“去××党领卢布”、“‘丧家的’‘资本家的乏走狗’”等都出来了。这可不就是“翻译是一种政治行为”的意思吗？[③]

四、从语言变革（或中国语言现代化）的角度，来认识鲁迅译文的现代意义。鲁迅在谈到自己的翻译时曾说：

> 但因为译者的能力不够和中国文本来的缺点，译完一看，晦涩，甚而至于难解之处也真多；倘将仂句拆下来呢，又失了原来的精悍的语气。在我，是除了还是这样的硬译之外，只有“束手”这一条路——就是所谓“没有出路”——了。所余的惟一的希望，只在读者还肯硬着头皮看下去而已。[④]

所谓“能力不够”，当然是自谦，最重要的原因是“中国文本来的缺点”。梁实

①刘福全：《鲁迅、梁实秋翻译论战追述》，载《四川外国语学院学报》第16卷第3期，2000年7月。
②王宏志：《重释“信达雅”——二十世纪中国翻译研究》，东方出版中心，1999年版，第258页。
③王宏志：《重释“信达雅”——二十世纪中国翻译研究》，东方出版中心，1999年版，第264—265页。
④《鲁迅全集》第10卷，299页。

秋当年紧紧抓住这一点，对鲁迅进行笔伐：

> 鲁迅先生说“中国文本来的缺点”是使他的译文“艰涩”的两个原故之一，照这样说，中国文若不改良，翻译的书总不能免去五十分的“晦涩”了。……假如两种文中的文法句法词法完全一样，那么翻译还成为一件工作吗？①

在梁实秋看来，鲁迅无疑是在为自己寻找托词，而且是一个难以成立的托词。后世学者没有梁实秋那么武断，而是结合中国近现代语言变革的历史，从学理层面对鲁迅的观点进行了深入分析。王宏志认为，中国自晚清以来，就有不少人认为中国语文是中国积弱的主因，于是有改革语文的声音，甚至有废除汉字和汉语拉丁化的要求。而鲁迅的“硬译”正是这一语言变革工程的一部分，他译出的那些生硬的句子，是为了给汉语输入新的语法和新的表达方式。这种论析是契合鲁迅从事翻译的动机的。他自己也有过类似的表白：“一面尽量的输入，一面尽量的消化，吸收，可用的传下去了，渣滓就听他剩落在过去里。……但这情形也当然不是永远的，其中的一部分，将从‘不顺’而成为‘顺’，有一部分，则因为到底‘不顺’而被淘汰，被踢开。”②通过这样一个选择、淘汰的过程，那些由“不顺”到“顺”的句法，就会给汉语带来新的生命力和新的表达式，所以鲁迅自己承认：“我也是主张容忍‘不顺’的一个。”③这说明，从中国近现代语言变革的角度来考察鲁迅译文的特点，是基本符合鲁迅的本意的。

以上四种观点看似很全面，其中也不乏慧见与卓识，但细读鲁迅的翻译以及鲁迅有关语言变革和论述翻译的文章，就会发现，鲁迅在翻译文体中有意凸现的那些生硬的句法，不止是为了中国语言的现代化，还有着更为深远、更为深邃的动机和期待。

因为自近代开始，有关语言变革问题，从来就不是一个纯粹的语言问题，而是一个有关民族生死存亡的政治问题，一个有关中国文化走向现代化的思想问题。晚清知识分子曾经尝试创立拼音文字，或采用世界语、罗马字母等等，都是

---

①《梁实秋文集》，鹭江出版社，2002 年版，第 1 卷，349 页。
②《鲁迅全集》第 4 卷，第 383 页。
③《鲁迅全集》第 4 卷，第 383 页。

基于对民族国家生存危机的焦虑，都有着深刻的政治、思想和文化方面的思考。所以，自近代以来，丑诋汉字、贬斥汉语的情绪，一直在激进知识分子群体中弥漫着，到五四时期达到高峰。钱玄同继承晚清士人——尤其是吴稚晖等无政府主义者——的激进语言观，重提“废除汉字”一说，一时耸动视听，应者甚众。《新青年》上关于世界语的讨论，就是这一思潮的集中反映。在《新青年》的影响下，“新潮社”傅斯年也发出了这样的声音：“中国文学（字）的起源是极野蛮，形状是极奇异，认识是极不便，应用是极不经济，真是又笨，又粗，牛鬼蛇神的文字，真是天下第一不方便的器具。”[①]汉字成为阻碍民族进步的绊脚石，成为亡国的“罪魁”。身处中国近现代激进文化潮流中的鲁迅，也成为攻击汉字的激进思想家之一。他认为，汉字“是中国劳苦大众身上的一个结核，病菌都潜伏在里面，倘不首先除去它，结果只有自己死”[②]。甚至在他去世前夕，还说出“汉字不灭，中国必亡”[③]的话。这种情绪集中体现在他的翻译活动中。鲁迅从翻译《域外小说集》开始，就赋予翻译十分崇高的使命，甚至不免超出了翻译本身所能承载的范围。细读鲁迅为《域外小说集》写的那篇简短的序言，就能看出这一点。他特别强调《域外小说集》“特收录至审慎，移译亦期弗失文情”，这是强调自己的“直译”。在他看来，正是这种“弗失文情”的直译，使“异域文术新宗，自此始入华土”，“中国译界，亦由是无迟莫之感矣”[④]。这显然有点过甚其词：就那么几个短篇小说，即使用了“弗失文情”的译法，也未必能达到如此效果。但从中我们可以看出鲁迅对翻译（直译）的理解，已经远远超出了翻译本身所能包含的内容，上升到一种思想文化的高度。从这时开始，他就始终坚持这种“直译”的方法，且越来越走向极端，出现了大量的“硬译”，招致了一些人的围攻。

从鲁迅“直译”（硬译）的根源来看，我们单纯从翻译技巧层面，或单纯从中国近代语言变革的角度来理解鲁迅的硬译，都未得其精髓，只有将其置于中国现代思想史上讨论，问题才会看得更清楚。

作为一位用母语创作的作家，他必须恪守母语的规范；但作为一位翻译家，情形就截然不同了。因为当他从事翻译的时候，汉语与外语处于并置状态，也是一种对比状态，这时他对汉字的不满情绪就会变得难以克制，所以他从事翻译

①傅斯年：《汉语改用拼音文字的初步谈》，载《新潮》第1卷第3号，1919年。
②《鲁迅全集》第6卷，第160页。
③唐弢编：《鲁迅全集补遗》，上海出版公司，1946年版，第374页。
④《鲁迅全集》第10卷，第155页。

的过程，也就变成了印证汉语劣陋的过程，于是他就会自觉或不自觉地流露出对汉字的厌恶和不信任。他指出：

> 中国的文或话，法子实在太不精密了，作文的秘诀，是在避去熟字，删掉虚字，就是好文章，讲话的时候，也时时要辞不达意，这就是话不够用，所以教员讲书，也必须借助于粉笔。这语法的不精密，就在证明思路的不精密，换一句话，就是脑筋有些胡涂。倘若永远用着胡涂话，即使读的时候，滔滔而下，但归根结蒂，所得的还是一个胡涂的影子。要医这病，我以为只好陆续吃一点苦，装进异样的句法去，古的，外省外府的，外国的，后来便可以据为己有。这并不是空想的事情。①

从汉字的不精密，说到脑筋的“胡涂”，也就从语言层面跃居到了思想层面。而翻译，被当成了救治脑筋“胡涂”的良药，承担了思想启蒙的重任，“不但移情，也要益智”②。

鲁迅借翻译来救治国民精神（脑筋胡涂）的良苦用心，使他的翻译行为出现了分裂。看上去，他是在努力将外语变为汉语，而实际上，他是在将汉语变成外文。也就是说，当他从事翻译的时候，为保持原文“精悍的语气”，他不惜将汉语撕成碎片，强行按入外语的“水槽”，使汉语变得磕磕绊绊，有时难以卒读，这是对汉语的一种“牺牲”和“惩罚”。在这里，汉语的主体地位荡然无存，而外语的规范、程式，成为汉语重新组合的尺度，这就是他说的：“竭力想保存原书的口吻，大抵连语句的前后次序也不甚颠倒。”③在这个过程中，他大概能体会到那份“与黑暗捣乱”的快意。

梁实秋在谈到翻译时曾经说过，那些通顺的翻译即使不准确，读后也能使人落个“爽快”，鲁迅针对这一论调，解释说：“我的译作，本不在博读者的‘爽快’，却往往给以不舒服，甚而至于使人气闷，憎恶，愤恨。”④他似乎在有意地给读者制造阅读障碍，以引起他们的憎恶与愤恨。那么鲁迅想让读者愤恨什么呢？——译者、译文还是汉字？恐怕最后一个选项才符合鲁迅的本意。大概在中国翻

---

①《鲁迅全集》第 4 卷，第 382 页。
②《鲁迅全集》第 6 卷，第 352 页
③《鲁迅全集》第 10 卷，第 245 页。
④《鲁迅全集》第 4 卷，第 197 页。

译史上，还没有一位译者像鲁迅这样，向读者的阅读能力挑战。这看上去是跟读者过不去，而实际上是为了挑起读者对汉字的不满，以建立改良（或废除）汉字的同盟。鲁迅的这种隐秘期待，坚定了他从事“硬译”的信心和勇气，所以即使为人非议，也始终不改其志：“但我自信并无故意的曲译，打着我所不佩服的批评家的伤处了的时候我就一笑，打着我的伤处了的时候我就忍疼，却决不肯有所增减，这也是始终‘硬译’的一个原因。”[①]一个有独立见解的思想家，会无法克制地将自己的思想贯彻在自己的实际行动中，纵然为千夫所指，也在所不惜，这不正是鲁迅的性格吗？

①《鲁迅全集》第4卷，第210页。

论鲁迅小说与日常生活的关系[1]

就我的阅读感受而言,《呐喊》、《彷徨》与常见的小说相比,总有些特别的地方,概括起来有以下几点:第一,简略。无论写人、叙事,还是环境呈现,都是寥寥数语而穷形尽相。在古今中外文学史上,用笔俭省到如此苛刻程度的作家并不多见。第二,鲁迅在这两本小说集中,似乎有意在排除"食"、"色"这类日常生活的重要内容。其笔下主要人物,极少被这类欲望所纠缠。偶有作品涉及,如《端午节》对经济窘迫的描写,《高老夫子》、《肥皂》对主人公下流心理的展示,都指向了社会与文化问题。"食色"在鲁迅这里,从未像在郁达夫等作家的笔下那样,成为重点表现的内容。第三,《呐喊》、《彷徨》中的人物,在感情表达上均有着内敛的一面。他们无论遇到怎样的不幸,都极少哭天抢地或歇斯底里,即使像祥林嫂那样,接连遭遇被卖、丧夫、丧子等悲惨事件,我们也没有看到祥林嫂痛不欲生地哭嚎。我想不是她没哭,而是作者根据自己的艺术追求,将这类情节有意屏蔽了。

以上三个特点,显示出了鲁迅小说创作的独特个性,但另一方面,这些特点也导致了《呐喊》、《彷徨》的某些缺失:这两部作品集明显缺少扑面而来的、浓郁的生活气息;缺少对日常生活细节和人物矛盾心理的复杂描述,由此导致了阅读趣味的减损。读《呐喊》、《彷徨》不像是读一部活色生香的文学作品,倒像是读一部哲学随笔,只有调动理性的深度参与,才能体会到其中的妙处。

对于用笔的俭省,鲁迅自己有过解释:"(所以)我力避行文的唠叨,只要觉得够将意思传给别人了,就宁可什么陪衬拖带也没有。中国旧戏上,没有背景,

①本文是为中国现代文学研究会第十一届年会提交的论文,收入了会议论文集。

新年卖给孩子看的花纸上，只有主要的几个人（但现在的花纸却多有背景了），我深信对于我的目的，这方法是适宜的，所以我不去描写风月，对话也决不说到一大篇。”①这里强调的是“我的目的”，说明鲁迅无意追求艺术上的完善或完美，只求“揭出病苦，引起疗救的注意”，这里他也特别强调了“不去描写风月”的想法。但是，鲁迅自己的这番解释，不足以说明其小说总体风格的形成。因为其小说文笔的过度俭省、对生活细节的有意忽略，除了他创作时的有意追求之外，还反映了鲁迅对日常生活的理解和认识。作家站在生活与文学之间，如何让生活进入文学世界，不仅显示了作家的艺术追求，也显示了作家对日常生活的态度。本文不想简单套用西方的“日常生活批判”理论，来论证鲁迅与西方某些马克思主义理论家们的趋同之处，而是立足于中国现实，分析鲁迅对中国日常生活的批判以及对其小说创作的影响。

日常生活最大的特点就在于它的重复性、琐碎性、平庸性，它是单调的、乏味的。它靠日复一日地重复延续着也消耗着人们的生命。它像一条河带走水面上漂浮的叶子，人们依据固有的习性随着日常生活这条河顺流而下，直到有一天因为某种偶然的或必然的原因，结束漂流的行程，但另一些人，还会顺着这条河继续漂浮下去。日常生活构成了民间社会的基本形态，具有很强的稳定性。鲁迅对日常生活的态度是明确的，他认为，日常生活是藏污纳垢的土壤，也是国民劣根性赖以存在的基础，所以他的启蒙主义，其实就是在对日常生活批判的基础上建立起来的。比如说“看客”一词，就是对日常生活中反复出现的看客场景的形象概括。当年在日本时，他有感于看客的麻木弃医从文；回国以后，看客现象更为普遍：从北京街头人们张着嘴看剥羊皮，到长沙街头万头耸动争看女尸，都让他耿耿于怀，深表厌恶。在小说《药》、《示众》、《阿Q正传》等小说中，“看客”的身影不时聚集着、晃动着，显示了鲁迅对日常生活现象的高度概括。列斐伏尔强调，日常生活导致人的异化。在鲁迅笔下，日常生活承载的习俗和观念，是导致人性异化的重要内容，从这个意义上说，鲁迅与列斐伏尔对日常生活的批判的确有着相似之处。

日常生活的凝滞性与重复性使其显得毫无意义。但鲁迅常常能从日常生活的平庸性中，发现中国社会的种种病态，并从中挤压出思想的汁液。在一篇题为《小杂感》的文章中，鲁迅写道：“楼下一个男人病得要死，那间壁的一家唱着留

---

①《鲁迅全集》第4卷，第512页。

声机；对面是弄孩子。楼上有两个人狂笑；还有打牌声。河中的船上有女人哭着她死去的母亲。”“人类的悲欢并不相通，我只觉得他们吵闹。”①琐碎的日常生活经过鲁迅蒙太奇式的组合，昭示了人与人之间的隔膜与冷漠。鲁迅在杂文中，多次表述过这一想法。1933年元旦，面对着中国危机的形势，鲁迅写下了古体诗一首，后题为《二十二年元旦》：

云封高岫护将军，霆击寒村灭下民；
到底不如租界好，打牌声里又新春。②

前两句写了当时不同寻常的政治形势，后两句则落脚到日常生活中。看似漫不经心，实则将日常生活的麻木与无聊充分表现了出来。

在鲁迅进行小说创作时，日常生活一直是他紧紧盯住的对象，他极善于从日常生活的波纹中，找到重大政治、历史事件的涟漪。辛亥革命是鲁迅反思的重要历史事件，但鲁迅极少从正面描写它，而是借助日常生活的普通事件折射出这一重大历史事件隐含的危机。在《阿Q正传》中，作者通过阿Q“我要什么就是什么，我欢喜谁就是谁”的欲望冲动，反应这一重大政治事件只是高蹈于社会上层、未能深入民间的缺陷；通过假洋鬼子“洪哥！我们动手吧！”的江湖黑话，说明这一有着崇高政治目的的革命，已经沦为投机者牟取私利的民间仇杀。而在小说《药》中，辛亥革命成为小茶馆里无聊者们的谈资，人们对夏三爷出买夏瑜获得的赏钱羡慕不已，而革命者的牺牲，只不过给一位痨病患者提供一个人血馒头。《风波》旨在写张勋复辟，但作者却落笔于江南水乡，通过一个乡民一根辫子的去留问题，反应这一历史事件的闹剧性。毫无疑问，日常生活是鲁迅考察重大历史事件的重要切入点，正是通过日常生活的凝固性来反映重大历史事件的荒诞性：重大历史事件的重要诉求、轰轰烈烈的外在形式、标语口号式的宣传、政治人物踌躇满志的演说，一落实到日常生活层面，就成为日常生活的谈资或无关紧要的点缀。所有的崇高、神圣都变得可疑甚至可笑。研究日常生活的赫勒也看到了这一点，“在赫勒看来，日常思维具有一种不变的结构，具有某种明显的惰性。即使是其内容有所变化，但其思维结构的变化却极其缓慢，甚至完全停

①《鲁迅全集》第3卷，第531页。
②《鲁迅全集》第7卷，第149页。

滞。其次，日常思维带有明显的实用主义的目的，旨在解决个体当前所面临的问题。这便构成了日常生活的基本特征”[1]。在这个意义上，《呐喊》、《彷徨》抓住了日常生活中的惰性和实用主义特征，它像一面镜子，在历史巨变的风雨中照出了一张恒久不变的面孔。但鲁迅的批判是双向的，他不只是借日常生活批判上层政治动荡的闹剧性和荒诞性，也通过中国社会上层与下层的脱节，反映出中国民间社会根深蒂固的保守性和凝固性。他很无奈地说：

> 试将记五代，南宋，明末的事情的，和现今的状况一比较，就当惊心动魄于何其相似之甚，仿佛时间的流驶，独与我们中国无关。[2]

这是一种痛苦的体验。“前现代”式的日常生活像是一块板结的土地，什么“主义”、“学说”都无法落地生根，最后只有“来了”来了，“来了”的主语在传播过程中丢失[3]。日常生活就像一块反光板，任何外来的光遇到它，都会被反射回去。对日常生活的这一认识，使鲁迅的很多小说中出现了时间的缺失。《狂人日记》作为日记体小说，时间应该是一个重要元素，但我们惊奇地发现，在这篇小说中，时间消失了，“我翻开历史一查，这历史没有年代”。在“没有年代”的年代，时间也就不存在了。在《孔乙己》的开篇，作者写道：“鲁镇的酒店的格局，是和别处不同的：都是当街一个曲尺形的大柜台，柜里面预备着热水，可以随时温酒。做工的人傍午傍晚散了工，每每花四文铜钱，买一碗酒，——这是二十多年前的事，现在每碗要涨到十文，——靠柜外站着，热热的喝了休息……”这里除了酒的价格发生了变化以外，一切都与时间无关，没有过去、现在和未来，一切都处于停滞的状态。《祝福》的开篇一段，与此十分相似：“旧历的年底毕竟最像年底，村镇上不必说，就在天空中也显出将到新年的气象来。灰白色的沉重的晚云中间时时发出闪光，接着一声钝响，是送灶的爆竹；近处燃放的可就更强烈了，震耳的大音还没有息，空气里已经散满了幽微的火药味。”这样的场面年复一年地重复着，也跟时间没有关系。就《药》来说，人血馒头治疗痨病，是民间的祖传秘方，世世代代的人用这个秘方治痨病，这不是什么大不了的事情。华老栓不是第

---

①周宪：《日常生活批判的两种路径》，载《社会科学战线》，2005(1)。

②《鲁迅全集》第3卷，第17页。

③参见鲁迅杂文《“来了”》，见《鲁迅全集》第1卷，第347页。

一个，也不是最后一个购买人血馒头的人。但他碰上了夏瑜，这对他来说也没什么。用谁的血染的馒头，对华家来说根本不是问题。但是读者在“这一次”馒头与血的相遇中发现了“思想”——医治沉疴在身的中华民族必须使用一味“新药”——启蒙主义。夏瑜和华小栓生活在两个世界里，他们之间是“吃”与“被吃”的关系——当拯救者被“被拯救者”吃掉以后，“拯救”就变得荒谬无比。亘古不变的灰暗、乏味的日常生活，在鲁迅笔下绽放思想的花朵，这是对日常生活的艺术性超越。

《示众》对街头场景的描写，《长明灯》里面的“长明灯”，《白光》中落第后疯傻的考生，都游离于时间之外。鲁迅对时间的处理方式，显示了他对前现代社会日常生活的深刻把握和彻底批判。而这种批判，正是中国文学和中国文化现代性的起点。

除时间在某些小说中的缺失以外，“食”与“色”这类日常生活内容也没有得到充分表达，这源于其文学创作上的功利主义追求。鲁迅描写日常生活的目的，是为了颠覆日常生活。像《狂人日记》，正是对日常生活的颠覆。在狂人眼里，日常生活中习见常闻的一切，都被赋予了新的含义，处处隐藏着杀机。他写某一个个体人物，目的是为了揭示日常生活的本质。所以他的人物从来不是以某一具体人物为原型的，他说：“所写的事迹，大抵有一点见过或听到过的缘由，但决不会用这事实，只是采取一端，加以改造，或生发开去，到足以几乎完全发表我的意思为止。人物的模特儿也一样，没有专用过一个人，往往嘴在浙江，脸在北京，衣服在山西，是一个拼凑起来的脚色。”①这种“杂取种种人合成一个”的手法，其实就是对日常生活的提纯。在这一过程中，个人欲望让位于民族的命运问题和文化重建问题。这是一个“大叙事”。日常生活中常见的一己之私，被他过滤掉了。所以鲁迅在进行小说创作的时候，就像陶工制造陶器一样，对泥土进行精心地过滤以后，方能制造出能承载个人思想的器皿。这正是鲁迅对日常生活的成功超越。

列斐伏尔将批判的重点放在现在资本主义的日常生活之中，而鲁迅将批判的矛头指向了“前现代”社会的日常生活，这是他们根本的区别。对鲁迅而言，列斐伏尔指控的日常生活，是颠覆中国式日常生活的有利武器。因此，鲁迅站在传统向现代转型的交叉路口，而列斐伏尔站在了现代社会的核心。所以说，尽管鲁

---

①《鲁迅全集》第4卷，第513页。

迅与列斐伏尔对日常生活的看法在某些方面有相似之处,但简单地套用列斐伏尔的日常生活批判理论来研究鲁迅,必然会出现历史的错位。

鲁迅的思想植根于中国社会现实,他对日常生活的反思与批判有着他自己的特征。《呐喊》、《彷徨》中人物的静默、麻木,是日常生活的压抑性带来的民众的失语症。只有现代启蒙主义,才能使民众找到自我,获得话语权。否则民众被凝滞的日常生活裹挟着甚至是绑架着,在蒙昧与麻木中随波逐流。日常生活是主体,所有的人都是客体。他们在日常生活中生存,而最终成为日常生活的牺牲品。像阿 Q 莫名其妙、糊里糊涂地被押往刑场,他没有抗议,他焦虑的不是他该不该被杀,而是该不该将圆圈画圆,在通往刑场的路上应该唱哪一出戏文;祥林嫂面对自身"不洁"的事实,不是去辩诬或者抗争,而是去关心"人死后有鬼吗";吕纬甫和魏连殳作为现在知识分子,最终彻底沉沦到日常生活之中,"从事先前所反对的一切"。日常生活像"鬼打墙",不仅使迷途者找不到方向,即使那些觉醒者也最终被其吞噬。

从这个意义上说,鲁迅一方面执着于日常生活,另一方面,他又在日常生活批判的基础,实现了对日常生活的超越。而正是他与日常生活之间的这种复杂关系,决定了其小说的基本特征。

第二辑

《阿Q正传》："文不对题"与"名实之辨"
中国读书人的两种角色："主子"与"戏子"——重读《孔乙己》
肺病的隐喻——重读鲁迅的《药》和《孤独者》
爱又如何——《伤逝》细读
佛学语境中的启蒙反思——《求乞者》细读
永远的地狱——《失掉的好地狱》细读

《阿Q正传》:"文不对题"与"名实之辨"[1]

《阿Q正传》是一部"文不对题"的小说。从小说的大标题到每一章的小标题,都与其对应的实际内容存在着强烈的悖反与对抗,显示了"名"与"实"之间的断裂。对于这一特殊的现象,过去的研究者从未提及,但我认为,《阿Q正传》表现出的"文不对题"现象,是鲁迅独具个性的探索尝试,既反映了鲁迅对小说文体创新的不懈追求,也反映了他对中国文化、历史的深刻反省。因此,立足中国传统,深刻剖析这一"文不对题"现象背后的内涵,对深化鲁迅作品的认识有重要意义。

一、所谓"正传"

《阿Q正传》采用了传记体的形式,看上去似乎属于"传记文学"的范畴,但它其实是一部"拟传记"——人物虽有所依托[2],但主要情节都是虚构的。从叙事过程来看,作者始终摆出一副认真、严肃的"史家"面孔,对传主的姓名、身世进行了貌似严肃的查访和考辨,事实上这都是小说家的"烟幕",目的是给小说穿上"传记"的外衣。鲁迅的这一写作姿态,不仅成功地以小说戏仿了中国古代的正史,还以"史官"的身份嘲讽了为历代帝王将相写"家谱"的御用文人,充分表达了他对中国正史的不满和轻蔑。他曾经毫不客气地指出,一部二十四史,不过

①本文原刊于《中国现代文学研究丛刊》,2013(2)。

②周作人在《鲁迅小说里的人物》中,提到阿Q的原型,可能是一个名叫谢阿桂的人。见周作人著,止庵校对:《周作人自编文集·鲁迅小说里的人物》,河北教育出版社,2002年版,第87页。

是“独夫的家谱”[1];历代史官,不过是独夫们的奴才。《阿Q正传》对人物传记的戏仿,使这一崇高、威严的文体,现出其可笑的一面。

五四文学革命时,钱玄同等人痛斥“桐城谬种,选学妖孽”及“十八妖魔”,但“史传文学”并没有得到认真的反思和批判,从这个意义上也可以说,《阿Q正传》在五四文学革命落潮之后,还自觉地承继着这一批判旧文学的传统,以反讽和戏仿的方式,给予古代史传文学以辛辣的嘲弄。

对于这样一部“拟传记”,却名之曰“正传”,仔细读来,更像是一部“反传”。这一命名方式,使文本之“名”与“实”出现了断裂,这也是这部作品最为引人瞩目的地方。鲁迅自己似乎也意识到,名曰“正传”,难免突兀,于是他进行了一番煞有介事的解释:

> 然而要做这一篇速朽的文章,才下笔,便感到万分的困难了。第一是文章的名目。孔子曰,“名不正则言不顺”。这原是应该极注意的。传的名目很繁多:列传,自传,内传,外传,别传,家传,小传……而可惜都不合。……总而言之,这一篇也便是“本传”,但从我的文章着想,因为文体卑下,是“引车卖浆者流”所用的话,所以不敢僭称,便从不入三教九流的小说家所谓“闲话休题言归正传”这一句套话里,取出“正传”两个字来,作为名目,即使与古人所撰《书法正传》的“正传”字面上很相混,也顾不得了。[2]

整段文字,看上去中规中矩:先引用圣人之言,说明“名”的重要;然后逐一否决了列传、自传、内传等多种常用的传记名称;最后从“不入三教九流的小说家”的套话里选出“正传”二字,“作为名目”。从“圣人”到“小说家”,这一番思维游历,其实反映了中国叙事文学在五四之后从“史传”向世俗小说、从庙堂向民间的位移,《阿Q正传》正是这一叙事转向的产物,它的出现,标志着现代小说对传统叙事文学的颠覆与超越。只要我们仔细审视这篇作品,就会发现它的种种怪异之处——主人公阿Q,一直与“传记”这一外在的文体形式发生着激烈冲撞——犹如毛驴进了瓷器店,处处传出碎裂声。首先,作为传主,阿Q的身份不

---

①《鲁迅全集》第3卷,第17页。
②《鲁迅全集》第1卷,第487—488页。

符合传记文体的基本要求。众所周知，传记是一种很势利的文体，它对传主的身份、业绩或影响有着一定的要求。从《史记》来看，司马迁根据人物的身份，将人物传记分为“本纪”、“世家”、“列传”。尽管“列传”中有一些身份并不显赫的小人物，如游侠、滑稽、货殖、刺客等。但这些“小人物”只是相对帝王将相而言的，就他们本身来说，均非等闲之辈。到五四时期，随着文学视点的下移，以小人物为传主的传记开始出现。胡适写了《差不多先生传》和《李超传》，前者写的是“群像”，姑且不论；后者写的是一位普通的女学生，显然存在着传主的身份和业绩问题。所以在《李超传》中，胡适很认真地解释说：李超“无关紧要的事实，若依古文家的义法看来，实在不值得一篇传”，但作者在读李超遗札的时候，“觉得这一个无名的短命女子之一生事迹很有作详传的价值，不但他个人的志气可使人发生怜惜敬仰的心，并且他所遭遇的种种困难都可以引起全国有心人之注意讨论。所以我觉得替这一个女子做传比替什么督军做墓志铭重要得多咧”[①]。鲁迅对传记与传主的关系也有着自己的认识。他一生应邀写了3份自传性文字，合计不到3000字。在1936年写给李霁野的信中，他又说：“我是不写自传也不热心于别人给我写传的，因为一生太平凡，倘使这样的也可做传，那么，中国一下子可以有四万万部传记，真将塞破图书馆。”[②]鲁迅认为自己尚不够做传的资格，遑论阿Q了。正是这样一个无传主资格的人，却成为“正传”的主人公，鲁迅颠覆正史的用意，是显而易见的。其次，传记要求事实清楚、翔实，尤其涉及传主的基本信息，如姓名、籍贯、出身、出生年月、父母情况等等。但在《阿Q正传》中，作者经过一番考证之后，一切都变得茫然起来：不仅不知道他是哪里人，就连他的姓、名都无从查考，只有一个“阿”字，变得确凿无疑。“阿”仅是一个语气词，在人们的日常称呼中频繁使用，不具有任何具体的指代性。鲁迅对这一单字进行强调，显示了他一贯的油滑风格。而且，按照作者的解释，Q是由读音“Quei”而来。但按照中国人取名的习惯，“Quei”这个读音，无论写作“桂”，还是写作“贵”，甚至写作“柜”，都比“Q”更靠谱一些，但鲁迅偏偏放弃了含义明确的“桂”、“贵”，或“柜”，选取了一个看上去没有任何意义指向的外文字母Q，这种恶作剧式的命名

---

①欧阳哲生编：《胡适文集》第2卷，北京大学出版社，1998年版，第583页。

②《鲁迅全集》第13卷，第376页。

方式,其实表达了他对汉语一贯的厌恶态度①。再次,《阿Q正传》在《晨报副刊》连载时,鲁迅署名"巴人",他自己解释是取"下里巴人"之意。那么按照中国的传统,"下里巴人"是没有资格给他人做传的,而他不仅要给别人做传,而且还是"正传"!

由此不难看出,阿Q传主身份的可疑,个人关键信息的阙如,"巴人"反其道而行之的写作姿态,使这部人物传记走向了"传记"这一文体的反面,成为名副其实的"反传"。

以"正传"之名,行"反传"之实,是《阿Q正传》在艺术上最为独特的地方。

二、所谓"优胜"与"中兴"

尽管阿Q生命卑微,以打短工度日,看上去没有任何发达的迹象。但鲁迅在叙述过程中,还是使用了冠冕堂皇的标题,如"优胜纪略"、"续优胜纪略",直至后面的"恋爱的悲剧"、"生计问题"、"从中兴到末路"等,看上去像是一个英雄人物经历了人生辉煌之后走向了末路,有点类似项羽从"不可一世"到"乌江自刎"的悲剧历程,中间还夹杂着一个风月故事("恋爱的悲剧")。但当我们读完小说之后,发现所谓的"优胜",只是阿Q病态心理和可笑行为的记录。他依靠自己的想象,制造出"先前阔"、"儿子打老子"、"我的儿子比你阔得多了"等种种幻觉,以抵抗现实中的卑微和穷困,使自己成为想象中的胜利者,让自己陶醉在战胜对手的喜悦之中。阿Q的这一病态心理达到了疯狂的程度,他甚至还凭借着自己"广博的见识",一方面嘲笑未庄的乡下人,另一方面嘲笑不了解未庄的城里人:

阿Q又很自尊,所有未庄的居民,全不在他眼睛里,甚而至于对于两位"文童"也有以为不值一笑的神情。……加以进了几回城,阿Q自然更自负,然而他又很鄙薄城里人,譬如用三尺长三寸宽的木板做成的凳子,未庄叫"长凳",他也叫"长凳",城里人却叫"条凳",他想:这是

①关于鲁迅对汉语的态度,可参见张全之论文《为什么要废除汉字?——兼对一种流行说法的辨证》(《粤海风》2005年第6期)和《鲁迅的硬译——一个现代思想事件》(《粤海风》2007年第4期)中的论述。另外,关于鲁迅为什么会选取字母Q,周作人有如下回忆:"据著者自己说,他就觉得那Q字(须得大写)上边的小辫子好玩。"见周作人著,止庵编:《关于鲁迅》,新疆人民出版社,1997年版,第235页。

错的，可笑！油煎大头鱼，未庄都加上半寸长的葱叶，城里却加上切细的葱丝，他想：这也是错的，可笑！然而未庄人真是不见世面的可笑的乡下人呵，他们没见过城里的煎鱼！

在城乡之间游走的阿Q，获得了轻视乡下人和城里人的双重自信，使自己站在了足以藐视别人的“精神高地”上。然而，让人感到可笑的是，他依靠建立自信和自尊的“见识”竟然是“长凳”和“葱丝”这类并无实际意义的生活琐事，这就使他的自信和自尊显得十分滑稽，甚至可悲。阿Q正是在别人认为可笑可悲的事件中建立起了自己强大的精神王国，自己成为这个世界的主宰，成为优胜者，俨然是一个英雄，但实际上，他是一个微不足道、麻木愚陋的无知妄人，一个“反英雄”的英雄形象。周作人说鲁迅是“将小丑当作英雄去描写”①，确实抓住了问题的实质。

但阿Q的想象性满足是有限的，当遇到大的屈辱的时候，他的想象性满足无法化解内心的怨恨，这时，他就通过别的方法来疏导内心的郁积，以实现内心的平衡，使自己由失败者变为胜利者。从小说来看，他主要采取了两种方法：一是自虐；一是转嫁。当他在赌场上赢的钱被人抢了之后，他通过打自己的嘴巴来获得心理平衡——“仿佛打的是一个阿Q，被打的是另一个阿Q”，俨然对抢钱者进行了惩罚，虽然自己的脸上还火辣辣的；当他被假洋鬼子打了之后，他转而去欺负毫无反抗之力的小尼姑，这一仗，他大获全胜：

他这一战，早忘却了王胡，也忘却了假洋鬼子，似乎对于今天的一切“晦气”都报了仇；而且奇怪，又仿佛全身比拍拍的响了之后更轻松，飘飘然的似乎要飞去了。

这是一个胜利者尽情享受胜利时的幸福状态，是阿Q一生中不多见的胜利和幸福。但在叙事语言的背后，我们仿佛看到了叙述者冷漠的神情和厌恶的目光，他似乎正在以嘲讽的语调，揭露这胜利者可耻的嘴脸：这与其说是胜利，不如说是卑怯。在杂文中，鲁迅对这副阿Q相进行了更为尖刻的揭露：

---

①周作人著，止庵校对：《周作人自编文集·鲁迅小说里的人物》，河北教育出版社，2002年版，第89页。

我觉得中国人所蕴蓄的怨愤已经够多了，自然是受强者的蹂躏所致的。但他们却不很向强者反抗，而反在弱者身上发泄，兵和匪不相争，无枪的百姓却并受兵匪之苦，就是最近便的证据。再露骨地说，怕还可以证明这些人的卑怯。卑怯的人，即使有万丈的愤火，除弱草之外，又能烧掉甚么呢？[①]

与“优胜”相似，后文标题中出现的“中兴”更是作者送给阿Q的一顶“纸糊的假冠”，与实际内容几乎不搭界。当阿Q面临“生计问题”——明显是一个虚张声势的词——之后，流落到城里，大概参加了一个盗窃团伙。在一次作案时受到惊吓，阿Q抱着一包抢来的旧衣物回到了未庄，引起了一点小小的骚动，还受到了赵太爷的召见。但当带回的东西卖光以后，他就被视为未庄的危险分子，这为他后来被当作强盗，埋下了伏笔。

所以，“优胜”也好，“中兴”也好，既无“胜”，也无“兴”，“文”“题”背离，“名”“实”不符，显得怪异而又滑稽，形成了独特的审美风格。

三、所谓“恋爱的悲剧”与“大团圆”

在一部人物传记中出现这样的标题并不奇怪，但令人奇怪的是，在这些标题下出现的内容，与这两个标题几乎没有什么关系。

阿Q“恋爱的悲剧”是一个既无“恋”也无“爱”的“闹剧”。阿Q在摸了小尼姑的脸之后，手上滑腻腻的，引得他心猿意马、春情荡漾；而小尼姑一句“断子绝孙的阿Q”，使他认识到了问题的严重性：他需要一个女人给他生一个儿子，目的是死后有人“供一碗饭”——死后的“食”和死前的“色”让阿Q打起了女人的主意。第二天舂米的时候，他朝吴妈跪了下去，说出了自己的“求爱”语言：“我和你困觉，我和你困觉！”阿Q的求爱具有鲜明的时代特色：下跪式的西方礼节和一句具有中国乡土特色的求爱语言结合在了一起，这就像他的名字一样，“中+西”的组合方式，显示出了那个时代的烙印。吴妈毫无心理准备，待她回过神来之后，就大叫着跑了出去。为了证明自己的清白，她必须要大哭大闹、投河上吊。在这里，我们看到了“非正常恋爱”式的闹剧和本能驱使下的愚昧与莽撞。毕竟，在

①《鲁迅全集》第1卷，第225页。

这个男人和这个女人之间,是无论怎样也扯不上“恋爱”二字的。不仅吴妈毫无准备,就在阿 Q 这一边,也不是因为他爱上了吴妈,而是他需要一个女人,需要一个死后祭祀自己的儿子,这和“爱”是没有任何关系的。

在这一闹剧中,我们还能领略到鲁迅辛辣的文笔和穿皮透骨的讽刺能力。阿 Q 的求爱语言固然不够含蓄,却袒露出了所有男人在向女人求爱时隐藏在内心的隐秘冲动。在那些高雅而又浪漫的爱情故事中,无数的甜言蜜语、柔情倾诉,最终都会指向阿 Q 这句大实话。所以说,阿 Q 一语道破天机,让所有男人的恋爱絮语都显得苍白而多余。

这一场无“恋”无“爱”的求爱事件,在未庄引起了很大的骚动,阿 Q 从此失掉了谋生的机会,“生计问题”接踵而至,这也算是“爱的代价”吧,他只好离开未庄,到城里去。而关于吴妈,似乎也没有在他的记忆中留下任何痕迹,他只觉得吴妈和未庄的其他女人一样,都是“假正经”。

阿 Q 到城里以后,关于女人的故事也就结束了,但作者最后又抛出一个更吸引人眼球的标题——“大团圆”。在中国叙事文学中,“‘大团圆’结局作为一种普遍现象,大致兴盛于元末明初之后。这一形式的固定化与模态化,从批评史与接受史的角度看,是随着《西厢记》和《琵琶记》的‘经典化’过程而渐成定格的,遂演变为一种带有形式主义特征的主导性叙事模式”①。这一陈陈相因的叙事模式,最为典型的表现,是“才子佳人奉旨完婚入洞房”,在一片喜庆、祥和的欢乐气氛中走向故事的结局。按照这一思路,我们仔细阅读《阿 Q 正传》,就不得不去思考:谁和谁团圆?在哪里团圆?如何团圆?我们仔细阅读全文就会发现,“文不对题”的现象在这最后一章达到了极致,但另一方面,在这“文不对题”的背后,似乎有着作者更为深刻的寓意。

这最后一章,核心内容是阿 Q 被糊里糊涂地审判,被糊里糊涂地执行了死刑。而这一章的标题,使“刑场”与“洞房”、“死亡”与“新婚”、“性爱”与“枪杀”等毫无关联的词汇发生了联系,可以引起人们丰富的联想。标题作为阅读的引导,指示着我们去寻找相关的信息:“大团圆”的男主角当然是阿 Q,女主角只能是吴妈了。在这一章中,男女主角都登场了,这算是鲁迅有意安排的吧。在阿 Q 被押赴刑场的过程中,阿 Q 在人丛里发现了“一个吴妈”,小说详细描写了阿 Q 看

---

①冯文楼:《“大团圆”结局的机制检讨与文化探源——兼论中国戏曲的文化精神》,载《陕西师范大学学报》(哲学社会科学版),2008(4)。

见吴妈时的心理：

> 他惘惘的向左右看，全跟着马蚁似的人，而在无意中，却在路旁的人丛中发见了一个吴妈。很久违，伊原来在城里做工了。阿Q忽然很羞愧自己没志气：竟没有唱几句戏。他的思想仿佛旋风似的在脑里一回旋：《小孤孀上坟》欠堂皇，《龙虎斗》里的“悔不该……”也太乏，还是“手执钢鞭将你打”罢。他同时想将手一扬，才记得这两手原来都捆着，于是“手执钢鞭”也不唱了。[①]

在这段文字中，我们看到，这对“无情的情人”终于在人生末路相逢，一句“很久违，伊原来在城里做工了”，似乎包含着阿Q某种难以言表的温情，他内心的自尊再次被激活，他要唱戏，要给吴妈这个唯一和他有过瓜葛的女人留下一个英雄的背影。但捆绑的双手，使他无法展示自己的英雄气概，只好在“百忙”中无师自通地说了半句话：“过了二十年又是一个……”对英雄的拙劣模仿，使阿Q成为一个堂吉诃德式的喜剧人物。而更为悲哀的是：“车子不住的前行，阿Q在喝采声中，轮转眼睛去看吴妈，似乎伊一向并没有见他，却只是出神的看着兵们背上的洋炮。”在吴妈看来，“洋炮”比阿Q好看得多了。

一对曾经上演“恋爱的悲剧”的无情无爱的“恋人”，在男主人走上刑场的途中相遇，目光从未对视，更没有感天动地的告别；阿Q“百忙”中的表演获得了看客们的喝彩，却没有博得吴妈的一瞥，他们就在这样一种冷漠的气氛中完成了人生的“大团圆”。如果我们了解鲁迅对中国传统文学“大团圆”结局的批判，就不难理解鲁迅这样写的用意：他用一对无爱男女的“死别”，去接续传统“大团圆”故事的叙事流程，就如在洞房花烛之夜突然响起了枪声，恐怖与血腥的事实，揭穿了欢乐、喜庆气氛的虚假性，这不只是反讽，更是对传统叙事文学虚假性进行的彻底颠覆和无情否定。

四、所谓“革命”与“不准革命”

“革命”是20世纪中国最为重大的主题，它以其自身的能量不断改变着中国的社会形态和世俗生活，因而，“革命”是中国20世纪最为重要的关键词之

---

①《鲁迅全集》第1卷，第525—526页。

一。小说《阿Q正传》把流浪汉阿Q置于辛亥革命的风波之中，使一个重大的政治事件与一位处于社会边缘位置的小人物发生了喜剧性的关联，造成了富有喜剧色彩也含有悲剧内涵的时代闹剧。

小说第七章“革命”的第一句话，就颇耐人寻味：

> 宣统三年九月十四日——即阿Q将搭连卖给赵白眼的这一天——三更四点，有一只大乌篷船到了赵府上的河埠头[①]。

作者将冠冕堂皇的“皇帝纪年”和“阿Q卖搭连”这两件完全不能对等的事件联系起来，作为重要事件的时间标识，使庄重、严肃的叙事语调与不伦不类的琐事形成了强烈反差。这其实是鲁迅一贯的行文风格，在有关阿Q革命的描写中，这种反差表现得更为明显。

阿Q作为一名无家无业的流浪汉，既无政治意识，也无改良社会的观念，他与革命是不相干的。但在一个革命风潮波诡云谲的时代，阿Q也受到了革命风潮的冲击，使他对革命问题有了自己的认识：

> 阿Q的耳朵里，本来早听到过革命党这一句话，今年又亲眼见过杀掉革命党。但他有一种不知从那里来的意见，以为革命党便是造反，造反便是与他为难，所以一向是“深恶而痛绝之”的。殊不料这却使百里闻名的举人老爷有这样怕，于是他未免也有些“神往”了，况且未庄的一群鸟男女的慌张的神情，也使阿Q更快意[②]。

从痛恨革命到神往革命，不是基于对革命的了解，而是因为革命使举人老爷害怕，使未庄的“鸟男女慌张”。这是对革命的讽刺，也是对愚昧者的嘲弄。阿Q决定参加革命之后，在大街上威风凛凛地叫喊：“好……我要什么就是什么，我欢喜谁就是谁。”这就是阿Q对革命的理解，也是他参加革命的动力。而革命成功之后，他要做的只有三件事：一是劫掠财物，从元宝、洋钱、洋纱衫，到赵家的桌椅和秀才娘子的宁式床，一件不落地搬到土谷祠。二是杀人，从赵太爷、假

---

①《鲁迅全集》第1卷，第512页。

②《鲁迅全集》第1卷，第513页。

洋鬼子，到王胡和小D，统统被列入死亡名单，甚至“一个都不留”，其残忍、血腥显然超过了赵太爷。三是占有女人，从老的到少的，从美的到丑的，他一一挑选。他不仅重视外表，还重视德行，所以像“假洋鬼子”的老婆就被排斥在“候选人”之外；而本可以从宽考虑的吴妈，因为“脚太大”也无法入阿Q的法眼。在这里我们看到，纯粹的个人私欲是阿Q对革命进行想象的前提。但当找到假洋鬼子试图参加革命党的时候，他被赶了出来。这时他又想：“不准我造反，只准你造反？妈妈的假洋鬼子，——好，你造反！造反是杀头的罪名呵，我总要告一状，看你抓进县里去杀头，——满门抄斩，——嚓！嚓！”从痛恨革命到神往革命，再到痛恨革命，阿Q对革命的态度发生了两次变化，均根源于他对自身利益的考量，与革命没有任何关系，所以，第七章和第八章的标题，完全是虚张声势、与实不符。但在这一章中，除名实不符之外，作者还有着更为深广的忧思，看似不动声色，实则皮里阳秋。阿Q关于革命的想象，看上去跟实际的革命没有任何关系，但在很多革命者或造反者身上，似乎都有阿Q的影子。从早期的陈胜、吴广，刘邦、项羽，再到李自成、洪秀全，无不是阿Q式的革命者。在辛亥革命及其以后的革命中，似乎也晃动着阿Q的身影。所以，我们在一位与革命无关的流浪汉身上，竟然能够识别出众多革命者或造反者的面影，这不能不说是一件让人震惊，又让人恐惧的事情。

总的来说，阿Q的“革命”是一句大街上的喊叫，是一场昏睡之后的梦魇；他的“不准革命”，是来自未庄“革命党”的一句呵斥。在这整个过程中，他没有与真正的革命正面相遇，更没有理解革命的真正含义，所以，所谓的“革命”和“不准革命”，跟其他章节的标题一样，是一次煞有介事的“标题秀”。

五、关于“名实之辨”

《阿Q正传》“文不对题”的现象是作者精心设计安排的，因而是一个值得关注的现象。从艺术表现形式来看，它与《堂吉诃德》一样，带有明显的反讽效果，对此已有很多学者进行了分析研究。但问题的关键在于，鲁迅不是一个“为艺术而艺术”的唯美主义者，而是一位思想家，他的任何艺术上的创新尝试，都有着深刻的思想动因和丰厚的思想底蕴。就《阿Q正传》来说，鲁迅有意布置的“文不对题”的叙事方式，有着多方面的用心。一方面，是为了颠覆中国传统陈陈相因的艺术俗套，如史传文学中人物传记的模式化、叙事类文学中毫无新意的风月故事以及“大团圆”的结局。鲁迅在其杂文中，将中国传统的“大团圆”斥之为“瞒和骗”的文艺，就充分表达了这一想法。另一方面，无论鲁迅是否有意，小说极为瞩目的“文不对题”现象，对中国传统哲学中的“名实之辨”也是一次极为深刻的反省。

“名”与“实”是中国古代哲学的两个重要范畴，先秦时期的儒、道、墨、名、法等诸家学说，均对“名”与“实”的关系进行过深入论述，而其中孔子的论述对后世影响至深且巨。鲁迅在《阿Q正传》中引述了孔子那句著名的话：“名不正则言不顺”，就说明鲁迅在写这篇小说的时候，有意将小说中“名”与“实”的分裂和对抗，与儒家传统的“名实论”关联到一起，以引起人们更为深广的思考。

孔子特别强调“名”与“实”的关系，他认为“为政必先正名”，还强调：“必也正名乎。……名不正，则言不顺；言不顺，则事不成；事不成，则礼乐不兴；礼乐不兴，则刑罚不中；刑罚不中，则民无所措手足。故君子名之必可言也，言之必可行也。君子于其言，无所苟而已矣。”孔子对“正名”的重视，反映了他匡扶社会秩序的智慧和决心。孔子生活在礼崩乐坏的春秋时期，为恢复周礼，他强调名的重要性，力主“以名正实”，“就是要运用周礼之‘名’，去纠正社会关系中那些不合于周礼的‘实’”[①]，重建“君君、臣臣、父父、子子”的社会秩序。孔子的名实论尽管当时就受到墨家和道家人物的激烈批评，但它对维护当时社会秩序，延续社会文明，作出了重要贡献。胡适在《先秦名学史》中对此有深刻的论述，他指出，孔子的“正名”，其实就是“思想重建的任务”：“它的目的，首先是让名代表它所要代表的，然后重建社会的和政治的关系与制度，使它们的名表示它们所应该表示的东西。可见正名在于使真正的关系、义务和制度尽可能符合它们的理想中的涵义。”[②]但是，到五四时期，孔子及其代表的儒家文化受到强烈抨击，成为中国文化现代化过程中必须清算的负面遗产。在《阿Q正传》中，鲁迅处处以史家的姿态，对儒家的伦理道德体系进行嘲笑和挖苦。如写到阿Q被赵太爷打了以后，未庄的人对阿Q仿佛格外尊敬，对其中的原因，鲁迅援引了儒家的例子来加以论证：“也如孔庙里的太牢一般，虽然与猪羊一样，同是畜牲，但既经圣人下箸，先儒们便不敢妄动了。”小说在其他地方有意引用“不孝有三，无后为大”、“女人是祸水”等种种圣贤之道加以调侃和嘲笑，说明鲁迅在该小说中，始终将儒家的

①裴大洋主编：《中国哲学史便览》，青海人民出版社，1988年版，第22—23页。
②欧阳哲主编：《胡适文集》第6卷，北京大学出版社，1998年版，第31页。

伦理体系作为讽刺和打击的对象，由此出发，我们也就不难想象到，小说有意为之的“文不对题”也是指向儒家文化的利刃。小说从正标题“阿Q正传”到正文中的9个标题，构成了一个貌似严密、神圣的话语系统，但他们所对应的内容，则毫无神圣可言——无论是捉虱子比赛，还是到静修庵去革满清的命，都带上了几分滑稽和戏谑的味道，其目的是“在庄严高尚的假面上拨它一拨”[①]，让那些道德、伦理、公理、正义等冠冕堂皇的名目，现出其丑陋、卑琐的本质。

孔子的“名实论”如果说在最初的时候，具有历史进步意义，但随着儒家文化至高无上地位的长期延续，这一“名实论”也必然走向僵化、教条，甚至到了“重名轻实”或“重名弃实”的地步，使中国文化在种种名分、名称、名头等“名”字上下功夫，往往忽视了“实”的意义。这一僵化的思维方式，引领人们“唯名是从”，不敢直面现实，更不敢去改造现实。鲁迅对此深恶痛绝，在其杂文中多次进行过激烈批评。他笔下的“无物之阵”、“做戏的虚无党”、拒绝各种名目的“过客”等意象，都是基于他对传统名实论的深刻思考，所以说，“对于‘名目’的欺骗性不断揭露与讽刺，对于与‘名’对立的‘实’称赞与颂扬，成为鲁迅对人类生存进行形而上思索的内容之一，也是贯穿他作品的一个重要主题”[②]。《阿Q正传》的主题可能有无数种解释，但其中关于“名实之辨”的思考，依然是其重要的意义指向。作品依靠文本自身结构上的矛盾对立，使文本以“自己撕裂自己”的醒目方式，来呈现儒家文化体系中“以名正实”的荒诞和悖谬之处。这种表现方式可以称之为“文本的行为艺术”——借助作品的结构，寄寓对历史、文化的深刻思考，从这个角度来说，《阿Q正传》堪称借用文体形式成功进行“行为艺术表演”的典范。

---

①《鲁迅全集》第3卷，第195页。

②张爱军：《名与实：贯穿鲁迅作品的一个重要主题》，载《名作欣赏》，2007(12)。

中国读书人的两种角色:"主子"与"戏子"[①]

——重读《孔乙己》

《孔乙己》是鲁迅小说的精品之一,在短小的篇幅中写出了一个人一生的命运。篇幅之小与容量之大形成强烈反差,使小说变成了一个被压紧的弹簧,在读者的阅读中不断被释放,并迅速扩张,让读者目不暇接。

几十年来,研究者对这篇小说的思想内涵进行了多方面的发掘和阐释,综合起来看,主要集中在以下几个方面:批判了封建科举制度,批判了孔乙己"万般皆下品,唯有读书高"的封建观念,批判了孔乙己好吃懒做、麻木迂腐的性格、批判了看客们冷漠麻木的态度等等。这些观点在很长一段时间内被一再重复着,几乎成为"定论"。新颖的见解也时有出现,如有人认为"孔乙己已经失去了一个'人'的独立价值,在人们心目中他是可有可无的,他的生命的唯一价值,就是成为人们无聊生活中的笑料,甚至他的不幸也只是成为人们的谈资。——这正是鲁迅对孔乙己的悲剧的独特认识与把握"[②]。还有人认为,孔乙己是"一个卑微普通的民间读书人,一个沉迷于文化的民间知识分子。……他只是一种特定文化的存在方式,一种文化存在的艺术象征"[③]。针对有些论者对孔乙己的同情,有人指出,为孔乙己偷书辩护,过于指责封建制度的毒害和民众的麻木与凉薄是片面的,因为"任何辩解也掩盖不了孔乙己'好吃懒做'和'窃书'的事实"[④]。这些说法都不无道理,也引人深思,这很好地印证了这部作品的"开放性"。艾柯在论述"开放性作品"时指出:"一件艺术作品,其形式是完成了的,在它的完整的、

①本文原刊于《鲁迅研究月刊》,2013(10)。

②钱理群:《鲁迅作品十五讲》,北京大学出版社,2003年版,第41页。

③方习文:《为孔乙己正言——兼论〈孔乙己〉"文化"宿命的象征意味》,载《名作欣赏》,2008(11)。

④史建国:《凉薄的背后——重读〈孔乙己〉》,载《社会科学评论》,2006(3)。

经过周密考虑的组织形式上是封闭的，尽管这样，它同时又是开放的，是可能以千百种不同的方式来看待和解释的，不可能是只有一种解释，不可能没有替代变换。”[①]《孔乙己》文本外在的封闭性——结构的严谨、叙事的完整等——只是一个假象，其内在的开放性才是这部作品的最大特色，所以对它的研究，可能还刚刚开始。在我看来，《孔乙己》作为一部以读书人（能否称为知识分子，此处存疑）为题材的作品，反映了鲁迅对中国读书人命运的整体性思考。作品中出现的两个读书人：孔乙己和丁举人，代表了中国读书人的两种命运：“戏子”和“主子”，似乎没有别的选择。这是一个怪圈，读书人如果走不出这个怪圈，中国社会就没有希望。所以要改变中国，读书人要先改变自己，使自己成为既非“主子”也非“戏子”的“真的人”，中国才有希望。鲁迅的这一思考是沉痛的，也是深刻的，他分析说：“由历史所指示，凡有改革，最初，总是觉悟的智识者的任务。但这些智识者，却必须有研究，能思索，有决断，而且有毅力。他也用权，却不是骗人，他利导，却并非迎合。他不看轻自己，以为是大家的戏子，也不看轻别人，当作自己的喽罗。他只是大众中的一个人，我想，这才可以做大众的事业。”[②]不看轻自己，也不看轻别人，不要做“大众的戏子”，也不要将大众看作“自己的喽罗”，这正是摆脱“主子”和“戏子”命运的唯一办法。鲁迅这段话，为我们理解这篇小说提供了一个很好的注脚。

孔乙己和丁举人，从小受的是一样的教育，读的是一样的书。他们之间最大的差别出在科举考试上。清代文科科举考试分为三级：第一级为童试，包括县试、府试和院试三个阶段。只有院试取中者才算是“进学”，也即当上了“秀才”。第二级考试是乡试。参加乡试的，必须是获得秀才（包括贡生）或监生（是国子监学生的简称，清代监生有捐监、荫监和恩监等名目）资格的人，考中者即为举人。第三级包括会试、复试和殿试，只有举人才有资格参加。举人在第三级的考试中即使考不中，也有做学官或知县的机会。所以在整个科举考试的流程中，“举人”是一个质的变化，意味着进入了掌握国家权力的序列。也正因如此，《儒林外史》中的范进，在中举之后才会激动得发疯。从小说来看，丁举人肯定是通过了第二级考试，而孔乙己则连第一级考试也没通过，才有了“连半个秀才也没捞到”的说法。考试结果的不同，导致了孔乙己和丁举人地位的悬殊。在鲁镇，丁举人高高在上，

①[意]艾柯著，刘儒庭译：《开放的作品》，新星出版社，2005年版，第4页。

②《鲁迅全集》第6卷，第102页。

受人敬畏和惧怕。所以当孔乙己偷了丁举人家的东西以后，一位酒客十分“聪明”且极具优越感地说：“他总仍旧只是偷，这一回，是自己发昏，竟偷到丁举人家里去了。他家的东西，偷得的么？”[①]这丁举人果然“厉害”，孔乙己被吊在树上打了半夜，最后腿被打断了。毫无疑问，丁举人凭借科考功名，成为鲁镇的主子之一。《阿Q正传》中也有一段对“举人老爷”的描写：“据阿Q说，他是在举人老爷家里帮忙。这一节，听的人都肃然了。这老爷本姓白，但因为合城里只有他一个举人，所以不必再冠姓，说起举人来就是他。这也不独在未庄如此，便是一百里方圆之内也都如此，人们几乎多以为他的姓名就叫举人老爷的了。在这人的府上帮忙，那当然是可敬的。”[②]举人在当时社会上的地位由此可见一斑。与举人相比，孔乙己的命运就完全是另一副模样。他本来是有机会进入官僚体制的，但最终没有通过第一级考试——没有能够“进学”，就沦落街头，成为人们肆意嘲弄的“戏子”。在孔乙己的遭遇中，我们看到了中国民众的另一面：中国民众经过长期的专制压迫，形成了阿Q式的双面特征：憎恶权势又趋炎附势。这种双面特征，决定了他们对读书人的双重态度，敬畏与欺凌。对那些有潜在做官可能的人，或已经掌握权力的人，他们采取敬畏的态度，心甘情愿地俯首做“草民”。但当面对那些已经确定被官僚体制淘汰出局的人，他们就获得了无比的优越感。孔乙己就落在这样的境遇里，所以他遭受“短衣帮”的嘲弄，就在所难免。孔乙己经常出没的咸亨酒店，像是一个舞台，孔乙己是其中唯一的男主角，那些“短衣帮”是配角。当他们相遇的时候，一出喜剧就上演了：

> 孔乙己一到店，所有喝酒的人便都看着他笑，有的叫道，“孔乙己，你脸上又添上新伤疤了！”他不回答，对柜里说，“温两碗酒，要一碟茴香豆。”便排出九文大钱。他们又故意的高声嚷道，“你一定又偷了人家的东西了！”孔乙己睁大眼睛说，“你怎么这样凭空污人清白……”“什么清白？我前天亲眼见你偷了何家的书，吊着打。”……引得众人哄笑起来：店内外充满了快活的空气。[③]

孔乙己认真严肃的遮掩与辩解，“短衣帮”们不怀好意的揭发与调笑，使孔

---

①《鲁迅全集》第1卷，第437页。
②《鲁迅全集》第1卷，第508页。
③《鲁迅全集》第1卷，第435页。

乙已成为一个让人开心和耻笑的戏子。在这里，我们看到中国民众和读书人这两大集团之间的隔膜和对立。孟子有言："劳心者治人，劳力者治于人。""劳心"和"劳力"的划分，就证明了这两大集团之间的对立关系。中国民众一方面敬畏读书人，另一方面，由于社会的不平等，他们对读书人也心怀怨恨。这种怨恨有两种发泄渠道，一是通过民间故事的形式，嘲笑读书人的迂腐与无能。这类故事在全国各地都有，而且数量颇多。在这类故事中，读书人教条、迂腐、百无一用，普通民众在这类故事中获得了报复的快感。二是对那些已经毫无做官希望的落魄者进行肆意嘲笑，以表达他们的优越感。民众对孔乙己的嘲笑，其实是对整个读书阶层的轻蔑，在这种嘲笑中，他们获得心理上的极大满足。

面对世人的嘲笑，孔乙己的表现历来被研究者看作是迂腐可笑的。即使同情孔乙己遭遇的学者，也对他的人生态度和现实表现提出了尖锐批评。孔乙己长期以来被看作是读书人的反面典型。唐弢在《中国现代文学史》中明确指出："作品通过人物的行动，同时也暗寓着对这一性格的鞭挞。"[①]郜元宝在他那部极富创见的著作《鲁迅六讲》中，将孔乙己和陈士成归为一类，认为是鲁迅虽然寄予同情但基本表示否定的类别，是为科举制度哄骗一生的"科场鬼"[②]。这样的看法比比皆是，也并无不妥，但如果换一个角度，情况可能会有所不同。有一位论者敏锐地看到了孔乙己是一个为"身份"而活、"为守护身份而挣扎的悲苦者"，这明显触及了一个重要问题，但论者没有就此深入下去，而是将"守护身份"看作是知识分子的一个致命弱点加以批判，他指出："从这一意义上说，孔乙己如此的悲惨命运，既是封建统治造成的，同时也是他的身份意识，以及由此衍生出来的自命清高的思想所造成的。如果他不是这样的一位知识分子，比如他愿意成为短衣帮成员的话，即使同样悲惨，也会是另外一种情形。"[③]我的看法正好与此相反，正是这种强烈的"身份意识"成为孔乙己最为可贵的品质，所以我认为孔乙己虽然不足师法，但在他身上，依然有着值得重视的一面。圣人有言，"三人行，必有我师焉"，孔乙己身上又何尝没有值得我们借鉴的长处呢？孔乙己的可贵之处表现在四个方面：第一，坚守自己的文人身份，不会随势赋形、入乡随俗。这看上去是迂腐，但相对那些曲学阿世、长袖善舞、枉道从势的中国文人来说，

①唐弢主编：《中国现代文学史》（第1卷），人民文学出版社，1984年版，第98页。

②郜元宝：《鲁迅六讲》（增订本），北京大学出版社，2007年版，第74页。

③刘江：《重议鲁迅刻画孔乙己形象的动机》，载《中北大学学报》（社科版），2011(3)。

这种精神难能可贵。小说强调，“孔乙己是站着喝酒而穿长衫的唯一的人”，长衫“又脏又破，似乎十多年没有补，也没有洗”，但他依然穿在身上，不仅仅是因为穷，而是因为那是他作为一个读书人的最后标识。如果脱掉长衫，就泯然“短衣帮”矣，所以他一定将它穿在身上，以显示与“短衣帮”的不同，这难道不需要勇气吗？中国文人最大的毛病，就是“善变”，应时而变、应势而变、应利而变，见人说人话，见鬼说鬼话，对文人的身份缺乏最起码的尊重和持守。当一个时代的读书人成为被迫害的对象时，他们不仅不敢穿“长衫”，甚至还恨不能将肚子里的诗书全部掏出来扔掉。中国历代一次次针对读书人的政治运动，之所以得以顺利实施，文人自身的多变和善变，在其中发挥了重要作用。但孔乙己始终将自己作为一个读书人，哪怕一贫如洗，只剩一件破旧的长衫，也要穿在身上，以实际行动告诉所有的人：“我和你们不同，我是读过书的。即使我没有钱，不能踱到里面慢慢坐下喝酒，但我仍然是一个读书人。”可以没有钱，但不可以没有尊严，这是孔乙己给我们的启示。第二，无论处境如何，不放弃自己的话语体系。对知识者来说，话语体系是价值体系的外在形式，话语体系的改变，往往意味着价值体系的丧失。这一点在20世纪中国是有血的教训的。从启蒙大众的启蒙话语体系，到阶级斗争的政治话语体系，再到思想改造的流氓话语体系，中国知识分子是一步步丧失自我而被改造成为他者的。遍览这血迹斑斑的历史，回头重读《孔乙己》，我突然觉得，我们没有资格嘲笑他，相反，在他的身上，有我们无法企及的境界。他曾经受过正统教育，虽然未成正果，沦落到在小酒馆里和“短衣帮”们一起喝酒，但他没有立即脱掉长衫，跟“短衣帮”称兄道弟，把酒言欢，成为一个真正的“短衣帮”，而是始终在人们的哄笑声中“之乎者也”地引经据典，并以读书人自命：“窃书不能算偷……窃书！……读书人的事，能算偷么？”[①]无论这种强词夺理式地辩解显得多么可笑，但一句“读书人的事”，就充分证明了他对自我身份的骄傲和认同。在可悲的境遇与可笑的嘴脸、理性的辩解与荒谬的逻辑背后，有着一个文人在人生逼仄的空间里维护个人尊严的困兽之斗。面对着这样一个人，我们又有什么勇气去嘲笑他、批判他呢？第三，孔乙己被大众当成戏子，但他自己从未主动扮演戏子，而是处处显示出“知羞耻、知荣辱”的读书人本色。孔乙己尽管为自己的偷书辩解，但他其实知道那是不对的，所以当掌柜的取笑他又偷东西的时候，他“却不十分分辩，单说了一句‘不要取笑！’……他的眼色，

①《鲁迅全集》第1卷，第435页。

很像恳求掌柜,不要再提”。说明当公众把他当猴耍的时候,他也没有心甘情愿地供大家娱乐,而是有着明确的是非观念。与之相比,当今文人言行无状,不顾荣辱,靠娱乐大众或媚官媚势来获取利益,岂有资格与孔乙己相提并论?第四,孔乙己即使一贫如洗,有时甚至盗窃——可理解为为生计所迫,但其人格的核心,还保持着可爱的一面:“孔乙己没有法,便免不了偶然做些偷窃的事。但他在我们店里,品行却比别人都好,就是从不拖欠;虽然间或没有现钱,暂时记在粉板上,但不出一月,定然还清,从粉板上拭去了孔乙己的名字。”[①]当孩子们围绕着他哄笑的时候,“他便给他们茴香豆,一人一颗”。当听说小伙计也读过书的时候,就很恳切地教给他“茴”字的四种写法。这些都说明,他虽然落魄,但并没有学会世故和圆滑,其书生本色并未改变。司马长风在他的文学史中,对此略有提及:“(《孔乙己》)写一个破落的读书人,走向他可悲的末路。他虽然已成村民取笑的对象,可是仍还保持着读书人的矜持,对于儿童少年仍有几分‘有教无类’的胸怀。”[②]这一判断是准确的。在《中国现代文学三十年》中,编者也看到了《孔乙己》对中国知识分子命运的揭示:“小说的核心孔乙己与酒客的关系,已经构成了‘被看/看’的模式;在这个模式里,作为被看者的孔乙己(知识分子)的自我审视与主观评价(自以为是国家、社会不可或缺的‘君子’,‘清白’而高人一等)与他(们)在社会上实际所处的‘被看’(亦即充当人们无聊生活中的‘笑料’)地位,两者形成强烈反差,集中反映了中国知识分子地位与命运的悲剧性和荒谬性。”[③]事实上,“孔乙己的自我审视和自我评价”与周围世界的错位,正好反映了孔乙己身上的闪光之处。它的确带有“悲剧性和荒谬性”,但这不是孔乙己一个人的悲剧,而是一个民族悲剧的缩影。孔乙己作为一个长期遭受批判的人物形象,在今天似乎有为他平反的必要。尤其半个多世纪以来,面对着读书人的聪明世故和圆滑多变,似乎更有重新评价孔乙己的必要。巴金晚年的椎心泣血之作《随想录》,为我们提供了很好的例证。他回忆被抄家的时候说:“从此我断了念,来一个急转弯,死心塌地做起‘奴隶’来。从一九六七年起我的精神面貌完全不同了。我把自己心灵上过去积累起来的东西丢得一干二净。我张开胸膛无条件地接收‘造反派’的一切‘指示’”[④],“在那个时期我不曾登台批判别人,只是因为

---

①《鲁迅全集》第1卷,第435—436页。

②司马长风:《中国新文学史》上卷,昭明出版社有限公司,1980年,第3版,第106页。

③钱理群、温儒敏、吴福辉:《中国现代文学三十年》(修订本),北京大学出版社,1998年版,第44页。

④《巴金全集》第16卷,人民文学出版社,1991年版,第325页。

我没有得到机会，倘使我能够上台亮相，我会看作莫大的荣幸。我常常这样想，也常常这样说，万一在‘早请示、晚汇报’搞得最起劲的时期，我得到了解放和重用，那么我也会做出不少蠢事，甚至不少的坏事。”①即使这样，在批判胡风的时候，他仍然写了表态的文章，为此他深深地忏悔：“我对自己的表演（即使是不得已而为之吧），也感到恶心，感到羞耻。今天翻看三十年前写的那些话，我还是不能原谅自己，也不想要求后人原谅我。”②巴金“不能原谅”的就是失去文人的操守，像“变色龙”一样，为了保护自己逢迎周围的环境。与历史上无数“善变”的文人对比起来，孔乙己的迂腐就显得弥足珍贵了。当然，作为封建时代的一个读书人，孔乙己并没有明确的自我人格意识，他的不脱“长衫”和满嘴“之乎者也”，仅仅是他无力转圜或不能洞察世事的结果，但无论什么原因，他那种身处生存绝境，仍不改书生本色的做派，都值得我们认真对待和思考。

时代发展到今天，一切似乎都在进步，但民众将读书人或奉为“主子”或看作“戏子”的心态，依然存在着，有时让人触目惊心。每年高考结束以后，那些考取名牌大学的考生，有着潜在的光明前途，人们便争相逢迎；反过来，那些考入普通院校，还有那些落榜的学生，往往被人嘲笑。它很容易使人想到咸亨酒店里的“短衣帮”。时代已经过去近百年了，孔乙己已难觅踪迹，处处是聪明懂事、八面玲珑的读书人；而酒客们尚未消散，还四处可见。这样的境况，才真的显示出了世事的“悲剧性和荒谬性”呢！

在这篇小说中，孔乙己其实不是主人公的真实名字，这只是他的一个绰号，其真实姓名，已无从查考；那些嘲笑孔乙己的人，没有一个是有确切名字的，就连“小伙计”和“掌柜的”，都无名无姓。这更好地说明了鲁迅写这篇小说，不是为了针砭某一个人或某一具体的事件，而是为了针砭具有广泛性和普遍性的社会文化现象。

总之，民众将读书人奉为“主子”或者“戏子”，而被奉为“主子”者，得意扬扬，乐享威福；被视为“戏子”者，自惭形秽，无力改变，只好尽快脱掉“读书人”的“长衫”，加入到“嘲笑者”的行列。这种状况在中国已经延续很久了，已经成为人们的一种习惯性选择。人们对孔乙己的批判就清楚地验证了这一点。所以在今天，我们要重评《孔乙己》，就要从这位迂腐的书生身上，发掘出可资借鉴的精神

---

①《巴金全集》第 16 卷，人民文学出版社，1991 年版，第 398 页。
②《巴金全集》第 16 卷，人民文学出版社，1991 年版，第 746 页。

力量，也只有这样，读书人才能像个读书人的样子，才不会成为看主人眼色而狂吠的恶犬或在主人面前摇尾乞怜的叭儿。

肺病的隐喻[①]

——重读鲁迅的《药》和《孤独者》

众所周知,鲁迅在日本时期受过正规的医学训练,这对他的文学创作产生了重要影响。正如人们已经注意到的那样:“鲁迅虽然未曾经历过作为一名医生的业务实践,但他原来有过的作一名医生的热烈愿望,和受过作一名医生的专业训练,都帮助他锻炼出一种医生所特有的观察病人的敏锐眼光。”[②]正是靠这副“敏锐的眼光”,鲁迅发现了中国国民精神中存在的畸形与病变。弗洛伊德曾经说过:“全世界都是我的病人。”[③]当鲁迅以“医生”的眼光对国民精神进行诊断时,“全中国”都成为他的“病人”。那么,作为一位“医生”,他努力去做的就是“揭出病苦,引起疗救的注意”[④]。然而,精神世界的病变对于民族的觉醒固然异常重要,但这并不意味着身体疾病就可以忽视。恰恰相反,国民身体的疾病常常会与精神上的疾病纠缠在一起,成为思想启蒙的重要障碍。作为一名有着丰富医学知识的人,他无法对国民身体的疾病视而不见,因而在他反映国民精神病变的同时,国民身体的疾病也时常在他的作品中出现,有时还占据着重要地位。

他笔下出现的人物如阿Q、祥林嫂、闰土、七斤、爱姑等,都是承载精神病苦的标本,但与此同时,也有一些人物既承载着精神病苦,也忍受着肉体疾病的折磨和困扰。在这类作品中,精神病苦与肉体疾病纠缠在一起,共同推动情节的发展。在鲁迅的记忆中,父亲的疾病与早逝,四弟的患病与夭折,都成为他记忆中极为坚固的部分。尤其是“父亲的病”,成为左右他人生选择和影响其文学创作

①本文原刊于《文学评论丛刊》第8卷第2期,2005年12月。
②余凤高:《鲁迅笔下的三类精神病人形象》,载《鲁迅研究月刊》,1992(4)。
③引自黄文华:《知与真知灼见》,载《文学评论》,1994(3)。
④《鲁迅全集》第4卷,第512页。

的重要力量。当初他到日本留学选择学医，其中一个重要目的，就是为了“救治像父亲一样的病人”，不仅如此，“父亲的病”还成为决定其创作的重要心理机制[①]。因此当他放弃医学转向人们的精神领域，志在救治国民精神病苦的时候，肉体的疾病依然会成为一个重要意象。在《呐喊》、《彷徨》中，出现最多的疾病有两种：一是疯病；二是肺病。关于鲁迅笔下的疯病，已经引起了广泛关注，也有了可观的研究成果，但鲁迅笔下的肺病尚未引起足够重视，对这一问题的研究也未能充分展开。

肺病与一般疾病不同，它与文学有着密切的亲缘关系。古今中外的艺术家患肺病者人数众多：国外有拜伦、济慈、契诃夫、卡夫卡、史蒂文生、劳伦斯、肖邦、莫扎特、巴赫等等，中国现代作家中除鲁迅本人外，还有郁达夫、巴金、蒋光慈、萧红等，因此肺结核被称为“艺术家之病”，“它加速了生命，照亮了生命，使生命超凡脱俗”[②]，所以，“一百多年来，人们一直乐于用结核病来赋予死亡以意义——它被认为是一种有启迪作用的、优雅的病”[③]。它不但标志着才华和智慧，还意味着多情善感、优雅纤细的感情而且还被认为有很强的性欲望[④]。难怪拜伦说：“我真期望自己死于肺病。”[⑤]中国某些文人也时常做着关于肺病的梦。鲁迅说，有那么一种人“愿秋天薄暮，吐半口血，两个侍儿扶着，恹恹的到阶前去看秋海棠”[⑥]。可见肺病对很多文人是一种高雅、诗意的象征。在文学作品中，肺病也常常比其他疾病更易获得作家的青睐。《红楼梦》中的林黛玉“态生两靥之愁，娇袭一身之病”，成为中国文学中肺病患者的经典造型，她的坎坷命运与她的肺病如风刀霜剑，摧残着她稚嫩的生命，从而使这一形象具有了凄艳哀苦之美。在中国现代文学史上，肺病患者的形象数量众多，除鲁迅作品中的华小栓（《药》）、魏连殳（《孤独者》）、顺姑和她的母亲（《在酒楼上》）、宝儿（《明天》）外，还有莎菲（丁玲《莎菲女士的日记》）、翁则生（郁达夫《迟桂花》）、欧阳玲（穆时英《公墓》）、钱梅芬（巴金《家》）、汪文宣（《寒夜》）、兰茵（叶灵凤《肺病初期患者》）、郑川嫦（张爱玲《花凋》）等等，因此肺病像是“文学病”，成为一种引人瞩目的文学现象。

---

①见张建生：《鲁迅的创作与父亲的病》，载《中国现代文学研究丛刊》，1990(4)。
②[美]苏珊·桑塔格著，程巍译：《疾病的隐喻》，上海译文出版社，2003 年版，第 14 页。
③[美]苏珊·桑塔格著，程巍译：《疾病的隐喻》，上海译文出版社，2003 年版，第 16 页。
④参见余凤高：《文学中的肺病患者》，载《浙江学刊》，1991(5)。
⑤[日]柄谷行人著，赵京华译：《日本现代文学的起源》，生活·读书·新知三联书店，2003 年版，第 96 页。
⑥《鲁迅全集》第 6 卷，第 162 页。

从病理学的角度来看，肺病又不单纯是身体的疾病，往往与“心病”有关。《红楼梦》第八十三回，写王大夫给林黛玉诊断肺病时说：“六脉皆弦，因平日郁结所致。”其症状是“头晕，减饮食，多梦。每到五更，必醒个几次；即日间听见不干自己的事，也必要动气，且多疑多惧。不知者疑为性情乖诞，其实因肝阴亏损，心气衰耗，都是这个病在那里作怪。”这里说的是肺结核的症状，又与林黛玉寄人篱下的生活相照应，因此既是“身病”，也是“心病”。《家》中的钱梅芬，因爱情断送，嫁非所爱，心情郁闷，最终死于肺病。因此，肺病蕴含着丰富的心理内涵，使其很容易与文学建立起亲缘关系。

在1944年链霉素发明之前，肺病属于不治之症，但它又与癌症的严重致命性不同。肺病属于“富贵病”，或是一种享受的病，只要营养丰富、仔细调养，它并不会马上夺去人的生命。这样一来，肺病患者会一直被置于生与死的临界点上，被迫去思考关于生与死的问题。同其他作家一样，鲁迅也青睐肺病，但肺病在他的笔下，不再是高雅、多情、娇美的标志，而是获得了更为丰富的社会和文化内涵，成为支撑起思想大厦的一块重要基石。

在鲁迅涉及肺病患者的四篇小说中，最重要的有两篇：《药》和《孤独者》。在这两篇作品中，肺病成为一个重要的意象，获得了超出自身意义之上的内涵和意蕴。

《药》是一篇关于“治病”的小说。茶馆老板华老栓的儿子华小栓患有肺病，这成为华老栓夫妇最为焦虑的心事，也是茶馆客人们颇为关注的焦点。根据民间传说，“人血馒头”可以医治此病，于是华老栓在官府处决犯人的时候，从刽子手那里买来了一颗“人血馒头”。华老栓购买“人血馒头”，就像祥林嫂到土地庙里捐一条“给千人踏，万人跨”的门槛作“替身”一样，反映了民众的愚昧和迷信，除此之外，也难以挖掘出更为深广的含义。但问题的关键在于，华老栓买来的这颗人血馒头恰恰是用夏瑜的鲜血染红的，这一巧合，就使华老栓购买“人血馒头”这一私人事件与当时重大的政治问题和思想问题产生了关联，从而使小说获得了极大的阐释空间。

夏瑜与华小栓之间除了通过“人血馒头”建立起来的“药”与“病人”的“医疗”关系之外，他们之间还有另一层“医疗”关系：夏瑜作为一位革命家和试图唤醒民众的启蒙宣传者，救治民众精神上的“病苦”是他的理想，华小栓也是需要他救治的愚民中的一员，所以他们在精神价值领域是“医生”与“病人”的关系。将这两层“医疗”关系放在一起，我们就会发现，前者是对后者的颠覆与嘲弄。导致这一结果的直接原因不是华小栓，也不是华老栓，而是肺病，这需要从两个方面来解释：第一，华小栓如果患的不是肺病，华老栓也就不会去购买“人血馒头”；第二，在小说中，华小栓的性格很模糊，言行极少，所以他在作品中，只是为肺病提供一具可以寄植的肉体，是肺病患者的符号。这就是说“谁”患肺病并不重要，重要的是“肺病”。只要有肺病，购买“人血馒头”事情就会发生，夏瑜的血就难免不被当作治病之药。所以肺病是小说的“主角”，是它颠覆了夏瑜的救国方案和救国理想，这就使小说具有了反讽的意味：以救治国民精神病苦为己任的“医生”成为国民的“药剂”。鲁迅在《太平歌诀》中谈到“叫人叫不着，自己顶石坟”时说，这几句歌诀“竟包括了许多革命者的传记和一部中国革命的历史”①。夏瑜试图唤醒民众，但民众无法理解他的主张，认为他是“疯子”，就像修中山陵的石匠一样，最后只好自己来“顶石坟”了。鲁迅当年在日本“弃医从文”时，认定救治精神上的疾患比救治肉体上的疾患更为紧要，更为迫切，但在夏瑜这里，精神层面的“医疗”关系被肉体层面上的医疗关系所覆盖。很明显，在“治病”这一问题上，以启蒙为己任的知识者与广大民众出现了严重分歧：知识者们看重的是精神文化层面上的健康，而民众永远只关心他们的物质世界和他们的身体需求。如果这种分歧不能解决，启蒙岂不成为知识者们一厢情愿的幻想？由此推衍下去，必然会导致启蒙价值的危机。但鲁迅并没有按这一思路追究下去，相反，民众对知识者的误解引发了他内心的无奈与怨恨，他感叹说：“市民是这样的市民，黎明也好，黄昏也好，革命者们总不能不背着这一伙市民进行。”②批判的锋芒仍然指向了愚昧的民众，没有引发内在的思想危机，鲁迅的启蒙立场还是十分坚定的，但这种坚定与执着，也无意中掩盖了启蒙思想面临的挑战。

夏瑜作为一个革命者和启蒙者，不期然间与肺病遭遇之后，洒下的鲜血成为民众的“口中之物”，肺病在这里已经超出了肉体疾患的范畴，成为否定启蒙价值、嘲弄启蒙者的那个“隐性的坏孩子”，它通过驾驭人们的肉体来控制人们的行为和心理，比启蒙者的任何说教都具有更强的支配力量。

---

①南京中山陵即将竣工时，南京市内出现谣传，说：“石匠有摄收幼童灵魂，以合龙口之举。市民以讹传讹，自相惊扰，因而家家幼童，左肩各悬红布一方，上写歌诀四句，借避危险。其歌诀约有三种：（一）人来叫我魂，自叫自当承。叫人叫不着，自己顶石坟。（二）石叫石和尚，自叫自承当。急早回家转，免去顶坟坛。（三）你造中山墓，与我何相干？一叫魂不去，再叫自承当。”鲁迅对此感慨系之，便写《太平歌诀》一文。见《鲁迅全集》第4卷，第103页。

②《鲁迅全集》第4卷，第103页。

因此,《药》的真正主角是肺病,它始终占据着小说的中心位置,统率着小说的主要情节。即使最后坟地的情节,也是在暗示它已经夺去了华小栓的生命。而两位母亲之所以能在坟地相遇,也是在提示两个死者之间因肺病而建立起来的"血"的联系。日本学者柄谷行人在分析德富芦花的小说《不如归》时,针对其中患有肺病的女主人公浪子说:"不是人与人之间的矛盾纠葛或者'内面'使她变得孤独,而是所谓眼睛看不见的结核菌带来了她与世界之间的距离。换言之,在这篇作品中,结核乃是一种隐喻。而浪子因结核变得美丽病弱成了作品的关键之处。"①在《药》中,人物之间几乎没有任何的"矛盾纠葛",肺病成为连接华夏两家的"枢纽",成为整部作品的"关键之处",因而,肺病在《药》中如同在《不如归》中一样,成为"一种隐喻",其内涵指向了两个层面:一是启蒙的艰难,民众与知识者难以沟通;二是启蒙这一文化工程本身,似乎也出了问题,纯粹精神层面的启蒙是否可能?

《孤独者》与《药》不同,这里的肺病患者是一位知识分子,因此肺病在这篇小说中成为一个新的隐喻,也有了新的功能。魏连殳的一生可以分为三个阶段:一是抗争阶段;二是挣扎阶段;三是妥协阶段。在第一个阶段中,他有自己的信仰和主张,喜欢"发一些无所顾忌的议论",喜欢发表文章,爱管别人的闲事,对人爱理不理,因此为周围的社会所不容。最后被所在的学校解聘,个人生存陷入了危机。在第二个阶段中,他仍坚守自己的信仰和主张,但生活日益窘迫,最后沦落到"求乞"的地步。在肉体需要(吃饭)的催逼下,他的信仰终于崩溃,从而进入了第三个阶段:妥协阶段。在这一阶段中,他开始躬行自己先前所反对的一切,给杜师长做了顾问,每月有现洋80元的收入,又开始宾客盈门:"这里有新的宾客,新的馈赠,新的颂扬,新的钻营,新的磕头和打恭,新的打牌和猜拳,新的冷眼和恶心,新的失眠和吐血……"一旦放弃了自己的价值立场,他就由一位"争天拒俗"的"国民公敌"变为受人们尊敬和拥戴的"红人"。房东太太认为他"交红运"了,他的本家认为他事业发达、前程无量,连他先前被传为笑柄的事,也被当作"逸闻"风雅四播……世俗社会终于接受了这位"和自己不一样的人","医生"加入了曾经想要救治的"病人"的行列,受到"病人"的热烈欢迎,他自己也就成为了"病人"。

①[日]柄谷行人著,赵京华译:《日本现代文学的起源》,生活·读书·新知三联书店,2003年版,第95页。

但他毕竟不能使自己彻底麻木。当物质生活的需要得到满足之后，被压抑的信念和主张会重新抬起头来，审视甚至鄙视自己的软弱，与之伴随的是难以名状的痛苦和焦虑。他无法欺骗自己，只能生活在心灵的煎熬之中，以物质世界的繁华和热闹来掩盖自己内心的空虚和寂寞。就在这时候肺病"出场"了，它像一位早已化妆完毕等候出场的演员，不失时机地盘踞在了魏连殳的身体里，开始慢慢地吞噬他的生命。唐小兵在论述汪文宣的肺病时指出："随着汪文宣的身体不断被结核病所侵蚀，他的世界不断被无常和无望所困扰，这些最基本的现代价值和机制，都将被一个个卷入危机之中。"[①]魏连殳与汪文宣的情况十分相似，他的精神主体不断被世俗观念（他要救治的"病"）所侵蚀，同时他的身体也在遭受着结核菌的吸吮。与汪文宣不同的是，魏连殳价值主体的崩溃先于结核病菌的来临，但最后的结果都是一样的，精神之"病"与身体之"病"合谋发动了对他的进攻，死亡日日迫近。魏连殳开始重新思考这样一个问题：还要不要活下去？在他的生计陷入困境时，他仍坚守自己的价值立场，强烈要求："我还想多活几天……"他知道他的价值，如易卜生《国民公敌》中的那位医生一样，即使为千夫所指，也不会屈服。但对基本物质生活材料的需求终于打垮了他，他投降了，获得了可观的物质报酬，但要不要活下去成了一个问题："先前，还有人愿意我活几天，我自己也还想活几天的时候，活不下去；现在大可以无须了，然而要活下去……"接踵而来的疑问是："然而就活下去么？"放弃了自己的信仰固然获得了物质生活的满足，但已经变成了行尸走肉，而且是爬满结核菌的"尸"和"肉"。在精神价值与肉体需求的对立中，肺病成为惩罚肉体的重要手段，它带来的隐隐作痛的胸口和不时吐出的鲜血，可以使精神的痛苦得到补偿，让绝望和失落者感到快意。在这一心境中，肺病转化为精神的同盟，成为他自虐、自戕的工具，因此他拒绝治疗："人送他仙居术，他自己是不吃的，就摔在院子里……"据多嘴的房东太太说："魏大人自从交运之后，人就和先前两样了，脸也抬得高高的，气昂昂的。对人也不再先前那样迂。你知道，他先前不是像一个哑子，见我是叫老太太的么？后来就叫'老家伙'。唉唉，真是有趣。"这种强作的欢颜只是为了掩饰内心的精神废墟，也有因肺病而带来的幸灾乐祸之情。在世俗的眼睛看来，他是因为发达了，交了红运了，其实这所谓的红运只是引领他走向死亡的通道，因为它是与肺病并肩而至的。

从《药》到《孤独者》，鲁迅两次将肺病置于小说的核心位置，因肺病而形成

---

①唐小兵：《英雄与凡人的时代——解读 20 世纪》，上海文艺出版社，2001 年版，第 75 页。

的一套身体语言，泄露出潜藏在文本背后的丰富内涵。肺病与其他疾病不同，结核杆菌像贪婪的食客，永不餍足地汲取营养，人的身体成为给他提供营养的“工厂”，所以肺病患者多骨瘦如柴。《药》细致地描写了华小栓的外形：“小栓坐里排的桌前吃饭，大粒的汗，从额上滚下，夹袄也贴住了背心，两块肩胛骨高高凸出，印成一个阳文的‘八’字。”这与其说是描写华小栓的肖像，不如说是肺病的画像。这样一幅病态，可以看作是中华民族——“东亚病夫”病弱的象征。华小栓的形象，或者说肺病患者的形象，是对古老民族日渐衰败的隐喻。反动的政府、愚昧的人们，就像结核杆菌一样，蚕食着一个民族内在的生命力。华小栓一旦被看作是民族形象的隐喻，他服下“人血馒头”就像结核杆菌吞噬健康细胞一样，成为一种有广泛阐释空间的隐喻。在《孤独者》中，魏连殳的肺病的症状主要是吐血和失音。在写给朋友的信中，他说：“现在已是深夜，吐了两口血，使我清醒起来。记得你竟从秋天以来陆续给了我三封信，这是怎样的可以惊异的事呵。”解除了自身的武装之后，他由一位高举投枪的战士，变为“无物之阵”的一部分，只好借助喧闹和繁华掩盖了他的失败和懦弱，但夜深人静之后，从嘴里吐出的鲜血，会使他忆起曾和自己一起抗争并千方百计为自己筹划生计的朋友，回忆起那些峥嵘、艰难的岁月。但一切都成为往事，生命的躯壳已快被结核菌蚀空，他不无期待地等候着那个预料中的结局——死亡，于是禁不住问：“何时回来呢？倘早，当能相见。”看似不经意间的问候，包含着对死亡临近的预感。在他死的时候，作品再次交代了肺病的症状：“死去的前三天，就哑了喉咙，说不出一句话。”没有什么比临终的沉默更能显示魏连殳心中的惨伤和愤激了，即使他的喉咙不哑，他又能说什么呢？

肺病在鲁迅小说中的突出位置，也折射出了鲁迅内心的矛盾。如人们早已看到的，鲁迅内心有很多矛盾：绝望与希望、进化与轮回、个人与群众、友与仇、爱与憎等等。但有些矛盾隐藏得很深，或者躲在幽暗的一角，不引人注目，甚至当事人也难以意识到。“肉体治疗”与“精神治疗”的对峙就属于这类容易被忽视的矛盾。鲁迅当年“弃医从文”之后，从未后悔过自己的选择，也极少反思自己这一选择的合理性，但这并不意味着这一选择就那么无懈可击。他晚年告诫儿子不要做“文学家或美术家”[①]，是不是有着对自我人生道路的追悔？如果他当初的

①鲁迅在《死》中写的遗嘱中有这样一句：“孩子长大，倘无才能，可寻点小事情过活，万不可去做空头文学家或美术家。”（《鲁迅全集》第6卷，第612页）其中“空头”二字是听了别人的建议添补上去的（见王晓明：《无法直面的人生——鲁迅传》，上海文艺出版社，1993年版，第236页）。

人生抉择再次摆在儿子面前，他会让儿子放弃医学吗？这些剪不断、理还乱的思绪，鲁迅本人甚至都从未认真梳理过，只是偶尔在脑海里浮现，并转瞬即逝。同样，在小说创作中，这样一种矛盾也会不经意之间泄露出来。无论是《药》，还是《孤独者》，毫无疑问都是为了践履自己精神救国的承诺而创作的，揭出精神"病苦"是这些作品的主旨，但肺病的出现，使肉体的疾病成为一个无法回避的问题，一个沉疴在身的民族，还有什么资格奢谈精神上的解放呢？在写《文化偏至论》的时候，他就说过："举国犹孱，授之巨兵，奚能胜任，仍有殭死而已矣。"①为此他写了《斯巴达之魂》，提倡"尚武"精神，呼唤国民身体的强壮。当他选择文化启蒙之后，国民身体的孱弱，仍然是一个让他难以释怀的问题。只是在强大的精神启蒙命题的排斥下，这一问题不得不退居边缘。但在适当的条件下，这一问题仍然会浮出水面。《药》、《孤独者》这类小说的创作，就给这一问题提供了浮出水面的机会。

肺结核不仅十分顽固，且具有强烈的传染性和内耗性，这与鲁迅对国民性的描述十分相似，因此二者之间也很容易建立起隐喻关系。但在这两篇小说中，这种相似性仅仅是二者建立隐喻关系的基础，并不是最终的指向。在《药》中，结核病的治疗无意中颠覆了精神疾病的治疗；在《孤独者》中，肺病成为魏连殳精神主体瓦解之后，进行自虐和自戕的工具。当然也可以认为，世俗的观念像结核菌一样，富有传染性，连魏连殳这样的精神界之战士也难以抗拒它的感染，最后在世俗观念中沉沦，以至毁灭，从而使肺病在精神世界里获得了一种隐喻效果。这样的理解并非不能成立。但小说中的肺病除了隐喻精神疾病之外，它本身仍然具有自身的内蕴。在这里，我们遭遇了柄谷行人提出的问题："疾病与作为隐喻的疾病能区别开来吗？即能否说一方面存在着明确的'肉体上的疾病'，另一方面存在着作为隐喻而使用的病？"②事实上，这二者有时是很难分清楚的。肉体疾病首先是一种事实的存在，是作品不可或缺的重要组成部分，之后才可能被看作隐喻。即使在被看作隐喻之后，其自身的内涵并不会消失。因此，肉体疾病在鲁迅的思想建构与小说创作中占据着一席之地。这说明，鲁迅的启蒙思想体系以及他对中国旧文化的批判和新文化的建构，不只是一个精神层面的问题，也有着对国民物质生存状况和身体健康的热切关注。或者说，他的思想启蒙方

①《鲁迅全集》第1卷，第45页。

②[日]柄谷行人著，赵京华译：《日本现代文学的起源》，生活·读书·新知三联书店，2003年版，第103页。

案，并非局限在精神领域，还与人们的物质世界和肉体疾病有着密切关系。但由于鲁迅公开表示过对精神启蒙的重视和对肉体疾病的冷漠，所以历来的研究者往往只重前者，忽视后者，尤其在其小说研究中，这一倾向导致了一种“唯精神论”的偏至：将小说看作文化思想的载体，无视其中丰富的“物质世界”的内涵。其实鲁迅不是形而上的思想家，而是扎根于现实生活、直面人生苦难的作家，而现实人生的苦难，除了精神病苦之外，经济的拮据、社会的不公及身体的疾病，也是人生病苦的重要组成部分。如果忽视了这些内容，我们就很难说读懂了鲁迅。

爱又如何[1]

——《伤逝》细读

《伤逝》出自鲁迅第二部小说集《彷徨》,是鲁迅唯一一篇爱情题材的小说。《伤逝》关注的是中国知识分子的命运和女性觉醒的艰难历程。

鲁迅在中国新文学的源头,以其独拔于世的小说创作,为新文学的健康发展奠定了基础。由他开创的知识分子题材和农民题材两大领域,对此后的文学产生了不可估量的影响。《伤逝》即是鲁迅知识分子题材系列中的代表作之一。

知识分子是一个民族、一个时代最敏感的神经,他们能够率先对面临的危机作出反应。近代以来,民族的灾难不断加剧,无数的进步知识分子走向历史的前台,成为拯救民族危亡的前驱。知识分子在救国运动中不可避免地遭到许多挫折,面临重重考验,心理上承受着巨大的压力。与此同时,也有一些所谓的知识分子,在历史动荡时期迷失方向,浑浑噩噩,还有的甚至成为历史进步的绊脚石或时代的垃圾。鲁迅目睹和经历了20世纪初期中国知识分子的种种活剧,成为这一段历史的伟大见证人。五四时期,他将自己的所见、所闻、所感、所忆写入小说,为近现代种种知识分子留下了清晰的剪影。

鲁迅笔下有封建制度的殉葬品孔乙己、陈士成,有虚伪庸俗、道貌岸然的高尔础、四铭,但鲁迅笔下最具震撼力的知识分子形象是夏瑜、魏连殳、吕纬甫等先驱者。这类知识分子的身上,不仅凝结着鲁迅忧愤深广的个体生命体验,也蕴含着极为丰富的思想资源。《伤逝》中的子君和涓生就属于先驱者谱系中的成员。

---

①本篇曾收入卜召林、张全之主编:《中国现代文学作品选读》,山东大学出版社,2000年版。

子君和涓生都是被新文化运动唤醒的青年。他们在一起的时候,“谈家庭专制,谈打破旧习惯,谈男女平等,谈伊孛生,谈泰戈尔,谈雪莱……”共同的理想、共同的志趣使他们真心地相爱着。子君勇敢、大胆,她骄傲地宣布:“我是我自己的,他们谁也没有干涉我的权利!”在理想主义激情的激励下,他们开始同居。在个性解放的五四大潮中,描写这类情节的作品并不鲜见。胡适的《终身大事》、淦女士的《旅行》、庐隐的《海滨故人》等,都有青年男女大胆相爱、勇敢同居的情节。但与其他作家不同的是,许多这类作品,写至男女主人公反出家庭,“胜利”结合之后,就在“大团圆”的凯歌声中收场,然而,鲁迅的《伤逝》,却从这里开始。他关注的不是觉醒者反抗的过程及其成功的结局,而是反抗成功之后,知识者所面对的将是什么?他们在心理上到底有多大的承受力?他们是否经得起黑暗时代的考验?这一系列问题才是鲁迅真正关心的。这就是为什么在爱情小说泛滥的时代,《伤逝》仍然鹤立鸡群的原因。

在鲁迅看来,知识者走出封建家庭,只是自我觉醒的开始,而不是结束。爱情也是这样,如果不使之有所附丽,使其时时生长、更新,爱情就会死亡。子君与涓生同居以后,两人沉浸在实现爱情的幸福之中。但幸福是短暂的,渐渐地,涓生发现,子君“包藏着不快的颜色”。两个人的距离开始拉大。当涓生被局里辞退后,生活的艰难又使他们那濒临危亡的爱情雪上加霜,涓生不再像当年在会馆里等待子君时那样,渴望与子君促膝交谈,而是天天跑到通俗图书馆,躲避子君那“凄惨的神色”。他已经不爱子君,但又没有勇气向子君说出这一残酷的事实。而对子君的欺骗也同样使他感到不安。说还是不说?成为涓生最大的难题。终于有一天,他向子君说出了真相。子君离他而去,并很快死掉。丢弃的小狗阿随很快又找回了家,子君却永远也回不来了。悔恨与痛苦折磨着涓生,也许永无止境。

在子君与涓生的爱情由抗争到实现,终至毁灭的过程中,鲁迅融入太多的情感与思想,以至于使作品显得异常沉重。子君与涓生相爱的五四时代,是一个理想主义的时代。知识分子在这个时代中尽情挥洒着自己的情感和思想,俨然主宰了一切。子君与涓生的爱情就是这一理想激情的产物。他们在拜伦、雪莱等西方“摩罗诗人”的引导下,藐视传统,争天拒俗,勇敢地追求理想和幸福。但五四运动很快落潮。知识分子的理想主义激情被无情地浸泡在黑暗现实的冰水之中,鲁迅本人也陷入了“梦醒之后无路可走”的精神困境之中。现实似乎应验了他当年对“铁屋子”所做的不祥预言。《伤逝》中子君与涓生的爱情由理想的天国跌入现实的深渊又最终走向虚无的过程，正是鲁迅内心“苦闷的象征”，它显示出，鲁迅作为一位启蒙思想家，对自身及知识分子命运的自觉反思。

《伤逝》对女性解放问题的思考，明显受到易卜生《娜拉》（今译《玩偶之家》）的影响。易卜生，挪威著名戏剧家，其剧作《娜拉》在五四时期曾风靡一时。剧中那位反出家庭的女性，成为五四时期妇女解放的楷模。胡适的《终身大事》及庐隐、冯沅君等人的小说，都在重复着这一主题。子君即是一位反出家庭的“娜拉”。但她与涓生同居后，似乎变成了另外一个人：整天忙着饲油鸡，饲阿随，与小官太太暗斗。那个大胆的子君，成了一个家庭妇女，这不是涓生所希望的。涓生被辞退后，经济上的拮据直接危及个人的生存，理想和思想在食不果腹的状态下变得虚幻、虚无起来。子君同她一度拥有的爱情一起走向了终点。子君的悲剧命运，包含着鲁迅对妇女解放问题的深刻洞察。在鲁迅看来，“娜拉”反出家庭固然可喜，但出走之后的路，更值得人们关注。1923年12月26日，鲁迅应邀到北京女子高等师范学校演讲。他讲的题目是“娜拉走后怎样”[①]。这篇演讲，与后来完成的小说《伤逝》探讨的问题有着密切关系。在这篇演讲中，他指出，娜拉走后“只有两条路：不是堕落，就是回来”。“否则，就得问：她除了觉醒的心之外，还带了什么去?……她还须更富有，提包里有准备，直白的说，就是要有钱。”“梦是好的；否则，钱是要紧的。”子君也是如此。她勇敢地与涓生同居，但她除了一颗“觉醒的心”外，一无所有。甚至这颗心都未保存长久。鲁迅得出结论说：“钱，——高雅的说罢，就是经济，是最要紧的了。自由固不是钱能买到的，但能够为钱而卖掉。”因此“经济权”是妇女解放的一个重要条件。鲁迅希望中国妇女，要以天津“青皮”的“韧性”向社会要经济权：“有人说这事情太陈腐了，就答道要经济权；说是太卑鄙了，就答道要经济权；说是经济制度要改变了，用不着再操心，也仍然答道要经济权。”子君缺少的正是这样一种韧性的战斗精神。她在家靠“父”，出嫁靠“夫”。虽然她与涓生有爱情，但本质上仍然是一种依附关系。当爱情死亡之后，她离开“夫”之家，就只能回到“父”之家，由于没有经济权，她没有第三条道路可走。这正是其悲剧的根源。应该说，在洋溢着理想与乐观的五四文学中，像《伤逝》这样震撼人心的悲剧作品，还是空谷足音。

在艺术上，《伤逝》采用了“手记”的形式，直抒胸臆，开创了中国现代“抒情诗体小说”的先河。小说自始至终散发着往事不再的悔恨和悲哀，意境悲远、苍凉，

---

①该演讲稿《娜拉走后怎样》收入《鲁迅全集》第1卷，第158页。

格调凄艳、幽深。故事情节被拆解成多个片断，隐藏在浓郁的情感背后，一波三折，一咏三叹，读来有荡气回肠之感。

佛学语境中的启蒙反思[①]

——《求乞者》细读

鲁迅蛰居北京期间，曾大量阅读佛学著作，并深受其影响。但他“能入乎佛学，亦能出乎佛学”[②]。不“入”佛学堂奥，就无法吸收佛学的智慧，不“出”佛学的樊篱，就无法保持一个思想家的独立姿态。这一“入”一“出”，正显示了鲁迅既受佛学浸染又与佛学保持一定距离的个人特色。但从鲁迅思想的内部结构来看，佛学蕴含的一系列价值观念和思想准则，并没有进入鲁迅思想的核心地带。对鲁迅来说，佛学的影响主要体现在以下两个方面：

第一，它为鲁迅提供了丰富的人生智慧，从而使鲁迅对现实世界的感悟和体验变得深邃、细腻。鲁迅曾对他的好友许寿裳说：“释迦牟尼真是大哲，我平常对人生有许多难以解决的问题，而他居然大部分早已明白启示了，真是大哲！”[③]很明显，在鲁迅眼里，释迦牟尼不是教主，而是一位洞察人生真谛的“大哲”。因此，他吸收的是佛学的人生智慧，而不是观念和信仰。他的好友许寿裳指出“他（鲁迅——引者）对于佛经只是当作人类思想发达的史料看，借以研究其人生观罢了。别人读佛经容易趋于消极，而他独不然，始终是积极的。他的信仰是在科学，不是在宗教”[④]，真可谓知人之论。

第二，已臻成熟而又蔚为大观的佛学话语，为鲁迅把握人生、描述世界及自

---

①本篇曾被收入李永鑫、陈华建、周幼涛编：《鲁迅的世界 世界的鲁迅——纪念鲁迅诞辰120周年学术研讨会论文集》，远方出版社，2002年版。

②徐海澄：《星花旧影》，见《鲁迅回忆录》散篇下册，北京出版社，1999年版，第1328页。

③许寿裳：《往友鲁迅印象记》，见《鲁迅回忆录》专著上册，北京出版社，1999年版，第247页。

④许寿裳：《往友鲁迅印象记》，见《鲁迅回忆录》专著上册，北京出版社，1999年版，第247页。

我表达提供了巨大方便。五四新文化运动虽然以白话文为突破口，但白话文尚处于粗糙和混乱状态。而佛经在长期的翻译过程中，已积淀形成了一整套颇具规范的话语体系，并得到了广泛的传播。这对鲁迅来说是极为方便的文学资源。而佛教对天堂、地狱的构想，也为鲁迅观照人生提供了多重视角。

《求乞者》正是这样一篇借鉴佛学话语来完成的作品。

从内容看，《求乞者》的核心词是"布施"。在佛教修行中，有"四摄"、"六度"之法，而"布施"位列"四摄"、"六度"之首。"四摄"，又称"四摄法"、"四摄事"等，在这里，"摄"的意思是摄受、吸引，"四摄"即是通过四种行为，吸收众生皈依佛教。"布施摄"在"四摄"中位居第一，它要求修行者根据众生的需要布施财物或佛法，然后达到普度众生的目的。"四摄"的含义不断扩大，就形成通常所说的"六度"。同样，"布施度"位居"六度"之首，它要求修行者将自己的一切财物舍予众生，以达到"度"众生到彼岸的"正果"，而自己在向众生布施使众生得到拯救的同时，自己也会得到拯救。由此不难看出，佛学中的布施，是"自利利他"、"自觉觉人"、"自度度人"的重要途径。"佛本生"故事中，布施的故事占有相当数量，而太子须大拿将财物、儿子和妻子都布施出去的故事，更是在民间广为流传。鲁迅《求乞者》一文，正是在上述特定的佛学文化语境中展开叙事的。"布施"一词，应是我们打开这一思想文本的重要工具。

鲁迅与佛学的正式接触是在日本留学时期，与佛学的最初遭遇，决定了他个人对佛学的接受方式。在当时日本的中国学者中，梁启超与章太炎是对鲁迅接受佛学产生重大影响的人物，梁启超与章太炎将佛学用作改造民族精神的重要工具，并希望"用宗教发起信心，增进国民的道德"[①]。作为自觉承担启蒙使命的思想者，鲁迅正是从这一角度开始接受和利用佛学智慧的。由于当时学界风气的熏染，他甚至想借助宗教(佛教)达到"正信"的构想。他认为，宗教"乃向上之民，欲离是有限相对之现世，以趣无限绝对之至上者也。人必有所冯依，非信无以立，宗教之作，不可已矣"[②]。针对一些人对佛教的非议，他又指出："夫佛教崇高，凡有识者所同可，何怨于震旦，而汲汲灭其法。若谓无功于民，则当先自省民德之堕落；欲与挽救，方昌大之不暇，胡毁裂也。"[③]可以说，鲁迅从一开始就注

---

①章太炎：《东京留学生欢迎会演说辞》，见汤志钧编《章太炎政论选集》(上册)，中华书局，1977年版，第272页。

②《鲁迅全集》第8卷，第27页。

③《鲁迅全集》第8卷，第29页。

定是在启蒙语境中开始对佛学的解读与借鉴的。从这一角度来讲,佛教通过"布施"教义达到"自度度人"的修行策略与"自觉觉人"的启蒙行动之间,在精神上有着相通的地方。当然,这并非说,启蒙者"立人"的努力等同于佛教的"普度众生",但那份济世情怀和担当意识,在熟知佛学的鲁迅心中,应当能够产生共鸣。鲁迅与佛学在心灵上的共鸣,使他自觉地将"布施"一词由一个佛学话语转化为一个启蒙话语。笔者对《求乞者》的细读,正是从这一点入手的。为论述方便,我将《求乞者》全文分成四个部分。

第一部分指第1到第2自然段。这部分的关键词是"走"。"行走者"的形象在《野草》的众多篇章中频繁出现,并且具有连贯性。这些篇章主要有:

①《影的告别》:意识到"无地彷徨"的处境后,"独自远行"。

②《求乞者》:"顺着剥落的高墙",走在"四面都是灰土"的"路"上。

③《过客》:独自走向坟地。

④《墓碣文》:(走到坟地以后)独自面对墓碑,进行自我解剖。

《野草》中这四个主要的阶段,组成了"行走者"的叙事过程:它既是一个在"空间"中行走的过程,也是一个在时间中求索的过程。它蕴含着鲁迅对自我生命旅程的自觉反省和预期。只有将《求乞者》放在这一"行走"的过程中,才能领会鲁迅在该文中所表达出来的思想情感。"行走者"的第一步,从虚妄的"影子"向存在实体的"主人"告别开始。影子作为一种非实体性存在,它向"主人"的告别,这本身就蕴含着对时间、空间及自身存在的根本性质疑:

> 有我所不乐意的在天堂里,我不愿去;有我所不乐意的在地狱里,我不愿去;有我所不乐意的在你们将来的黄金世界里,我不愿去。①

对"独自远行"的选择,注定了他面对的将是一个冷漠、孤独、死亡的世界,一个生命被灰尘掩埋的世界。《求乞者》正是"行走者"的一段"行走"经历。它开篇向我们展示的就是这样的一幅人间图景:脚下是"松的灰土",四周随着微风飘荡的也是灰土,在灰土的笼罩中,"另外有几个人,各自走路",就连象征新鲜生命的"叶子",也行将"干枯"。这是一个没有生命的世界,泪水、血液甚至鲜活的生命,都会在灰土中风干。可以说,这一部分为全篇定下了基调。在感情色彩

①《鲁迅全集》第2卷,第165页。

上，与《影的告别》是相通的。

第二部分包括第3到第8自然段。这一部分共有六小节，每小节均是一行半，当然，字数并不相等。第一和第四小节分别写两个求乞的孩子，前三句文字完全一样，都是“一个孩子向我求乞，也穿着夹衣，也不见得悲戚”。对此我们可以作两种理解：一是第二个孩子其实就是第一个孩子，他第一次用“哀呼”向我求乞没有成功，然后，又装成哑巴，用“手势”向我求乞。“我”识破了他的骗局，于是感到“烦腻，疑心，憎恶”。二是他们是两个人，却有着相同的衣饰和表情，有着相同的目的。从描写第一个孩子时出现的两个“也”字，可以看出他们代表的不只是两个人，而是一群——中国儿童群体的代表。那么作者的憎恶，就不只是针对这两个孩子，而是针对全部中国儿童而作出的反应。作者这样描写的思想内涵，容稍后详述。第二和第五小节，内容基本相同，反映了“我”面对两处求乞场景产生的相同的情感。第三小节，照应开篇时文章提供的以“灰土”为特征的“社会”背景。第六小节，照顾后面的文字，表达“我”对“布施”问题的反思和反省。

理解这一部分文字的关键是两个求乞者，而且是两个孩子，这里隐喻着鲁迅对五四以来中国思想史的审视。众所周知，鲁迅曾一度将启蒙的重点集中在孩子们的身上。他认为，要把中国这个“奴隶之邦”变成“人国”，应该从拯救孩子开始，他愿意“自己背着因袭的重担，肩住了黑暗的闸门，放他们（指孩子——引者注）到宽阔光明的地方去；此后幸福的度日，合理的做人”[①]。他坚信只要也只有救出孩子，中国才有希望，为此他发出了“救救孩子”的呐喊。但充满激情和梦想的五四新文化运动迅速落潮，文化战线开始崩溃，如他在《题〈彷徨〉》一诗中写的那样：“寂寞新文苑，平安旧战场。两间余一卒，荷戟独彷徨。”梦醒了，无路可走，一切都显得虚空，那一度显出黄金般色彩的日子和充满慷慨之气的呐喊，也显得轻浮而渺茫。面对这突如其来的变故，他像一只受伤的狼，只能独自在暗夜中舔净自己带血的伤口：“这以前，我的心也曾充满过血腥的歌声：血和铁，火焰和毒，恢复和复仇。而忽而这些都空虚了，但有时故意地填以没奈何的自欺的希望。”（《野草·希望》）他终于意识到，曾经赖以支撑自己希望的孩子，并没有在自己的呐喊声中获得新生，希望也就成为“没奈何的自欺”。因此，本文中出现的两个孩子，是鲁迅对五四启蒙运动进行悲剧性审视时的符号象征。

对“儿童本位”的启蒙要求彻底绝望之后，布施遂成为无意义的行为。在这

①《鲁迅全集》第1卷，第130页。

里,鲁迅对自身的角色进行了调整:由《新青年》时期“自救救人”的“布施者”,转变成“求乞”和“布施”关系的审视者和批判者。“我但居于布施者之上”,也就意味着他自觉跳出了“求乞”和“布施”这样一种知识者和群众之间的启蒙和被启蒙关系。在这里笔者甚至认为,鲁迅似乎意识到了五四启蒙者与启蒙对象之间那种不平等关系以及由此派生的一系列精神危机。既然五四启蒙者所操持的启蒙话语,决定了它本身难以避免的居高临下的姿态,因而启蒙便成为纯粹的精神布施。从这个意义上说,鲁迅在《求乞者》中,反省的就不只是对以“孩子”为主体的启蒙对象的深刻绝望,还包含着对包括自己在内的启蒙者价值的深刻质疑。

第三部分包括第 9 到第 15 自然段。“行走者”依然在布满灰土的世界里“走路”,与之伴随的是作者对自我灵魂的进一步拷问。

在“求乞”、“布施”的关系世界里,每个人既是一个求乞者,也是一个布施者。第二部分是在求乞者、自我布施的关系中展开叙事的,而这一部分则是从自我求乞这一立足点上向前推进的。别人向“我”求乞时,“我不布施,我无布施心,我但居布施者之上,给予烦腻,疑心,憎恶”,那么当自己去求乞时,会怎么样呢?作为求乞者,必须用语言或者动作,来表达求乞的愿望,但“我将用什么方法求乞:发声,用怎样声调?装哑,用怎样手势?……”“发声”和“装哑”是刚才那两个孩子使用的求乞方式,当“我”想去求乞时,想到的也是这两种方式。这说明“发声”和“装哑”是世俗流行的、具有某种稳定性的求乞方式。但我很快就意识到,“我”作为布施者时对求乞者的态度,马上就会返还给“我”自身:“我”的布施者对“我”的憎恶,就像当初“我”对待“我”的求乞者一样,于是,同样的结局就出现在“我”的身上:“我将得不到布施,得不到布施心;我将得到自居于布施之上的烦腻,疑心,憎恶”。这是典型的鲁迅式思维:对一切的否定和批判,都以对自我的否定和批判为前提。我们经常说,鲁迅敢于直面现实,但在我看来,鲁迅身上更为可贵的思想品格,是直面自身。在这里,作为求乞者的“我”,也同样挣脱了“求乞”、“布施”这一圈套,而成为这一世俗关系的审视者。如果需要求乞,那“我将用无所为和沉默求乞!……”既不哀呼,也不装哑做手势,以此与其他求乞者划清界限,哪怕得到的只是“虚无”!在一个布满灰土的世界上,只有“虚无”才能够证明生命的存在,所以,对于“虚无”的占有,成为证明自己曾经存活的唯一途径。

第四部分,指后三行——一共有三个相同的词构成:“灰土”。文章一开始,灰土就出现了:“微风起来,四面都是灰土”,文章中间,这一意象反复出现,至结尾,求乞者、布施者、树都消失在铺天盖地的灰土中,而“灰土”成为一切。其实当灰土成为一切时,一切也就化作虚无:没有了“我”、没有了求乞的孩子、没有了未干枯的叶子,甚至没有了“烦腻,疑心,憎恶”。灰土意象传达的,正是作者的“虚无”。

很明显,在本文中,是否布施,不是一个道德问题,也不是佛教中的修行问题,而是一个关乎存在的哲学问题。所以尽管整篇文章是在佛学语境(求乞、布施)中完成的,但它的含义已经超出了佛学的畛域,而成为具有鲜明时代特征的对启蒙问题进行反省的经验文本和思想文本。

永远的地狱[①]

——《失掉的好地狱》细读

对社会现实的质疑性体悟及其对人生“原点”和“终极”永不停止的追问，使鲁迅对时间和空间存在的确定性时常产生怀疑：一方面，历史上的悲剧、喜剧和闹剧在现实中轮番上演，使他感到现实对历史的重复及其与历史在本质上的相似性，于是觉得：“仿佛时间的流驶，独与我们中国无关。现在的中华民国也还是五代，是宋末，是明季。”[②]过去、现在、未来，似乎搅成一团，成为一种凝固而又坚硬的存在物。另一方面，人间无尽的悲苦，使他感觉如生活在地狱中一样，由此使他产生空间上的错觉：“华夏大概并非地狱，然而‘境由心造’，我眼前总充塞着重迭的黑云，其中有故鬼，新鬼，游魂，牛首阿旁，畜生，化生，大叫唤，无叫唤，使我不堪闻见。”[③]在时间和空间上的双重错觉，使他透过纷纭复杂的社会动荡，看到了那些亘古不变的本质。

在写此文之前的两个月，鲁迅在《杂语》中表达了对世界凝固的看法：“称为神的和称为魔的战斗了，并非争夺天国，而在要得地狱的统治权。所以无论谁胜，地狱至今也还是照样的地狱。”[④]该文中出现的“魔鬼”与“人类”的战斗，也同样暗喻着中国政治革命者们为“子女玉帛”而战斗的“奴才式”的革命方式。认识到这一点，对理解本文不无裨益。但鲁迅不只是一位思想家，同时也是一位伟大的艺术家，他那来自现实的超常的感悟力，使其作品在反映某一思想主题的同

---

①本篇曾被收入李永鑫、陈华建、周幼涛编：《鲁迅的世界 世界的鲁迅——纪念鲁迅诞辰120周年学术研讨会论文集》，远方出版社，2002年版。

②《鲁迅全集》第3卷，第17页。

③《鲁迅全集》第3卷，第68页。

④《鲁迅全集》第7卷，第75页。

时，也渗透着对人类存在问题的深刻感悟，从而将其作品的寓意空间推至无限、无穷的境地。

为解读方便，以下将《失掉的好地狱》划分为三个部分。

第一自然段为第一部分。作品以梦开头，表明了这篇作品的非现实性和超现实性，也为后面诡异的想象和怪诞的情节提供了依据。第一句话的核心词是“地狱”。地狱是梵文 Narkn 的意译，音译为“那洛迦”，其含义是指“苦器”、“不乐”、“可厌”、“苦具”、“无有”等等。佛教将它归入“六道”中的恶道，因其处于地下，故称地狱。佛教地狱名堂甚多，著名的有“八寒地狱”、“八热地狱”等。但并非所有的地狱都处于地下。在佛教传说中，有八万四千小地狱——亦称“孤独地狱”，位于大地上面，在山间旷野之中或水上树下等[①]。本文中的地狱，在“荒寒的郊外”，大概就是指的这些小狱——“孤独地狱”。作者在“地狱的旁边”，听到了来自地狱的声音：“一切鬼魂们的叫唤无不低微，然有秩序，与火焰的怒吼，油的沸腾，钢叉的振颤相和鸣，造成醉心的大乐，布告三界：地下太平。”这是对“太平世界”的隐喻性描述：在火焰、沸油、钢叉的折磨下，鬼魂们痛苦的呻吟，变得井然有序，并与统治机器的声音相和鸣，成为使人陶醉的音乐，从而营造出一派“太平盛世”的景象！这是何等触目惊心的文字——在火焰和油锅中、在振颤的钢叉下痛不欲生的“鬼魂”们，不但被剥夺了自我言说的权力，就连他们那因痛楚而发出的微弱的呻吟，也被纳入“时代主旋律”的秩序之中，成为“太平地狱”的颂歌！这是一位有良知的艺术家，于现实秩序中体验到的苦难。这正是“于浩然狂热之际中寒，于天上看见深渊”的含义。它揭示出个体生命和社会秩序之间存在的和谐与对立关系：和谐是专制“制造”的假象，对立才是其本然的存在方式。

这段文字中的“三界”一词，也是一佛学用语，指众生所处的欲界、色界和无色界。佛教汉化之后，与中国民间的鬼神信仰相结合，“三界”又被用来指代地狱、天堂与人世。本文中的“三界”，当指后者。

全文采用了倒叙手法。结合后面的文字，我们不难看出，文章开篇描写的“太平地狱”，其统治者是推翻“魔鬼”的“人类”。这里包含着鲁迅对“五四”“人”的觉醒问题的反省。

第二、第三自然段为第二部分。这一部分中出现了一个新的角色：魔鬼。魔

---

①方立天：《佛教哲学》，中国人民大学出版社，1991 年第 2 版，第 179 页。

鬼在与人类争夺地狱的战斗中失败了，便逃出地狱，来到我面前。魔鬼是以天神的面目出现的，他“美丽，慈悲，遍身有大光辉”，然而无论魔鬼怎样伪装，“我”还是一眼就看出了他的真实身份——“知道他是魔鬼”。“我”并没有揭穿他，而是听他讲“一个他所知道的故事”。由于魔鬼的真实身份没有被戳穿，所以魔鬼是以局外人的身份向“我”讲述“故事”的，从而使后面的文字，看上去(除最后一段外)不太像出自魔鬼之口。

天神、魔鬼、人类、鬼魂，是宗教(尤其佛教、道教)对个体生命存在形式的不同构想。鲁迅作为一位受过现代科学洗礼的知识者，自然不会接受这份荒诞不经的遗产，但将现实人生放在天堂、人间和地狱这样一个三位一体的世界中来考察，有助于多方位、多角度、多层面地观照人类自身的生存处境。因此，鲁迅作品中出现的魔鬼、天神之类的概念，是在宗教语境中进行人生探索的重要手段。天神、魔鬼、鬼魂是人类在空间上三种不同的存在形式，也暗含着时间上过去、现在和未来的运行过程，同时也提示着人类对未来的不同构想。鲁迅借用这一套话语，是为了表达自我对现实人生的体验。当然这种体验，在后面的文字中，会体现得更为明显。

第四到第十一自然段为第三部分。这是魔鬼以“第三者”的身份讲述它与人类战斗的故事。尽管魔鬼力求装得公允，但他对“人类”的敌视也不时地流露出来。

“故事”是从魔鬼战胜天神开始的。“三界”的秩序原本是由天神来维持的，但本该下地狱的魔鬼，却通过武力取得了“三界”的统治权。随后他亲临地狱，像天神一样，“遍身发大光辉”。对天神的“模仿”使魔鬼疏于对地狱的治理，于是地狱废弛了：“剑树消却了光芒；沸油的边际早不腾沸；大火聚有时不过冒些青烟。”这里魔鬼的“废弛的地狱”与文章开篇的“太平地狱”形成对比，显示了鲁迅对中国历史“一治一乱”往复循环的荒诞感受。

在废弛的地狱中，细小惨白的曼陀罗花顽强地挣扎出来。曼陀罗花是该篇中一个重要的意象，它有两层含义：第一，它是地狱废弛以后产生的新的思想的萌芽，很容易使人想到以军阀混战为背景的“五四”新文化运动。鬼魂正是在它的诱惑下，才意识到反抗地狱的。第二，鲁迅以曼陀罗花来比喻自己的作品——尤其是《野草》。他在《〈野草〉英文译本序》有如下论述：“所以，这也可以说，大半是废弛的地狱边沿的惨白色小花，当然不会美丽。”鲁迅作品作为“五四”时期的经典文本，对处在“铁屋子”里的人们来说，就像诱人反抗的曼陀罗花一样。鲁迅对此有清醒的认识。但问题是，反抗的结果是导致了新的更加残酷的统治秩序的产生以及曼陀罗花的枯萎。这是否说明，鲁迅预感到，启蒙诱发的群众“运动”最终会毁灭启蒙“思想”，并将被启蒙者重新置于更为可怕的专制之中？

鬼魂们看到曼陀罗花想起了人间，他们为了做“人”而发出了反狱的绝叫。他们的呐喊惊动了人类，人类便“应声而起，仗义执言，与魔鬼战斗”。魔鬼被赶出了地狱，人类的旌旗在地狱门前飘扬。鬼魂们“一齐欢呼”——他们解放了，当家做主了，可以像人一样活着了。但就在这时，人类的使者来到了地狱，“他坐在中央，用了人类的威严，叱咤一切鬼众”。鬼魂们发现等待他们的是更为残暴的统治，理想带来的是更为可怕的灾难，于是他们又发出了反狱的绝叫。但这一次与上一次不同：如果说他们反抗魔鬼还具有某种正义性，还有理想的“人间”作为支撑，但这一次他们反抗的是人类，这反抗本身就是一种罪恶。所以反抗的结果，是使自己成为“人类的叛徒”。“人类的叛徒”“理”应受到惩罚，他们便被“迁入剑树林的中央”，遭受“永劫沉沦的罚”。在这里，我们发现，鲁迅陷入“鬼打墙”一般的“无物之阵”之中。现实的黑暗逼使人们抗争，理想与希望的微光，给人们的抗争带来信心。然而，抗争的结果证明了一个可怕的事实：理想和希望成为黑暗的“同谋”，并最终使反抗者陷入更加可怕的黑暗之中。过程与结果、目的与手段出现了严重分裂，使希望成为虚妄。

人类完全掌握了地狱的大权威。他们“整顿废弛，先给牛首阿旁以最高的俸草；而且，添薪加火，磨砺刀山，使地狱全体改观，一洗先前颓废的气象”。于是，一个“歌舞升平、蒸蒸日上”的“太平地狱”出现了，鬼魂们“宛转”的呻吟成为这个时代温柔的补充，显示着统治者们的“文治”和“武功”。在沸油的灼烤下，曾诱使鬼魂们想到人间从而造反的曼陀罗花焦枯了，鬼魂们失掉了对过去的记忆，也失掉了玄想未来的诱惑，一切都很平安，灾难成为日常生活的习惯。

整个这一部分，可以看作中国政治革命的寓言，同时也反映了鲁迅根深蒂固的绝望、虚无情怀。希望、理想——鬼魂们对人间的憧憬，诱使他们跨上艰难的抗争之路，但这条路却通向地狱——“太平地狱”。他们在理想导引下进行的斗争成为“新”的罪证，他们为此只能在地狱中万劫不复了。这不只是对中国政治历史的解读，而是从刻骨铭心的现实体验中升腾出的虚无。

后面为第四部分。魔鬼尽管极力装出公允的模样，但对魔鬼的溢美和对人类的敌视依然成为这段文字的主调。在“我”质疑的目光里，他终于感到作假的困难，只好匆忙而去，去寻找他的同类——“野兽和恶鬼”去了。

《失掉的好地狱》由于非常明显地指涉当时军阀混战的现实，而鲁迅又多次在这一层面上解释这部作品，致使这篇文章长期以来被做了简单化的社会政治学图解。事实上，《野草》中的任何一部作品，无论它有着多么明显的现实指涉性，它都是来自鲁迅灵魂深处的诗，都反映了鲁迅对世界、历史、人生及个体命运的质疑性把握。因此，《失掉的好地狱》不只是鲁迅对中国历史循环的破译，而是作者于历史循环的荒诞体验中、于“太平地狱”的凝固而坚硬的秩序中体验到的时间与空间的模糊性和不确定性，从而上升为对本体论和存在论的质疑。它显示了鲁迅内心深处的黑暗和虚无。正是这种黑暗和虚无，使鲁迅于千变万化的现象世界中把握住了历史深处的永恒。

第三辑

小说与启蒙——从一个角度比较鲁迅与梁启超

从施蒂纳到阿尔志跋绥夫——“个人的无治主义”对鲁迅思想与创作的影响

鲁迅与“东方主义”

鲁迅与无政府主义关系研究的述评与反思

新时期鲁迅与梁实秋关系的研究述评与反思

小说与启蒙[1]

——从一个角度比较鲁迅与梁启超

鲁迅作为小说大师的地位是世所公认的。梁启超虽然称不上小说家，然而他那篇《新中国未来记》，在当时产生的影响，并不亚于后来鲁迅的《呐喊》。从小说史上看，梁启超的小说理论与实践，是中国古典小说向现代小说转化的中间环节。尽管对这方面进行研究的人还很少，但我想，若把鲁、梁二人的小说理论与创作实践从启蒙主义的角度作一些比较，肯定会有助于我们进一步了解他们启蒙主义思想之间的复杂关系。

在小说领域，鲁迅并没提出系统的理论主张，但他在创作上取得了巨大成功；与此相反，梁启超对小说理论的阐述与鼓吹不遗余力，而他的创作却非常贫乏，最有影响的《新中国未来记》也仅是一个断章。这看上去非常奇怪，其实这本身就是一个非常值得研究的现象。

梁启超的小说理论是在总结当时别人研究成果的基础上建立起来的。1897年，《国闻报》刊出严复、夏曾佑的《本馆附印说部缘起》一文，是一篇较早的关于小说的文章。文中已经提出倡导小说的目的"则在乎使民开化"，一开始，就把小说这一文体与启蒙运动这一大的社会命题联结在一起。这篇文章给梁启超很大影响。他后来回忆说："天津《国闻报》初出时，有一雄文，曰《本馆附印小说缘起》，殆万余言，实成于几道与别士二人之手，余当时狂爱之。"[2]后来梁启超提出的"欲新一国之民，不可不新一国之小说"[3]的启蒙文学主张，实际上也就是对"使民开化"的详细注解。

①本文原刊于《鲁迅研究月刊》，1993(2)。

②《小说丛话》，载《新小说》，第7号，1903年。

③梁启超：《论小说与群治之关系》，载《新小说》第1号，1902年。

梁启超小说理论的另一个重要来源，是他的老师康有为。1897 年，康有为在《日本书目志》中对小说的功能作了概括性的论述："仅识字之人，有不读'经'，无有不读小说者。故'六经'不能教，当以小说教之；正史不能入；当以小说入之；……"[①]康有为把小说和正史相提并论，并指出小说在教化方面所具有的优越性，这在中国文学史上，尚属首次，这本身就有抬高小说地位的意义。梁启超在《译印政治小说序》中，大段引用了康有为的论述，又结合西方小说在文学中的地位，不无夸张地说："在昔欧洲各国变革之始，其魁儒硕学，仁人志士，往往以其身之所经历，及胸中所怀，政治之议论，寄之于小说。"梁启超这段议论的高明之处，就在于他通过对西方小说的介绍，用中国传统象征文人高尚地位的词汇，抬高了小说家的地位，使封建文人习气很浓厚的知识分子，放下"雕虫小技、壮夫不为"的架子，来从事小说创作。这与康有为把小说和正史相提并论，具有异曲同工之妙。正是在此基础上，他提出"小说为文学之最上乘"的观点，也就合情合理了。由此可以说，梁启超小说理论的价值，不在于他的独创性，而在于他以舆论界骄子的身份，依靠他那笔尖常带感情的"新文体"，使尚处于萌芽状态的小说新观念，破土而出，并迅速为当时的许多知识者所接受，使许多政治观点不同的人，在这一点上，走到了一起。在这里，我不想从文学史的角度，对梁启超为中国小说的发展所做的筚路蓝缕之功作出评价，我只想指出，梁启超为鲁迅从事文学启蒙事业做了极好的铺垫。如果没有梁启超对小说的大力鼓吹和宣传，鲁迅能否马上意识到用小说来启蒙，也值得怀疑，即使他选择了小说，那么，他也必须首先从为小说正名开始，这毕竟是一个不可跨越的历史阶段。

梁启超的启蒙主义小说理论，集中体现在他那篇历来为人称道也常遭人非议的《论小说与群治之关系》中。要正确地理解他提出的"欲新一国之民，不可不新一国之小说"这一著名论断，必须把它和同时期的《新民说》联系起来考察。

戊戌变法的失败，使梁启超深刻地认识到"新民为中国第一急务"，于是他把全部精力转移到思想文化战线上来。继"文界革命"和"诗界革命"之后，他提出影响最大、意义最深远的"小说界革命"的口号。这一时期，梁启超思想的主旨，是通过"新民"，达到改革中国社会的目的，小说只是"新民"的工具和手段。他并没有自觉的文学意识，他提倡小说，也并非看中了小说在艺术上区别于诗、文的特征，而是从中国古代小说和外国小说的影响上，看到了小说的"不可思议

---

①康有为：《〈日本书目志〉识语》，见陈平原、夏晓虹编《二十世纪中国小说理论资料》第一卷，北京大学出版社，1989 年版，第 13 页。

之力量”，并企图利用这一力量，为自己的政治目的服务。小说由“小技”升为“正宗”，在文学观点上转了一个大弯，在思维方式上，仍然是传统的“文以载道”的翻版。由此出现了一个非常奇特的现象：小说以其非文学因素依附于政治，抬高了自己的身价；政治把小说作为一种工具，却使小说获得了自身的发展。这个“工具”的确不驯服，它往往顽强地显示自己的规律和价值，这就使小说的艺术价值和其肩负的历史使命之间的对抗转向明朗化。从此，这一对矛盾在中国小说家身上以不同的形式表现出来，使一代代的作家陷入尴尬的境地。梁启超是这一矛盾的始作俑者，鲁迅则是这一矛盾的集中体现者。鲁迅一方面表白自己写小说的目的是改良人生，另一方面，他在创作过程中又无法抗拒书写自己“内面世界”的欲求，致使他的现实主义作品，仍具有一些象征主义色彩和悲凉的艺术氛围。

梁启超从“新民”这一政治目的出发，在小说的艺术价值和政治需要之间作了政治至上的选择，深深地影响着他的创作，并使其创作成为理论讲义。他把小说仅仅局限在政治小说这一狭小的范围内，除此之外的其他小说，都在他的排斥之列。即使他极力提倡的政治小说，也只是“政治”的延伸而非小说本体的回归。为此，他提醒读者，政治小说“不能专以小说目之”。他写《新中国未来记》的目的，只是“专欲发表区区政见”，并沾沾自喜地解嘲说：“似说部非说部，似裨（稗）史非裨（稗）史，似论著非论著，不知成何种文体。”[①]梁启超在这里似乎忽视了一个事实：中国古代小说和外国小说产生的巨大影响，不是靠理论的说教，而是靠自身的艺术魅力。他企图用“新小说”取代旧小说，达到外国小说所起的政治作用，却忽视了对小说艺术魅力的追求，其结果是不言而喻的。但梁启超对政治小说的提倡，无疑迎合了当时的社会思潮，适应了当时社会群体（主要是爱国知识分子）的心理和政治需要，因为那时“要激昂慷慨，顿挫抑扬，才能被称为好文章”[②]。政治小说恰好能传递这一政治激情。平等阁主人在《新中国未来记》第三回总批中写道：“每读一段辄觉其议论已圆满精确，颠扑不破，万无可以再驳之理，及看下一段，忽又觉得别有天地；……盖由字字根于学理……文至此，观止矣！”[③]可以看出，当时作者把小说当作论文来写，而读者也是把小说当作论文来读的。因此，梁启超尽管在艺术上是个失败者，但他的理论宣传和创作实践，

①梁启超：《〈新中国未来记〉绪言》，载《新小说》第1号，1902年。
②《鲁迅全集》第7卷，第4页。
③平等阁主人：《〈新中国未来记〉第三回总批》，载《新小说》第2号，1902年。

在当时也确实起了一定的政治作用。

鲁迅对文学道路的选择和其启蒙主义文学主张，肯定受到梁启超的巨大影响，尽管鲁迅本人及后来的研究者对此保持沉默。

据周作人回忆：

> 癸卯(1903)年三月鲁迅寄给我一包书，内中便有《清议报汇编》八大册，《新民丛报》及《新小说》各三册，至于《饮冰室自由书》和《中国魂》，则在国内也已借看到了。①
>
> 《清议报》与《新民丛报》的确都读过也很受影响，但是《新小说》的影响总是只有更大不会更小。梁任公的《论小说与群治之关系》当初读了的确很有影响……②

结合史实来看，周作人的回忆是可靠的。1902年，梁启超在东京提倡“新小说”。该年，鲁迅进入东京弘文学院，“课余喜读哲学与文艺之书，尤注意于人性及国民性问题”③。也正是在这一年，他把梁启超主编的杂志寄给周作人，说明了他对这些杂志的重视。1903年，鲁迅就为《浙江潮》撰文，并翻译了《月界旅行》。我们细读一下他的《〈月界旅行〉辨言》，就会发现，他当时的文学思想和梁启超的文学思想有很多相似之处。他向读者介绍《月界旅行》及其作者时说：

> 培伦者，名查理士，美国硕儒也。学术既覃，理想复富。默揣世界将来之进步，独抒奇想，托之说部。经以科学，纬以人情……然因比事属词，必洽学理，非徒摭山川动植，侈为诡辩者比。④

这与梁启超向国人介绍《佳人奇遇》、《经国美谈》时说的“著书之人，皆一时之大政论家，寄托书中之人物，以写自己之政见，固不得专以小说目之”⑤，并提醒读者，要读出小说的言外之意是一致的。他翻译《月界旅行》的目的，也是为了

---

①周作人著，止庵编：《关于鲁迅》，新疆人民出版社，1997年版，第455页。
②周作人著，止庵编：《关于鲁迅》，新疆人民出版社，1997年版，第523页。
③许寿裳：《鲁迅先生年谱》，见《鲁迅回忆录》(专著)上册，北京出版社，1999年版，第53页。
④《鲁迅全集》第10卷，第151—152页。
⑤梁启超：《饮冰自由书》，载《清议报》第26册，1899年。

使读者“于不知不觉间，获一斑之智识，破遗传之迷信，改良思想，补助文明”[1]。这与梁启超要用小说改良社会的议论如出一辙。

这里一个值得思考的问题是，为什么鲁迅很少或几乎没有提到过梁启超对他产生的影响呢？我看原因大约有以下三点：

第一，在最初的选择上出现的分歧。鲁迅虽然是在梁启超的影响下确立了自己的启蒙主义文学主张，但他的启蒙主义主张一旦形成，就与梁启超有了质的区别，并且在救国方案上，他一开始就对梁启超持批判态度。

第二，鲁迅作为一个思想家，他的性格——独立思考、敏感多疑——决定了他不会轻易地相信任何人。

第三，五四新文化运动及其以后，是鲁迅文学和思想上的黄金时代，而此时梁启超在许多社会问题上站在五四新文化运动的对立面，受到鲁迅的批评。

从 20 世纪初到五四新文化运动，虽然不到 20 年的时间，看上去却如此遥远。在五四先驱者们的笔下，很少见到康、梁等人的名字。五四时期的青年们，用焦灼的眼光看世界，他们注意的中心，一个是西方文化，一个是中国的历史传统，而单单忽视了被后人称为“近代”的这一段历史。近代的一大批思想家——严复、康有为、谭嗣同、梁启超等人，曾为寻找中国的出路作了种种努力。无论从文学史还是从文化史的角度考察中国近现代史，我们就会发现五四并非是一个起点。像个性(立人)、民主、科学、白话文等重要命题，近代的思想家们都提出或有所涉及，因此我们可以说五四是一个辉煌的顶点但绝不是一个全新的起点，如果孤立地研究五四，就会割断历史内在的连续性。鲁迅作为现代思想界一棵独立支撑的大树，在这时已深深地扎下了根。与其他人相比，能够时时结合“维新变法”和辛亥革命看问题的，主要是鲁迅。无论是他的杂文还是小说，处处显示着他对近代历史的思考。在五四那种天真、火热富有激情的喊声中，只有在鲁迅那里，才能听到一种穿透历史、饱经沧桑的“呐喊”。在五四不乏盲目的热情和乐观中，只有鲁迅时时用历史的顾盼，“抵挡暗夜的袭来”。他的危机感和历史感，对其创作产生了巨大影响。

鲁迅的小说理论尽管带有梁启超启蒙文学的印记，但在许多方面，也体现了和梁启超不同的旨趣。梁启超完全从实用主义的角度来评价作品，所以像《红楼梦》、《水浒传》等古代文学名著，都被视为诲淫诲盗之作。而鲁迅对文艺的认

①《鲁迅全集》第 10 卷，第 152 页。

识要比梁启超深刻。他认为:“顾实则美术诚谛,固在发扬真美,以娱人情,比其见利致用,乃不期之成果。”[①]“由纯文学上言之,则以一切美术之本质,皆在使观听之人,为之兴感怡悦。文章为美术之一,质当亦然,与个人暨邦国之存,无所系属,实利离尽,究理弗存。”[②]可以看出,鲁迅并不像梁启超那样,完全无视小说在艺术上的独立性,可是,我们从鲁迅的创作实践和其对创作目的表白中,就会发现,尽管鲁迅认识到了文学的审美特征,似乎比梁启超高明,而事实上,他并没有去刻意追求小说的艺术性,所以这一点并不能构成他与梁启超在小说问题上的根本分歧。他一直强调,写小说只是为了“揭出病苦,引起疗救者的注意”,他“并没有要将小说抬进‘文苑’里的意思”[③],也不想在为艺术而艺术的幌子下以求不朽,相反,他一直反对那些“为艺术而艺术”的人。由此可以看出,鲁迅和梁启超一样,仍然是把文学当作一种手段。在他们的笔下,文学都不是作为一门艺术而独立存在。

虽然鲁迅和梁启超一样,都把文学当作一种启蒙的手段,但这种手段,在鲁迅和梁启超那里,却具有了不同的含义。简单地说,梁启超借小说进行政治性的启蒙宣传,而鲁迅借文学“启人生之閟机”[④],以呼唤“人之子”的觉醒。只有在这一点上,才真正体现出鲁迅和梁启超在文学问题上的根本分歧。详细说来有以下两个方面:

一方面,鲁迅认为,文学要“撄人心”。所谓“撄人心”,也就是激发人们的“心声”和“内曜”。他认为每个人心中都有诗,只是一般的人“惟有而未能言”,“诗人为之语,则握拨一弹,心弦立应,其声澈于灵府,令有情皆举其首,如睹晓日,益为之美伟强力高尚发扬,而污浊之和平,以之将破。和平之破,人道蒸也”[⑤]。很明显,鲁迅是借文学打开人们心灵深处久闭的大门,释放被压抑的正常的人性和正当的欲求,让人们做到敢哭、敢笑、敢骂,“乐则大笑、悲则大叫”,这正是他追求的“真的人”——每个人都有自己的独立人格,不再是身外系统的一个符号或强权者的工具。可见,鲁迅文学启蒙思想的最终归宿是人的解放与发展,这比梁

①《鲁迅全集》第8卷,第47页。
②《鲁迅全集》第1卷,第71页。
③《鲁迅全集》第4卷,第511页。
④鲁迅在《摩罗诗力说》中指出:“盖世界大文,无不能启人生之閟机,而直语其事实法则,为科学所不能言者。”见《鲁迅全集》第1卷,第71—72页。
⑤《鲁迅全集》第1卷,第68页。

启超的政治性宣传更接近于“文学是人学”这一本质命题,也更有利于文学体现自身的价值,这就为其创作的成功提供了巨大的可能性。

另一方面,梁启超举起“小说界革命”的大旗后,出现了一大批追随者,其中有维新派,也有革命派(如黄摩西、徐念慈)。维新派希望通过小说宣传,培养一批维新志士;革命派的作家希望通过小说宣传,培养一批救国的英雄。鲁迅这时也提倡文艺启蒙,但他的目的与前两者均有不同。他认为在“群之大觉”以前,所谓“金石黑铁、国会立宪”,不过是“借众以陵寡”①,到头来,也只能是“愚民的专制”。因此,救国的第一急务首在“立人”,使“愚民”变为“现代人”之后,才能谈得上立宪、共和等政治问题,否则“招牌虽换,货色照旧,全不行的”②。无疑,鲁迅把“立人”当作用政治手段改造社会的一个前提,“人立”而后“凡事举”。而小说就是那“不和众嚣、独具我见”的“精神界之战士”完成“立人”这一历史使命的手段。鲁迅这一文学启蒙思想,和维新派、革命派划清了界限,反映了他文学启蒙主义思想独具的内在特质。

梁启超和鲁迅都把小说当作启蒙的手段,但其创作成就却有着天壤之别。在早期,无论是理论上的宣传,还是创作、翻译,梁启超的影响远远超过鲁迅,但梁启超终究不是一个小说家。两人在创作上出现的差距,除了他们启蒙思想的差别外,还有一个重要原因,是他们在思维方式上的不同。

梁启超的思维方式,具有高度理性化的思辨色彩。他可以抛开现实,单纯从理论上为中国推衍出一个光明的前途。这种书生气的思维方式,决定了其在实践中必然失败的命运。梁启超的思想,主要来源于前人的著作和别人的头脑,所以他终生也没有形成自己具有鲜明个性色彩的理论体系。鲁迅却与之相反,他从童年开始所经历的人生世相,一直积淀在他的记忆中,成为一个无处不在的参照系,时时对他接受的理论进行检验,所以他从未轻易地崇拜过任何人。尽管他当初读严译《天演论》时,感到耳目一新,但现实的经验一直刺激着他的思维,逼使他对进化论不断进行调整,直至最后“轰毁”。

可想而知,梁启超用理性的思辨和政治的热情去写小说,而且还自以为是一种高明的手段,其失败是难以避免的;而鲁迅,其执着于现实的精神,使其创作变得扎实而深厚。

①《鲁迅全集》第1卷,第45页。

②《鲁迅全集》第11卷,第31页。

文学（尤其是小说）与启蒙，在中国现代史上是一个非常复杂的命题，它们有时相互配合，有时互相背离乃至相互否定。人们面对这一命题时，往往作出三种选择：其一，文学无条件地服从于启蒙；其二，文学在启蒙主义的大旗下寻求自身的艺术价值，使思想性和艺术性达到有机的统一；其三，不承认文学的启蒙（功利）作用，主张“为艺术而艺术”。梁启超是第一种主张的坚持者，它完全不顾及小说的艺术价值，在文学上成为一个失败者；鲁迅坚持第一种主张，由于他的启蒙主义思想较接近于文学的本体又加上他特殊的思维方式，在创作实践上，获得巨大成功，使思想性和艺术性获得了有机的统一，客观上实现了第二种主张；第三种主张本也无可厚非，但恶劣的社会环境，国家和民族的灾难，使一些有社会责任感的知识分子不屑一顾，自然也包括鲁迅和梁启超。

新小说在梁启超手里，获得了崇高的地位，但并没有获得自身的发展；真正具有现代意义的新小说，只有在鲁迅手里，才确立了自身的价值，它标志着中国的文学启蒙运动进入了一个新的层次。

从施蒂纳到阿尔志跋绥夫[①]

——“个人的无治主义”对鲁迅思想与创作的影响

“个人的无治主义”即个人无政府主义，是西方无政府主义的一个重要支流。鲁迅留学期间，无政府主义思潮在日本广泛传播。当时，中国无政府主义者们最感兴趣的是巴枯宁、克鲁泡特金等人的无政府共产主义理论以及俄国虚无党人的暗杀活动，至于施蒂纳的个人无政府主义，没有引起他们的兴趣。刘师培认为：“无政府虽为吾等所确认，然于个人无政府主义不同，于共产、社会二主义，均有所采。惟彼等所言无政府，在于恢复人类完全之自由，而吾之言无政府，则兼重实行人类完全之平等。”[②]刘氏将“人类完全之平等”置于个人自由之上，必然对个人无政府主义采取排斥态度。饶有兴味的是，在中国无政府主义者这里颇受冷遇的施蒂纳，在并非无政府主义者的鲁迅这里遇到了知音。鲁迅在《文化偏至论》中以不同寻常的篇幅和热情给予施蒂纳以热烈的赞颂，并把他与尼采、叔本华等人并称为“先觉善斗之士”，这在当时思想界是一个异数，也是极为超前的理论选择，因为到五四新文化运动时期，施蒂纳才开始为多数中国知识分子所激赏。

20 世纪 20 年代，鲁迅翻译了武者小路实笃的带有无政府主义色彩的反战剧本《一个青年的梦》，随后连续翻译了俄国个人无政府主义作家阿尔志跋绥夫的长篇小说《工人绥惠略夫》，短篇小说《幸福》、《医生》，写下了专论《〈幸福〉译者附记》、《〈医生〉译者附记》、《阿尔志跋绥夫》等文，称赞他“是俄国新兴文学的

---

①本文原刊于《鲁迅研究月刊》，2007(11)。

②申叔：《无政府主义之平等观》，见葛懋春、蒋俊、李兴芝编：《无政府主义思想资料选》上册，北京大学出版社，1984 年版，第 85 页。

典型的代表作家的一人","表现的深刻,到他却算达了极致"[1]。写完上述评论之后,他又于1926年翻译了阿尔志跋绥夫的散文《巴什庚之死》。对一位成就并不高的作家如此推崇,这本身就是一个耐人寻味的现象。从热情赞扬施蒂纳到倾心译介阿尔志跋绥夫,这中间有一条贯通的思想主线,就是对个人无政府主义的偏好。1925年,在给许广平的信中,他清楚地表达了这一点:

> 其实,我的意见原也不容易了然,因为其中本有着许多矛盾,教我自己说,或者是"人道主义"与"个人的无治主义"的两种思想的消长起伏罢,所以我忽而爱人,忽而憎人;做事的时候,有时确为别人,有时却为自己玩玩,有时则竟因为希望将生命从速消磨,所以故意拼命的做。此外或者还有什么道理,自己也不甚了然。[2]

"个人的无治主义"就是个人无政府主义。鲁迅的这段自白,为我们研究他与无政府主义之关系,提供了重要线索。本文以此为切入点,试图解决以下三个问题:第一,在晚清思想界,鲁迅为什么会有如此独具个性的选择?第二,鲁迅不是无政府主义者,他对施蒂纳"个人的无治主义"也并非全盘接受,那么他对施蒂纳是如何取舍的?第三,"个人的无治主义"对鲁迅文学创作带来了那些影响?

一、独具个性的思想选择

就像欧洲被19世纪俄罗斯革命家们当作自己的政治舞台一样,日本在20世纪初期,是中国留学生和亡命政治家的活动舞台。他们在那里成立团体、创办杂志、发表演说,痛诋清政府的倒行逆施和卖国行径,煽动种族仇恨发动种族革命。与此同时,他们依靠西方的理论学说,提出了各种救国方略:立宪、共和、无政府主义、社会主义、恐怖主义、金铁主义等,来应对中国"三千年未有之大变局",其中以孙中山为首的革命派和以梁启超为首的改良派,成为两股最主要的政治力量。许多留学生根据自己的志向,分属这两大阵营。鲁迅同许多热血青年一样,在祖国陆沉、山河破碎的时刻,有一颗挺身而出、挽狂澜于既倒的雄心。还

①《鲁迅全集》第10卷,第172页。

②王世家、止庵编:《鲁迅著译编年全集》第6卷,人民出版社,2009年版,第241页。该信收入《两地书》时,"个人的无治主义"一语改为"个人主义",见《鲁迅全集》第11卷,第79—80页。

在南京求学时,"他刻有一块石章,文云:'戎马书生',自己署名有过一个'戛剑生'"[①]。到东京后,在浓厚的政治氛围感染下,他的政治热情也高涨起来:参加光复会、译述小说、撰写论文、参与革命派的一些爱国活动,写下了"我以我血荐轩辕"的慷慨诗句。但鲁迅并不是那种盲从时尚、随波逐流的人,他在广泛涉猎外国典籍的基础上,独自探求着中国走向新生的道路。在译述完《斯巴达之魂》这部"尚武"小说后,他很快将努力的方向转向了科学:《月界旅行》、《说鈤》、《中国地质略论》、《地底旅行》、《中国矿产志》等一系列译著和论文的发表,表明了他利用科学"破遗传之迷信,改良思想,补助文明"[②]的努力。科学在这里不再是洋务派的坚船利炮,而成为瓦解传统迷信的利器。这预示着鲁迅离开了"革命"与"维新"这两大阵营,独自踏上了一条"改良思想"的道路。1904 年,他到仙台学医,希望借助医学"促进国人对于维新的信仰",是这一思路的延伸。但是,到了仙台以后,周围浓重的军国主义情绪[③],某些学生恶意的猜忌以及"幻灯事件"的刺激,使他由实在的科学转向了能够"转移性情"的文学。当他放弃学医,回到东京的时候,他不再是当初的热血青年,而成为一位拥有远见卓识的思想者了。《文化偏至论》、《摩罗诗力说》、《破恶声论》等文章表明,他找到了解决中国问题的"根本之图",抓住了使中国走出黑暗中世纪的魔杖。如果说早期提倡科学,还带有洋务派的烙印,参加革命活动是受了革命派影响,思考"国民性"是受到了梁启超"小说界革命"的冲击,那么,当他将民族复兴的希望寄托在"不和众嚣,独具我见"的精神界之战士身上时,他终于找到了一套自己的话语体系,开始与当时流行的思想家和政治家分道扬镳了。

鲁迅思想体系的独特性表现在:一是在政治上,他不像维新派和革命派,将现代资本主义国家作为中国未来的蓝本。在《文化偏至论》中,他将那些"竞言武事"者诋为"辁才小慧之徒",对主张"金石黑铁"、"制造商估立宪国会"[④]的政治人物提出了激烈批评,甚至以极不信任的眼光发现了他们从事政治运动时的"干禄"之心。二是在文化上,他不像吴稚晖等"巴黎派"的无政府主义者一样将中国传统文化全盘否定,也不像刘师培、章太炎等人一样迷恋国粹。事实上,他

①周作人著,止庵编:《关于鲁迅》,新疆人民出版社,1997 年版,第 394 页。
②《鲁迅全集》第 10 卷,第 152 页。
③当时仙台医学院的军国主义氛围,见王润华:《从周树人仙台学医经验解读鲁迅的小说》,载饶芃子、王琢编:《中日比较文学研究资料汇编》,中国美术学院出版社,2002 年版,第 184 页。
④《鲁迅全集》第 1 卷,第 44—45 页。

当时既不是文化保守主义者，也不是文化激进主义者。相反，他对那些“言非同西方之理弗道，事非合西方之事弗为”[1]的西化论者颇为不屑，提出了“取今复古，别立新宗”[2]的文化理路。而这所有在政治、文化方面的独特性，最终都归结为两个基本点：“立人”和“正信”[3]。在鲁迅看来，中国问题的症结不在科技，不在制度，也不在清统治，关键在“人”：“是故将生存两间，角逐列国是务，其首在立人，人立而后凡事举。”[4]如何“立人”？他在《文化偏至论》中指出：“若其道术，乃必尊个性而张精神”[5]。一年后，他撰写《破恶声论》，沿着《文化偏至论》和《摩罗诗力说》的思路，继续对放言救国者们的浅陋进行声讨：“殆谓十余年来，受侮既甚，人士因之渐渐出梦寐，知云何为国，云何为人，急功好义之心萌，独立自存之志固，言议波涌，为作日多”[6]，看似日新月异，蓬勃兴起，其实乃是一“扰攘”世界，“心声”、“内曜”从未出现。而在鲁迅看来，“内曜者，破黮暗者也；心声者，离伪诈者也”[7]，都是救国的根本。鲁迅在弘文学院时，曾经痛感中国国民性中缺乏“诚”与“爱”，“内曜”、“心声”就是激发诚与信的酵母。如果说“立人”的目的是为了先唤起少数“先觉善斗之士”，那么“正信”就是针对广大国民的精神药方。随着西方科技的输入和进化论的传播，涌现出一大批爱国志士，他们废除宗教，将庙宇改为学校，将民间的宗教礼祭活动统统斥之为迷信，予以破坏，使广大民众失掉了仅有的精神活动，变为“轭下之牛马”[8]，不堪重负。因此他谴责说，中国“患志士之多而患人之少”，“志士之祸，烈于暴主远矣”[9]。颂扬佛教，显然是受了章太炎的影响，但其目的是为了使民众脱离“是有限之世界”，成为“向上之民”，以抵御那些“兽性的爱国”者。所以，“立人”与“正信”指向了两个不同的方向，前者的手段是“尊个性而张精神”，后者的方式是通过宗教信仰，以激发“内曜”和“心声”，二者是紧密相连的，从而构成了鲁迅完整的思想体系。

那么鲁迅这一思想体系的资源是什么，他何以在晚清这样一个名家云集的

①《鲁迅全集》第1卷，第44页。
②《鲁迅全集》第1卷，第56页。
③鲁迅对“立人”的论述，见《文化偏至论》，“正信”的论述见《破恶声论》。
④《鲁迅全集》第1卷，第57页。
⑤《鲁迅全集》第1卷，第57页。
⑥《鲁迅全集》第8卷，第24页。
⑦《鲁迅全集》第8卷，第23页。
⑧《鲁迅全集》第8卷，第30页。
⑨《鲁迅全集》第8卷，第30页。

时代脱颖而出，成为独具个性的思想者？同晚清其他知识分子推崇拿破仑、华盛顿、罗伯斯庇尔、丹东、卢梭、克鲁泡特金、巴枯宁、罗兰夫人等政治家、思想家不同，鲁迅超越了资产阶级建国初期的政治思想体系和无政府共产主义的理论建构，直接选择了施蒂纳、尼采、克尔凯郭尔等“个人无治主义”思想家作为思想的源点，将个人从各种社会框范中解脱出来，以造就“独具我见”的精神界之战士。正是这一文化取向，使他获得了既批判封建主义，又批判资本主义的理论制高点，显示出鲜明的个性化特征。无政府共产主义也批判资本主义，但他们的乌托邦色彩，瓦解了其理论的可信度。鲁迅与此相反，他执着于现在，坚决排斥构筑未来理想世界的乌托邦思路，这使其思想获得了丰厚的现实生命力。那么，为什么在晚清这样一个革命激情高昂的时代，鲁迅会独辟异途，摄取个人无政府主义作为解救中国苦难的药石呢？汪晖在谈到这一问题时，指出了两点原因：一是“与鲁迅重视个人自由发展有关”；二是“鲁迅的独特选择显示了他主要作为一位致力于改造国民性，即‘立人’事业的启蒙思想家而不是政治家的个人特色，反映了他对革命派所普遍忽视的‘思想革命’的高度重视”[①]。汪晖对前者的论述，抓住了问题的关键，鲁迅轻平等、贬民主而重个人独异、个人自由，但他没有进一步追问，鲁迅何以将个人自由置于社会平等之上；第二个方面也不无道理，但它遮盖了问题的实质：主张“思想革命”并不一定走向尼采和施蒂纳。晚清思想界重视思想启蒙的大有人在，且不说梁启超、严复，就是在革命阵营内部，也有大量的报刊和书籍宣扬资产阶级的民主、法制、科学观念，来激励种性，促进共和。那么鲁迅何以会走向施蒂纳和尼采呢？因此这一问题仍有深究的必要。

在我看来，鲁迅选择个人无政府主义作为思想革命的重要武器，是他通过对东西方社会演进史的全程考量和反思之后的结果。今天重读鲁迅早期那些文章，不能不震撼于其理论视野的宏阔和总揽全局的气魄。《人之历史》和《科学史教篇》系统梳理了人类进化的历史和科学演进史，有史有论，独成一家之言。《文化偏至论》开篇从“轩辕氏之戡蚩尤而定居于华土”开始，分析了中国文明由古代繁荣到当前沉落的原因，认为中国陷入困境自有其合“理”化的因果过程，“亦非甚背于理极者矣”[②]，不足以引发文明危机。他列举“罗马之于东西戈尔”和“中国之于蒙古女真”为例，证明战争成败与文野之分没有必然联系，不能因为中国

①汪晖：《施蒂纳与鲁迅前期思想》，见《鲁迅研究》第12辑，中国社会科学出版社，1988版，第196—197页。

②《鲁迅全集》第1卷，第44页。

在政治上的屈辱而全盘否定传统文明。尤其让他不能忍受的是,许多所谓"识时之彦","借新文明之名,以大遂其私欲"[①]。随后他从耶稣纪元开始,考察了西方文明的发展历程:路德的宗教改革,瓦解了教会的统治,造就了皇权统治;皇权的残暴和扩张,引发了英、美和法国革命,"扫荡门第,平一尊卑,政治之权,主以百姓,平等自由之念,社会民主之思,弥漫人心"[②]。与此伴随的是科学技术的发展和商业的繁荣。晚清时期,很多中国人向往的就是这种现代民主自由制度和现代科技的进步、商业的繁荣。但鲁迅凭其敏锐的目光,从这种现代制度和现代社会中发现了人的失落和变异:现代民主制度成为压制个人、泯灭个性的暴政,"托言众治,压制乃尤烈于暴君"[③],由此造成了"庶人的专制";科技发展和商业的繁荣带来的是人们对物质世界的迷信和对精神价值的轻视,从而走向了它的反面:物质对人的个性造成了压抑。当"众数"与"物质"成为王权专制的代用品时,施蒂纳、尼采、克尔凯郭尔等思想家们高扬个性的大旗,以"唯一者"和"超人"为核心,建构起新的价值体系。正是在这里,鲁迅找到了精神知音。所以,鲁迅一下子站在了西方思想史的顶端,获得了反思人类全部文明史的新视点。

鲁迅将当时资本主义世界的终端哲学转化为解决中国问题的精神武器,还有一个原因是他的医学经验。医学是关注个体生命的科学,它应该超越于一切世俗规范之上。世界医学会1949年采纳的医学伦理学《日内瓦协议法》规定:"在我的职责和我的病人之间不允许把宗教、国籍、种族、政党和社会党派考虑掺杂进去。"[④]医学对现实世界的超越性,对个体苦难的悉心关注,会对从业人员的心理和价值观产生影响,对人文素养深厚的鲁迅来说更是如此。从早期崇尚武力、提倡科学,到后来提出"立人"、"正信"学说,这中间正隔着一段医学经历。因此我们可以想象,一年半的医学学习,对鲁迅的思想产生了不可估量的影响。自然,一种思想体系的诞生,必然有着众多因素。时代动荡的刺激、个人的天性和素养,都是不可回避的问题。但无论怎样,以上两个方面的原因,在其中必然起着主导作用。

---

①《鲁迅全集》第1卷,第46页。
②《鲁迅全集》第1卷,第48页。
③《鲁迅全集》第1卷,第45页。
④转引自何伦、王小玲:《医学人文学概论》,东南大学出版社,2002年版,第53页。

二、个人无政府主义的转换

"个人的无治主义"在西方有着孕育它的土壤，也有它所瞄准的对象。施蒂纳是青年黑格尔派的成员，并与青年黑格尔派布鲁诺·鲍威尔过从甚密，因此其思想基础是建立在黑格尔式的唯心主义基础之上的。但在哲学观点上，施蒂纳有着自己的思考。他不满意黑格尔哲学以来形成的庞大的观念体系，认为在这一体系中，没有了主体的自由，观念凌驾于人的主体之上。为反叛这一哲学传统，他举起"唯一者"的战旗，向一切权威挑战。他尤其不能忍受的是费尔巴哈的"人本主义"哲学体系。他认为费尔巴哈将"神"变成"人"，不过是把神的东西人化了，"如果说神折磨了我们，那么'人'就有能力将我们压榨得更加残酷"①，因为在费尔巴哈这里，"人不被看作我的特性而是被当作原来的自我，故而人也不外只是一个幽灵、一个思想、一个概念"②。将费尔巴哈的哲学推翻之后，他隆重托起的是摆脱了一切束缚的"我"，这个"我"即是"核"，"它应该从一切包裹中解脱出来，从一切束缚着的外壳中解放而自由"③。这个自我是利己的，并超越于一切规范和束缚之上，而且它不承担任何义务，享有绝对的自由。在施蒂纳看来，资本主义的自由是给予的自由，"给予的自由并非是自由，因为只有自取的自由，即利己主义者的自由方张着满帆航行。只要有暴风或风平浪静时，赠与的自由就会马上收起风帆；它必须永远只承受得轻微的风吹"④。所以资本主义的自由只是虚假的自由，是奴役的另一种形式。为了给自由开道，他切齿诅咒国家、民族、道德、法律等一切神圣的名号或规范："一切神圣的东西均是一种束缚和桎梏"⑤，"我"就是"唯一者"，就是真理的尺度。"我"近乎疯狂的膨胀，导致的最后结果，是"消灭国家并代之以利己主义者的联合"⑥。由于他对国家、法律、道德的仇视，他被恩格斯称为"无政府主义的先知"。同时由于他对个人绝对自由的诉求，也开启了西方哲学中极端个人主义的潮流。尼采、克尔凯郭尔、易卜生等人的思想里，都有施蒂纳的烙印。

---

①[德]施蒂纳著，金海民译：《唯一者及其所有物》，商务印书馆，1989年版，第187页。
②[德]施蒂纳著，金海民译：《唯一者及其所有物》，商务印书馆，1989年版，第188页。
③[德]施蒂纳著，金海民译：《唯一者及其所有物》，商务印书馆，1989年版，第175页。
④[德]施蒂纳著，金海民译：《唯一者及其所有物》，商务印书馆，1989年版，第180页。
⑤[德]施蒂纳著，金海民译：《唯一者及其所有物》，商务印书馆，1989年版，第234页。
⑥[德]施蒂纳著，金海民译：《唯一者及其所有物》，商务印书馆，1989年版，第192页。

鲁迅在留日期间对这一极端唯我主义十分激赏。在《文化偏至论》中，他以相当长的篇幅介绍了施蒂纳的学说，随后相继介绍了叔本华、克尔凯郭尔、易卜生、尼采。令人感兴趣的是，他对这些思想家的介绍，都是在施蒂纳的思想框架中展开的。他看重的仍然是他们身上带有的施蒂纳式的无政府主义色彩。因为在介绍完这些所谓"英杰"之后，他感慨地说："彼等无政府主义者，其颠覆满盈，铲除阶级，亦已至矣。"[①]显然在他看来，以上所有这些人物，都是无政府主义家族中的成员，都带有这一家族的印记。

但是，我们必须清楚，鲁迅对施蒂纳式的"个人无治主义"不是原版照抄，更不是全盘接受，而是有一个择取和转化的过程，正是在这一过程中，体现出鲁迅思想的原创性来。

施蒂纳的思想是一个完整的体系："'我是我'——这是他的出发点。非我不等于我——这是他的结论。我＋我＋我＋我＋等等——这是他的乌托邦。"[②]很明显，在鲁迅的思想中，我们找不到如此完整的"个人无治主义"的内核，他仅仅摄取了他们思想中的反叛精神和个人主义的思想精华。毕竟国情和思想背景不同，中国没有黑格尔式的思辨哲学体系，也没有费尔巴哈式的人本主义思潮，更没有现代民主制度和工业文明，因此"个人无治主义"在中国不可能找到它在西方所面对的敌人。鲁迅借鉴这一思想成果，只是用来纠正晚清学界"重物质"、"尚多数"的文化偏至现象，以促进人的觉醒，达到"群之大觉"，建立"人国"的目的，最终为了实现国家和民族的振兴。一种与国家誓不两立的理论，被应用到民族国家振兴的理论设计之中，这实在是一种令人惊奇的吊诡现象，也反映了鲁迅思想的开放性和包容性及其与施蒂纳的根本区别。

鲁迅是20世纪为数很少的具有原创性的思想家之一，在他的思想架构中，任何一种外来的理论，都只能是他建构思想大厦的一木一石，不可能拥有独立性，"个人无治主义"也是这样。如果粗疏一点，我们可以将鲁迅的思想体系以图示的形式描述如下：

知识者—(利用个人无治主义)"立人"—(成为)"精神界之战士"
群众—(借助宗教)"正信"—(成为)"厥心纯白"的"向上之民"
→启蒙：("一导众从""心弦"立应)→"群之大觉"("人国")→"中国亦以立"

①《鲁迅全集》第1卷，第52页。

②[俄]普列汉诺夫著，王荫庭译：《无政府主义和社会主义》，北京三联书店，1980年版，第35页。

在这一启蒙流程中,"个人的无治主义"是"立人"——培养启蒙者即"精神界之战士"的重要资源,而宗教可以使民众"厥心纯白",获得被启蒙的可能性。因此,"立人"是针对知识者而言的,目的是造就"争天拒俗"的启蒙者;"正信"是针对民众而言的,目的是使民众具有接受启蒙的可能性。否则,启蒙者和被启蒙者将无法沟通,也就无从启蒙。鲁迅在很多小说中表达了启蒙与被启蒙者之间的隔膜:《祝福》中"我"和祥林嫂之间对话的尴尬,《故乡》中"我"和闰土之间的隔膜,《药》中民众对夏瑜的误解等,都说明启蒙与被启蒙者之间隔着巨大障碍,要消除这些障碍,就要通过"立人"和"正信"对他们分别进行淘洗,使他们之间的交流成为可能。

鲁迅不是施蒂纳式的"个人的无治主义"者,但"个人的无治主义"在鲁迅的思想架构中占据着重要地位,是他培育"精神界之战士"的重要思想资源。"精神界之战士"是启蒙使命的承担者,他们作"至诚"、"刚健伟美"之声(摩罗诗歌),达到对国民进行启蒙的目的,他在《摩罗诗力说》中描述了这一文学启蒙的过程:

> 凡人之心,无不有诗……诗人为之语,则握拨一弹,心弦立应,其声澈于灵府,令有情皆举其首,如睹晓日,益为之美伟强力高尚发扬,而污浊之平和,以之将破。平和之破,人道蒸也。①

这是一个极为生动的启蒙过程,也是鲁迅所设计的现代思想启蒙的基本流程。过去我们在谈到鲁迅启蒙思想时,只提其"立人",不谈其"正信",就不免将鲁迅的启蒙思想简单化了。其实"立人"与"正信"是鲁迅启蒙思想的"双翼",各承担着不同的功能。

尼采曾把歌德称为一个"欧洲事件",他指出:"歌德——不是一个德国事件,而是一个欧洲事件:一个通过复归自然、通过上升到文艺复兴的质朴来克服18世纪的巨大尝试","19世纪也是在追求歌德作为个人所追求过的一切东西……何以总的结果却不是歌德,而是混乱,虚无主义的悲叹,不知何来何往,一种在实践中不断驱迫人回溯18世纪的疲惫本能"②。同样如此,鲁迅对"个人无治主义"的成功借鉴,是一个"亚洲事件"。在中国乃至亚洲走出中世纪,进入现

①《鲁迅全集》第1卷,第68页。

②[德]尼采著,周国平译:《悲剧的诞生——尼采美学文选》,生活·读书·新知三联书店,1986年版,第327—328页。

代社会过程中,人们还会不断地回溯到鲁迅这里,在鲁迅的思想体系中寻找通向未来的思想能量。日本学者伊藤虎丸说:

亚洲的近代化课题,首先是如何把造就西方近代的"个的思想",即个的主体性变为自身的东西的问题。其次,是以此为出发点,如何创造独立的富有个性的民族文化的问题。我认为,作为一个文学者,鲁迅所做的似乎就是这两项工作。鲁迅的工作向今天的日中两国国民提出了共同课题,同时也揭示了真正独立的"个",和一条作为"个"的两国国民的真正沟通之路。①

这正是鲁迅思想的意义。他能在民族危机与革命浪潮风起云涌的时刻,刺取西方最先进的思想精华,加以点化,实现了"别求新声于异邦"的理论预期,为中国乃至亚洲的个人觉醒,凿穿了一条思想通道。在亚洲的现代民主进程和科技工业日趋繁荣的今天,鲁迅的课题更能显示出生命活力。

三、个人无政府主义与鲁迅的文学创作

当年轻的鲁迅以充沛的激情和剑气如虹的文字将自己的思想抛出之后,等待他的是无声无臭的沉默,沉默带来的是寂寞与苦闷。他曾声言真正的"精神界之战士"能做到"举世誉之而不加劝,举世毁之而不加沮,有从者则任其来,假其投以笑侮,使之孤立于世,亦无慑也"②。他做好了迎接挑战的准备。但最后的结果竟无"誉"无"毁",如同陷入了"无物之阵"。这无边的暗夜和死一般的沉默,使鲁迅感到痛苦与寂寞,他后来回忆说:

凡有一人的主张,得了赞和,是促其前进的,得了反对,是促其奋斗的,独有叫喊于生人中,而生人并无反应,既非赞同,也无反对,如置身毫无边际的荒原,无可措手的了。这是怎样的悲哀啊,我于是以我所感到者为寂寞。③

①[日]伊藤虎丸著,李冬木译:《鲁迅与日本人:亚洲的近代与"个"的思想》,河北教育出版社,2000年版,第182页。
②《鲁迅全集》第8卷,第25页。
③《鲁迅全集》第1卷,第417页。

他终于明白，“我不是一个振臂一呼应者云集的英雄”，这是对自身角色和能力的重新确认，也是鲁迅从热情的政治青年向文学者过渡的关键。当初学医也好，从文也好，都在政治的延长线上，只是更换一下实现政治抱负的手段，是自己主动调整的结果。而这次失败，使他看清了自己在社会中的地位和能力，“英雄梦”彻底破碎，政治激情开始降温，迫使他自觉调整自己的“站位”。为了驱除寂寞，他“沉入于国民中”，“回到古代去”，借以麻醉自己的灵魂。很明显，在这个时候，他身上的“个人的无治主义”被压抑下去。

五四新文化运动时期，鲁迅应邀披挂上阵，加入到新文化阵营中来，其文笔之老辣，思想之敏锐，见解之独到，在五四文坛上独标一格。他身上被压抑的“个人的无治主义”被唤醒，并得到了喷发的机会。

但是，五四运动迅速落潮，他又一次遭受着“未尝经验的无聊”。在这种情势下，他的“个人的无治主义”开始变形，由施蒂纳走向了阿尔志跋绥夫。阿尔志跋绥夫 1901 年开始发表作品，早期思想较为激进，1905 年革命失败后转向消极厌世，代表作有短篇小说集《暴动》、《笑》，中篇小说《人浪》、《工人绥惠略夫》、《沙宁》（今译《萨宁》）等。阿氏思想颇为复杂，前后变化很大，但其核心是“个人的无治主义”。鲁迅在谈到他的思想时，特别引用了他信中的一段话：

> 我们这里时时有人说，我是受了尼采（Nietzsche）的影响的。这在我很诧异，极简单的理由，便是我并没有读过尼采。……于我更相近，更了解的是思谛纳尔（Maxstirner）。①

这是阿氏的表白，似乎也是鲁迅的心声，因为他也同阿氏一样，于施蒂纳“更了解”、“更相近”。在俄国，《沙宁》（今译《萨宁》）发表后，遭受文艺界的围攻，高尔基认为沙宁是“在精神贫困化的人们所走的路线上”“恼人地而且无耻地走到极端”②。沃罗夫斯基认为“沙宁特征的总和意味着对平民知识分子半个世纪的传统的背叛，首先是对被压迫阶级服务的背叛”③。鲁迅认为从社会价值层面指责沙宁“是武断的。诗人的感觉，本来比寻常更其敏锐，所以阿尔志跋绥夫早

---

①转引自《鲁迅全集》第 10 卷，第 169 页。

②高尔基：《俄国文学史》，上海译文出版社，1979 年版，附录《个性的毁灭》。

③[俄]沃罗夫斯基著，程代熙等译：《论文学》，人民文学出版社，1981 年版，第 262 页。

在社会里觉到这一种倾向，做出《赛宁》来”[①]。为阿氏的辩护，反映了鲁迅对阿氏的偏爱。谈到绥惠略夫时，鲁迅颇为抒情地说“阿尔志跋绥夫是厌世主义的作家，在思想黯淡的时节，做了这一本被绝望所包围的书”，其中的主要人物绥惠略夫和亚拉籍夫都为爱而牺牲，“便是其余的小人物，借此衬出不可救药的社会的，也仍然时时露出人性来”。他接着联系中国现实发挥说：“我们试在本国一搜索，恐怕除了帐幔后的老男女和小贩商人以外，很不容易见到别的人物；俄国有了，而阿尔志跋绥夫还感慨，所以这或者仍然是一部‘愤激’的书。”[②]在颂扬阿氏的同时，借机抨击中国的黑暗现状。因此，鲁迅对译本的选择，对译作的阐释，其实是别有怀抱。

从施蒂纳到阿尔志跋绥夫，这中间有一条“个人无治主义”的线索贯穿始终，彰显出鲁迅对“个人的无治主义”持久的亲近和兴趣。但我们需要注意的是，施蒂纳和阿尔志跋绥夫虽同属于个人无政府主义者，但他们在思想和人生态度上并不完全一致，这也就意味着鲁迅在不同时期对这二人的选择，有着相近但并不完全相同的心理背景和内心需求。

且不说施蒂纳与阿尔志跋绥夫在文本上的差异，就其内涵来说，也有很大差别。施蒂纳的“唯一者”藐视一切，气势凌厉，充溢着孤傲和霸气。这与青年鲁迅建构自己思想体系时的心态是协调的。而阿尔志跋绥夫的作品充满了绝望和愤激，反映了失败者、孤独者的痛苦挣扎，这与鲁迅“梦醒之后无路可走”时的心境很相似。

鲁迅从阿氏著作中选译的作品，多纠缠着“爱”与“憎”、“绝望”与“希望”、“抗争”与“复仇”的矛盾。绥惠略夫自觉为下层人们的命运起来抗争，但民众不理解他，反而迫害他，引起了他的愤怒，最终在剧院里向群众开枪复仇；其中另一个人物亚拉籍夫，原本是一位托尔斯泰式的无抵抗主义的泛爱论者，最后在绥惠略夫的影响下，放弃了自己的立场，踏上了绥惠略夫式的斗争道路。在绥惠略夫的身上，“爱”与“憎”的冲突十分激烈，最后他“只能偷活在追蹑里，包围过来的便是灭亡；这苦楚，不但与幸福者全不相通，便是与所谓‘不幸者们’也全不相通，他们反帮了追蹑者来加迫害，欣幸他的死亡，而‘在别一方面，也正如幸福者一般的糟蹋生活’”[③]。在“爱”与“憎”的激烈冲突中，“爱”的光焰变得逐渐微

①《鲁迅全集》第10卷，第167页。
②《鲁迅全集》第10卷，第169页。
③《鲁迅全集》第10卷，第168页。

弱，“憎”的坚冰日渐加固，终于将绥惠略夫逼上复仇之路。这是强者的末路，复仇带来的不是快感，而是愈加深重的精神苦难，只有死亡能够解除这一切，如鲁迅所说：“绥惠略夫却确乎显出尼采式的强者的色彩来。他用了力量和意志的全副，终身战争，就是用了炸弹和手枪，反抗而且沦灭（Untergehen）。”[①]也许正是绥惠略夫由抗争到复仇的道路，使鲁迅隐隐感觉到了某种心灵的沟通和慰藉，或者绥惠略夫的复仇正好表达了鲁迅心灵深处某种被压抑的冲动。

在《工人绥惠略夫》中，阿尔志跋绥夫对那些理想主义者们提出疑问：“你们将黄金时代的出现预约给这些人们的子孙了，但有什么给这些人们自己呢？”阿氏这句话表达了苦难年代的奋斗者内心的黑暗和愤激，鲁迅对这句话十分欣赏，多次在文章中引用，并加以发挥：“我看一切理想家，不是怀念‘过去’，就是希望‘将来’，而对于‘现在’这一个题目，都缴了白卷，因为谁也开不出药方。所有最好的药方，即所谓‘希望将来’就是。”[②]在阿氏这里，鲁迅确实找到了更多的心灵共鸣。

阿氏的《医生》同样将主人公置于“爱”与“憎”的临界点上，来拷问主人公的良知；《幸福》虽然不像上两部作品那样明显地表达“爱”与“憎”的矛盾，但主人公（一位烂掉鼻子的妓女）为了得到钱，在冰天雪地里供过路的仆人毒打取乐。当拿到钱后，看到夜茶馆的灯光，她的心里充满了幸福感，“面前辉煌起来”，刚刚忍受的屈辱和痛苦被遗忘到九霄云外。鲁迅在这里看到了“愚民”的麻木和健忘，而从仆人身上，他看到了奴才既供人凌虐，又不失时机凌虐别人的两面性。这与鲁迅一贯的思考是一致的，难怪他说这样的作品让人“颤栗”。鲁迅对阿氏的翻译，可以看作是对其创作的补充，并与其创作相映生辉。

在阿氏这里，“个人的无治主义”充满更多的末路英雄的无奈和痛苦、愚昧群众的麻木和可怜。施蒂纳式的“唯一者”成为社会中的异类，遭受精神和肉体上的迫害。很显然，这与鲁迅20年代的心态和思想境界正相协调。

来自阿尔志跋绥夫而不是施蒂纳的“个人的无治主义”，嵌入到鲁迅的作品之中。《在酒楼上》通过一个先觉者吕纬甫由抗争到失败的过程，呈现出中国先驱者的悲剧命运。他虽然没有像绥惠略夫一样向社会射出复仇的子弹，但他心中的怨愤和无法排遣的寂寞，蚕食着他的灵魂，最后不得不去教授“子曰诗云”、

---

①《鲁迅全集》第10卷，第169页。
②《鲁迅全集》第11卷，第20页。

“女儿经”。这种妥协是一把双刃剑:既是向社会的复仇,也是对自我的麻醉和自戕。魏连殳和吕纬甫一样,坚守着自己的立场,苦苦支撑,但社会的迫害,“愚民”的误解与挤压,使他终于走向了反面,“从事自己先前所反对的一切”,这同吕纬甫一样,也是在向自己、向社会复仇。正如人们已经意识到的那样,在这些人物身上,有着作者的身影。好在他没有完全认同他们的失败和妥协,而是以旁观者的身份,在理解他们的不幸遭际时,也给予了批判。《头发的故事》中的N先生,以偏激的语言,诉说着中国历史变迁中的悲剧。为公众斗争的人,最终要为公众所迫害,这就是中国的悖论,也是鲁迅反复申说的主题:鲁镇的群众认为夏瑜疯了;子君和涓生同居后,遭受周围人的白眼和挤兑;在狂人周围布满了吃人的罗网。在这些作品中,我们看到了绥惠略夫式的末路英雄的愤恨和悲哀。他们是“个人的无治主义”者,但最终被愚昧的群众所包围,遭受暗算、误解和诽谤。只是由于受到人道主义的规约,鲁迅笔下的绥惠略夫们没有走向用刀枪复仇的道路,而是选择了与社会一起堕落的方式向社会复仇,其心理内涵更为丰富。

与阿尔志跋绥夫一样,鲁迅也有大量描写小人物的作品。这类作品不同于文学研究会的作家,以反映他们遭受的不平等待遇为目的,而是在揭示他们不幸命运的时候,特别强调他们自身的愚昧、奴性与他们悲剧命运之间的关系,这与《幸福》的主旨也极为相似。祥林嫂的悲剧死亡,与她的奴性意识密不可分,阿Q明明是奴颜媚骨的奴才,却做着凌虐他人的梦,这与《幸福》中鞭打妓女的仆人何其相似。

因此可以说,在阿氏这里,鲁迅找到契合自我心灵痛苦的知音,其中的“个人的无治主义”不再是施蒂纳式的昂扬的抗争,而成为斗争者走向末路的挽歌。这一寂寞无助、哀怨彷徨的情绪,成为《野草》的情感基调:

> 然而我终于彷徨于明暗之间,我不知道是黄昏还是黎明。我姑且举灰黑的手装作喝干一杯酒,我将在不知道时候的时候独自远行。[①]

回想当初在日本时的辉煌梦想,如今留下的只是空虚和绝望:

> 这以前,我的心也曾充满过血腥的歌声:血和铁,火焰和毒,恢复

①《鲁迅全集》第2卷,第165页。

和报仇。而忽而这些都空虚了，但有时故意地填以没奈何的自欺的希望。希望，希望，用这希望的盾，抗拒那空虚中的暗夜的袭来，虽然盾后面也依然是空虚中的暗夜。然而就是如此，陆续地耗尽了我的青春。[1]

梦想与青春一同消失，留下的是“独自远行”者的凄惶和哀伤，这就是中国先觉者必然遭受的失败命运。

从将施蒂纳当作挑战群伦的旗帜，到借用阿尔志跋绥夫作为抚慰心灵的药石，鲁迅对“个人的无治主义”的接受经历了一个重大转折。因此，“个人无治主义”与鲁迅的思想建构和文学活动有着密切关系。

①《鲁迅全集》第 2 卷，第 177 页。

鲁迅与“东方主义”[①]

首先应该声明的是，本论题的提出得益于冯骥才先生。冯先生在《鲁迅的功与“过”》[②]一文中指出：“鲁迅的国民性批判本源于西方人的东方观。他的民族自省得益于西方人的旁观。”虽然鲁迅的作品不是对“西方人东方观的一种图解与形象化”，“可是他那些非常出色的小说，却不自觉地把国民性话语中所包藏的西方中心主义严严实实遮盖了。我们太折服他的国民性批判了，太钦佩他那些独有‘文化人’(指“特有的文化铸成的特有的文化性格”——引者注)形象的创造了，以致长久以来，竟没有人去看一看国民性后边那些传教士们陈旧又高傲的面孔”。我极为佩服冯骥才先生敏锐的洞察力，他涉及鲁迅研究中一个过去很少涉及的问题：鲁迅与“东方主义”。冯先生写的是学术随笔，不是严格意义上的理论文章，所以在该文中，他对鲁迅与“东方主义”问题的论述尚不够全面，笔者拟就这一问题，谈一下自己的看法。

“东方主义”是殖民文化的产物，它基于东方/西方二元对立的思维模式。美国著名学者萨义德在其《东方学》中指出“西方与东方之间存在着一种权力关系，支配关系，霸权关系”[③]，因此，“东方学(即“东方主义”——引者注)不是欧洲对东方的纯粹虚构或奇想，而是一套被人为创造出来的理论和实践体系，蕴含着几个世代沉积下来的物质层面的内容。这一物质层面的积淀使作为与东方有关的知识体系的东方学成为一种得到普遍接受的过滤框架，东方即通过此框

---

①本文原刊于《鲁迅研究月刊》，2000(7)。

②冯骥才：《鲁迅的功与“过”》，载《收获》，2000(2)。

③[美]爱德华·W.萨义德著，王宇根译：《东方学》，生活·新知·读书三联书店，1999年版，第8页。

架进入西方的意识之中"[①]。地理意义上的东方世界,经此框架"过滤"之后,"成为验证西方自身的'他者'……使东方纳入西方中心的权力结构,从而完成文化语言上被殖民的过程"[②]。西方对东方的这种"创造"始于近代,最早到中国的一批传教士,是"东方主义"最早的"创造"者。他们根据西方的期待和需要,将一个神秘、野蛮、怪异而又充满诱惑的东方呈现在西方读者面前。美国传教士亚瑟·史密斯就是其中的代表,他撰写的《中国人气质》一书,对中国人的描述,就是典型的"东方主义"立场。史密斯这类的"东方通"或称之为"东方主义者",为"东方主义"提供了有力的"事实"支撑。

"东方主义"看似是一种文化现象,其实其背后隐藏着强大的意识形态力量,在本质上是政治霸权的同谋。它最终会导致两种后果:一是使西方获得了征服东方的"合理"性和"合法"性,侵略成为"拯救",掠夺成为"帮助";二是使东方看清了自身的缺陷,并将"自我贬损"作为自我拯救的基础。关于第一点,老舍在小说《二马》中有形象的反映。老舍在小说中写道,在英国人的眼里,中国人"个个抽大烟,私运军火,害死人把尸首往床底下藏,强奸妇女不问老少,和做一切至少该千刀万剐的事情的……于是中国人就变成世界上最阴险,最污浊,最讨厌,最卑鄙的一种两腿儿的动物"[③]!小说《二马》中的那个"真爱中国人"的伊牧师,"半夜睡不着的时候,总是祷告上帝快快的叫中国变成英国的属国;他含着热泪告诉上帝:中国人要不叫英国管起来,这群黄脸黑头发的东西,怎么也升不了天堂!"[④]上面提到的史密斯,同这位伊牧师有着近乎相同的要求。他认为:"中国需要在每一个人灵魂中,在家庭和社会中,注入新的生命。那么,就会看到中国的各种需要就会化作一种迫切的需要, 这就是只有基督教文明才能永恒、完全地满足的一种需要。"[⑤]在道德、正义包裹中的"良苦用心"可谓昭然若揭。关于第二点,在中国和日本都有体现。日本自明治维新开始,踏上了学习西方的历程。其最伟大的启蒙思想家福泽谕吉在比较了日本文明和西洋文明之后,认为"不能不说日本的文明落后于西洋。文明既有先进和落后,那末,先进的就要压

---

①[美]爱德华·W.萨义德著,王宇根译:《东方学》,生活·新知·读书三联书店,1999 年版,第 9 页。

②王岳川:《后殖民主义与新历史主义》,山东教育出版社,1999 年版,第 2 页。

③《老舍全集》第 1 卷,人民文学出版社,1999 年版,第 395 页。

④《老舍全集》第 1 卷,人民文学出版社,1999 年版,第 393 页。

⑤[美]亚瑟·亨·史密斯著,张梦阳等译:《中国人气质》,敦煌文艺出版社,1995 年版,第 248 页。

制落后的，落后的就要被先进的所压制”[①]。福泽谕吉的论述与“东方主义”者如出一辙，也就是说它无意中认同了“东方主义”者们的霸权逻辑。在这一逻辑的指导下，日本在时间上向未来的发展，变为在空间上由边缘国向宗主国的逼近。今天，我们将日本与西方强国并称为“第一世界”，就是日本“空间位移”的结果。在中国，近代知识者在探询民族发展道路的时候，也是在“东方主义”的框架中进行的。梁启超对中国民众的批判，是以西方为参照系的。在他的文化视野中，西方像是一面镜子，照出了中国人“丑陋”的形象。他倡导的小说界革命，就是为了改变这一形象。而严复一部《天演论》，将“物竞天择，适者生存”的“强者”逻辑引入中国，其中也隐含这样一个理论预设：西方是强者，中国是弱者，西方吞掉中国是合乎“天理”的。自然，严复的目的不是为西方吞并东方寻找依据，而是为了给中国人敲响警钟。但事实上，这一行为的内在逻辑依然是“东方主义”。他们不得不承认，在中西这一强弱对比中，中国要想生存，就必须向西方靠拢。日本在东方诸国中最早意识到这一点，并从中获得了很大“好处”，这着实让中国知识分子羡慕不已，从而使他们忽视了“东方主义”背后的反历史主义成分。梁启超与严复等人的“东方主义”立场，也直接在鲁迅、陈独秀、胡适等人的身上留下了烙印。

1902年，鲁迅到日本留学。他在弘文学院初习日语的时候，开始考虑中国国民性的三个问题：“一、怎样才是理想的人性？二、中国国民性中最缺乏的是什么？三、它的病根何在？”[②]经过艰苦的思考，他提出了“别求新声于异邦”的文化重建理路，这“异邦”，其实就是“西方”。在《文化偏至论》、《摩罗诗力说》等早期文章中，他重点批判了老子的学说，而他推崇的尼采、拜伦、雪莱等，都是西方的思想家和诗人。在具体的思考建构上，鲁迅有自己的个性，但在总体思路上，他基本上接受了东方/西方对立的二元思维。在对国民性的具体批判中，鲁迅与“东方主义”者也有着惊人的相似之处。“东方主义”者一向将东方看作野蛮种群，而鲁迅也习惯于用“野蛮”来形容中国的国民性，他指出：“试看中国的社会里，吃人，劫掠，残杀，人身卖买，生殖器崇拜，灵学，一夫多妻，凡有所谓国粹，没一件不与蛮人的文化（？）恰合。拖大辫，吸鸦片，也正与土人的奇形怪状的编发及吃印度麻一样。至于缠足，更要算在土人的装饰法中，第一等的新发明了。”[③]不仅如此，

①[日]福泽喻吉著，北京编译社译：《文明论概略》，商务印书馆，1959年版，第168页。
②许寿裳：《我所认识的鲁迅》，人民文学出版社，1978年第3版，第7页。
③《鲁迅全集》第1卷，第327页。

他还对史密斯的《中国人气质》和内山完造的《活中国的姿态》两部"西方人"(在20世纪,日本被看作西方世界的一部分)看中国的书,极为推崇。对前者,他在去世前几天,还希望有人能将其译成中文,以便看了以后,"自省,分析,明白那几点说的对,变革,挣扎"[①];对后者,他亲自作《序》,加以介绍。可以看得出,他对这些所谓的"东方主义"著作,是认同多于批判的。《中国人气质》一书的译者之一张梦阳先生,在《编后评析》中,将鲁迅改造国民性思想与史密斯的书中观点作了较为详细的类比,使我们清楚地看到史密斯对鲁迅的影响。鲁迅在仙台学医时的"幻灯事件",也可以从这一角度进行解读。鲁迅当时看到的幻灯片,虽说是"时事"片,但也带有明显的政治倾向。这些幻灯片充斥着日本人对自我民族的炫耀和对其他民族(尤其是中华民族)的侮辱。鲁迅看到之后,必然会产生两种感情:(一)痛恨、反抗日本人对中国的侮辱;(二)对中国民众的愚昧麻木进行反省。很显然,后者占了主导,这无意中认同了日本人的逻辑。从这些方面,我们都可以看出来,鲁迅改造国民性思想确实与"东方主义"有着较为密切的关系,对此,冯先生作了这样的解释:"一个民族很难会站在自己的对面看自己。除非有个对方,便从对方的瞳仁中看到了自己的影像。"这个"对方",就是"东方主义"者。但冯先生只看到问题的一面,没有看到问题的另一面。鲁迅的改造国民性,固然与"东方主义"有着不可分割的血缘关系,但他的思想一旦形成,就获得了自身的独立性和生命力。"东方主义"是鲁迅改造国民性的起点,而不是终点,对此需要从两个方面来理解。第一,鲁迅改造国民性与"东方主义"在最终的价值指向上截然不同。"东方主义"的目的是为了使东方从属于西方,而鲁迅的改造国民性是为了使东方摆脱西方的控制,因此可以说,鲁迅是借助于"东方主义"的思路,最终达到消除"东方主义"的目的。在鲁迅的思想体系中,有一个高悬于东方/西方之上的理念,它可以抵消二元对立思维带来的负面影响,这个理念就是"世界"意识。罗厚立先生在论述清末民初士人的思维方式的时候,也注意到了这一点。他指出:"'世界'观念的引入意味着中西二元对立观念的突破,而前者的确立更揭示着后者的部分解体。此后中西对立的二元观念仍然强有力,并以不同的形式反复出现,但一种超越二元对立的多元思维也始终存在,而且同样以各种不同的形式表述,与二元思维竞争。"[②]这段话也适用于鲁迅。第二,在借鉴

①《鲁迅全集》第6卷,第626页。

②罗厚立:《"东方主义"与"东方学"》,载《读书》,2000(4)。

“东方主义”的同时，鲁迅一直激烈地批判“东方主义”。如当他读到安冈秀夫《从小说看来的支那民族性》一书时，对书中一些侮辱中国的言论进行了反驳。安冈秀夫的著作受到史密斯等传教士著作的影响，也有自己的“创见”。他认为，中国人愿意吃竹笋、虾等食物，是因为它们“挺然翘然的姿势”，可以引起人们对性的联想，他因此称中国为“色情的国度”，称中国人为“好色的国民”。鲁迅对此感到又好笑，又反感。他不无讽刺地写道：

> 我自己想，我对于外国人的指摘本国的缺失，是不很发生反感的，但看到这里却不能不失笑。筵席上的中国菜诚然大抵浓厚，然而并非国民的常食；中国的阔人诚然很多淫昏，但还不至于将肴馔和壮阳药并合。“纣虽不善，不如是之甚也。”研究中国的外国人，想得太深，感得太敏，便常常得到这样——比“支那人”更有性底敏感——的结果。[①]

随后他又结合自己的亲身体验，分析说：“我在故乡，就吃了十多年笋，现在回想，自省，无论如何，总是丝毫也寻不出吃笋时，爱它‘挺然翘然’的思想的影子来……总之，笋虽然常见于南边的竹林中和食桌上，正如街头的电干和屋里的柱子一般，虽‘挺然翘然’，和色欲的大小大概是没有什么关系的。”[②]在有关《月宫盗宝》和《上海快车》两次“辱华电影事件”中，鲁迅在讽刺中国人自欺欺人的同时，也对“饱暖了的白人”拿落后民族取乐的做法进行了批判。

从鲁迅这些言论中，我们不难看出，他对“东方主义”必然产生的种种恶果，持有高度的警惕和戒备。鲁迅对“东方主义”的复杂态度，避免了东方人面对“东方主义”时容易产生的两种偏向：一种是完全接受“东方主义”，心甘情愿地承认东方从属西方是不可改变的事实，于是放弃本民族的振兴和自强，坐等西方人来“帮助”和“拯救”。上海滩上的“西崽”群、买办、洋奴都是这种人。二是在逆反心理的作用下，借助于东方古代文明，延续“东方中心主义”的神话，来对抗“东方主义”，可以将其称为“西方主义”。林纾、辜鸿铭及《学衡》派的吴宓等人就有这种倾向。而这两种偏向，在 1929 年范朋克(Douglas Fairbanks)访华事件中得到了充分表现。范朋克是美国的“武侠明星”，因主演所谓“辱华电影”《月宫盗宝》，

①《鲁迅全集》第 3 卷，第 330 页。
②《鲁迅全集》第 3 卷，第 331 页。

引起中国舆论的反对。他于1929年来到中国后，有团体要欢迎，然而大碰钉子，“范氏代表谓范氏绝对不允赴公共宴会”，但“待到范朋克‘到日本后，一切游程，均由日人代为规定，且到东京后，将赴影戏院，与日本民众相见’”。范朋克此举有明显的种族歧视成分，上海电影工会便给他写了一封被鲁迅称为“宛转抑扬”的信。在信中，中国电影工会力陈中华民族的种种美德，并希望范朋克回国后“替”中国作宣传，以便消除西方世界对中国的“误解”。鲁迅非常精辟地将这封信概括为两个字:谄和骄。他总结说:“因为被压服了，所以自视无力，只好托人向世界去宣传，而不免有些谄；但又因为自以为是‘经过四千余年历史文化训练’的，还可以托人向世界去宣传，所以仍然有些骄。骄和谄相纠结的，是没落的古国人民的精神的特色。”[①]这“谄”和“骄”，正是对上面两种偏向的绝妙概括。

因此，我们不得不承认，鲁迅对“东方主义”的态度，是最为明智的。中国人也只有按照鲁迅的方式，才能将“东方主义”化作走向现代、走向文明的动力，以便最终将“东方主义”彻底消除。

①《鲁迅全集》第4卷，第412页。

鲁迅与无政府主义关系研究的述评与反思[①]

一、事实考辨

众所周知，鲁迅不是严格意义上的无政府主义者，也从未参加过中国无政府主义者们组织的任何活动，相反，从其言论来看，鲁迅似乎对中国的无政府主义者怀有很大的成见。他曾在给许广平的信中说："在中国活动的现有两种'主义者'，外表都很新的，但我研究他们的精神，还是旧货，所以我现在无所属，但希望他们自己觉悟，自动的改良而已。例如世界主义者而同志自己先打架，无政府主义者的报馆而用护兵守门，真不知是怎么一回事。"[②]对无政府主义者们梦想的大同世界，他也从未轻信："大同的世界，怕一时未必到来，即使到来，像中国现在似的民族，也一定在大同的门外。"[③]既然如此，何以要研究鲁迅与无政府主义之关系？这种研究对深化鲁迅研究是否有意义？又应该如何来理解无政府主义思想在鲁迅思想中的地位和作用？这是本文首先要解决的问题。

鲁迅与无政府主义之所以成为一个学术问题，基于以下基本事实。

第一，鲁迅虽然没有信仰无政府主义，但曾与一些无政府主义者有过密切接触，并在思想上受到了很深的影响。鲁迅留日期间，正是无政府主义思想在日本极为活跃的时期。周作人说："当时通称社会主义的共产主义的经典是马克思的《资本论》，因为以经济立脚的，一般的青年学生都感到不易懂，倒是不大科学

---

①本文原刊于《西南民族大学学报》，2006(7)。

②《鲁迅全集》第11卷，第31页。

③《鲁迅全集》第11卷，第39页。

的，多有空想的无政府共产主义比较的更有吸引力，因此幸德秋水（传次郎）和大杉荣的势力，在学生中间也就比堺枯川为大。”[①]当时在留日学生界极为流行的报刊《民报》、《新民丛报》、《浙江潮》、《河南》等刊物，都发表了一些介绍或鼓吹无政府主义的文章，《民报》还刊登了苏菲亚、巴枯宁等人的照片。鲁迅是这些刊物的读者，有些还是他当时发表文章的主要阵地，因此，我们有理由相信，鲁迅在留日期间，大量阅读了有关介绍无政府主义的文章。《民报》社的章太炎、张继等人，都曾一度是狂热的无政府主义者。鲁迅受业于章太炎，并为他的革命风范所折服，因此在思想上不能不受其影响。鲁迅后来回忆当时的情形时说：“我爱看这《民报》，但并非为了先生的文笔古奥……是为了他和主张保皇的梁启超斗争，和‘××’的×××斗争，和‘以《红楼梦》为成佛之要道’的×××斗争，真是所向披靡，令人神旺。”[②]他还生动地描画了一幅章太炎的肖像图：“考其生平，以大勋章作扇坠，临总统府之门，大诟袁世凯包藏祸心者，并世无第二人；七被追捕，三入牢狱，而革命之志，终不屈挠者，并世亦无第二人：这才是先哲的精神，后生的楷模。”[③]在鲁迅笔下，章太炎这副“革命狂徒”形象，俨然是巴枯宁的翻版，而章氏身上那种桀骜不驯的叛逆、破坏精神，也有着无政府主义的思想底色。鲁迅准确地把握住了这一点，说明他对无政府主义思想是十分熟悉的。另外，当时在日本宣扬无政府主义最卖力的是刘师培夫妇，他们于 1907 年创办的《天义》报，与巴黎的《新世纪》遥相呼应，成为宣扬无政府主义的两大阵地。周作人以“独应”的笔名，在《天义》报上发表了九篇文章，其中《论俄国革命与虚无主义之别》是应鲁迅的嘱咐，从克鲁泡特金的《一个革命家的自传》中节译出来的[④]，这说明鲁迅认真读过克鲁泡特金这部宣扬无政府主义的著作。同时，鲁迅与日本无政府主义者也多有接触。据周作人回忆，鲁迅因为替别人转交物品，曾拜访日本著名的无政府主义者宫崎滔天，“谈得很是投机”[⑤]，增田涉也提供了类似的史料，他在《鲁迅与日本》一文中说，鲁迅离开仙台回到东京以后，“参加种种实际的革命活动”，“也常出入于宫崎滔天（注：即宫崎寅藏，别号白浪滔天，是孙中山的好友，曾援助孙中山的革命活动。——译者）的地方（这是他直接告诉

①周作人著，止庵编：《关于鲁迅》，新疆人民出版社，1997 年版，第 545 页。
②《鲁迅全集》第 6 卷，第 546 页。
③《鲁迅全集》第 6 卷，第 547 页。
④周作人著，止庵编：《关于鲁迅》，新疆人民出版社，1997 年版，第 544 页。
⑤周作人著，止庵编：《关于鲁迅》，新疆人民出版社，1997 年版，第 544 页。

我的)。"[①]宫崎寅藏当时正与北辉次郎等人编辑《革命评论》半月刊,鼓吹无政府主义和社会主义,该刊1906年10月20日的"编辑日志"中,有鲁迅造访的记载[②]。另外,鲁迅在日本时还"曾向一位亡命日本的俄国革命者玛丽亚·孔特夫人学习俄语。同学六人,除鲁迅兄弟外,还有陶望潮、许寿裳、陈子英、汪公权。其中汪公权即刘师培的姻弟,《天义》报的主要撰稿人,无政府主义的鼓吹者"[③]。而鲁迅参加的光复会,就是一个带有无政府主义色彩的暗杀组织。到20世纪20年代,他对俄国个人无政府主义作家阿尔志跋绥夫的热情推介,对《工人绥惠略夫》的译介和推举,都说明了他与个人无政府主义之间的密切关系。以上史料都证明,鲁迅留日期间,与无政府主义者及其他们创办的刊物多有接触。到五四之后,这种来自无政府主义的影响并没有结束,这为论述鲁迅与无政府主义之关系,提供了重要的事实基础。

第二,从鲁迅在日本撰写的文章来看,他对个人无政府主义怀有浓厚兴趣,因此,当青年鲁迅在日本建构自己的思想体系时,无政府主义为之提供了重要的思想资源。在《文化偏至论》中,鲁迅热情洋溢地介绍了个人无政府主义者施蒂纳的学说,对"立我性为绝对之自由"的个人无政府主义思想深表赞叹。这一时期,他所青睐的西方思想家尼采、基尔郭开尔、易卜生等,都具有无政府主义倾向,他所激赏的摩罗诗人拜伦、雪莱等,都是"不和众嚣"、"独具我见"的"精神界之战士",因此,个人无政府主义在鲁迅的思想版图中占据着重要位置。以笔者粗浅的观察,鲁迅早期思想有三个来源:一是儒家的积极入世精神和知其不可为而为之的担当意识;二是来自个人无政府主义的极端个人主义;三是来自东西方文化中普遍具有的人道主义。这三个来源,同样构成了鲁迅思想的三个维度,也使其呈现出三个指向:儒家的入世精神和担当意识,使鲁迅勇于承担历史使命,这是他成为一个思想家的前提;施蒂纳、尼采式的极端个人主义仇视民众,推崇自我,使鲁迅具有了强烈的个性意识,同时对民众深表失望和疑虑;但鲁迅并没有像尼采一样,对民众"恶之不殊蛇蝎",他之所以没有沿着尼采的思路将个人主义推向极端,就在于其人道主义思想发挥了很好的制衡作用。人道主义是中国古代和西方文学中普遍存在的一种精神质素。中国古代文学虽然含

①山东师院聊城分院编:《鲁迅与日本》,内部交流本,1978年印刷,第160页。
②朱正、陈漱渝等著:《鲁迅史料考证》,河北教育出版社,2000年版,第187页。
③朱正、陈漱渝等著:《鲁迅史料考证》,河北教育出版社,2000年版,第187页。

有来自封建政统的等级意识，和来自封建道统的“天理”观念，但其中也不乏人道情怀，尤其在非正统文体（如词曲、小说等）中，这种人道质素更为明显。西方文学自文艺复兴之后，人道主义成为具有标志性的精神向度。当中西文化进行广泛交流碰撞之后，这种“相同”的人道情怀很容易相互沟通，形成一种新的人道主义。这种人道主义思想在鲁迅这里最明显的表现，就是同情、尊重下层民众，“怒其不争”的同时，还“哀其不幸”，这一“怒”一“哀”，反映了其个性主义和人道主义之间的制衡关系。在处理与周围人的关系上，也可看出鲁迅身上潜在的矛盾，他后来说：“我先前何尝不出于自愿，在生活的路上，将血一滴一滴地滴过去，以饲别人，虽自觉渐渐瘦弱，也以为快活。而现在呢，人们笑我瘦弱了，连饮过我的血的人，也来嘲笑我的瘦弱了。……这实在使我愤怒，怨恨了，有时简直想报复。”[①]如果他真要实施报复的话，就走向了绥惠略夫式的个人无政府主义了，但人道主义的精神底色，制约着其个人主义的极端化倾向，因而他只是感慨，并没有步绥惠略夫的后尘。鲁迅在20世纪20年代对绥惠略夫的钟爱，明显反映了绥惠略夫精神对他的诱惑，以及他对这种诱惑的自觉抵制。他自己也曾解剖说：“其实，我的意见原也一时不容易了然，因为其中本含有许多矛盾，教我自己说，或者是人道主义与个人主义这两种思想的消长起伏罢。所以我忽而爱人，忽尔憎人；做事的时候，有时确为别人，有时却为自己玩玩，有时则竟因为希望生命从速消磨，所以故意拼命的做。”[②]这人道主义和个人主义[③]的矛盾，构成了鲁迅思想的两极。

由此不难看出，鲁迅与无政府主义之关系，是一个有充分事实依据的学术问题，也是一个具有重要学术意义的问题。它构成了鲁迅精神的一个重要维度，是我们了解鲁迅思想的一个重要入口。

第三，结合鲁迅后期的文学活动来看，无政府主义思想对其一生的影响都是很深远的，正如有人指出的那样：“无政府主义正是鲁迅思想中极为重要的质素之一。在鲁迅作品及译作中，‘无政府’、‘无治’的直接出现便高达50多次，他所重点译介的作家安特莱夫、阿尔志跋绥夫都是典型的个人无政府主义作家，易卜生、爱罗先珂的无政府主义色彩同样鲜明，而少为人知的孚尔玛诺夫、巴罗

①《鲁迅全集》第11卷，第249页。

②《鲁迅全集》第11卷，第79页。

③“个人主义”在鲁迅的书信原稿中为“个人的无治主义”，见王世家、止庵编：《鲁迅著译编年全集》第6卷，人民出版社，2009年版，第241页。

哈也有无政府主义倾向”[①]。即使到20世纪30年代，尽管他参加了“左联”，但他身上表现出来的那种强烈的个性，依然显示出明显的个人无政府主义本相。

二、研究现状

鲁迅与无政府主义之关系作为一个学术问题，在一个很长的历史时期内没有引起研究者的重视，甚至很少有人提及。从学术研究的角度来讲，鲁迅创造性地吸收了无政府主义中的某些思想，而不是全盘接受无政府主义的理论体系，这就给研究者带来了很大的麻烦。因为，如果研究者生硬地从鲁迅思想体系中析出无政府主义的思想因子，就难免显得武断，甚至是夸大其词。所以，鲁迅与无政府主义之关系，实际上是鲁迅研究中最为棘手的问题之一。

20世纪80年代初期，王富仁出版《鲁迅前期小说与俄罗斯文学》（陕西人民出版社，1983年版），其中设专章讨论了“鲁迅前期小说与阿尔志跋绥夫”之关系，将该问题纳入研究视野。王富仁有所保留地肯定了阿尔志跋绥夫个人无政府主义思想的积极意义，随后又分析了阿氏与鲁迅在小说创作中的“一致性”：

> 反映改革者在社会中受到的重重重压，表现他们内心的沉重痛苦和毁灭的惨烈悲剧，从而向社会的庸俗势力进行愤激的控诉，向不觉悟的群众发出夹着怒意的呼吁。我认为，这就是鲁迅和阿尔志跋绥夫在关照现实、反映现实、选取题材、提炼主题和选取表现角度时最重要的一致性特征。[②]

虽然在谈到鲁迅时，有意识地回避使用无政府主义这一概念，但这番论述，仍然说明了鲁迅与阿氏一样，有强烈的个人无政府主义情绪。

在王富仁谨慎地论述鲁迅与阿氏关系的时候，汪晖从无政府主义入手，深入论述了鲁迅与施蒂纳、阿尔志跋绥夫之间的密切关系，成为这一研究领域中的标志性成果。汪晖围绕该问题发表了三篇论文《略论“黄金世界”的性质——鲁迅与阿尔志跋绥夫观点的比较》（《鲁迅研究》，1984年第2期）、《鲁迅前期的

---

①白浩：《鲁迅与无政府主义》，载《鲁迅研究月刊》，2004(12)。

②王富仁：《鲁迅前期小说与俄罗斯文学》，陕西人民出版社，1983年版，第150页。

思想、创作与阿尔志跋绥夫》(《中国社会科学院研究生院学报》,1986 年第 5 期)、《施蒂纳与鲁迅前期思想》(《鲁迅研究》,第 12 辑,1988 年),后来在其出版的《无地彷徨——五四及其回声》(浙江文艺出版社,1994 年版)中有两篇关于该问题的文章:《反叛的个人与民族复兴——鲁迅与个人无政府主义研究之一》和《孤独和复仇者和无望的爱——鲁迅与个人无政府主义者研究之二》,这两篇文章,与前面发表的三篇文章内容基本相同。

汪晖在《施蒂纳与鲁迅前期思想》一文中解决的第一问题是:在众多无政府主义思想家中,在大多数中国人选择克鲁泡特金和巴枯宁的语境中,鲁迅为什么偏偏倾心于施蒂纳? 汪晖分析出了两条理由:“首先,这与鲁迅重视个人的自由发展有关。”当时信仰共产无政府主义的刘师培和主张革命的孙中山等人,都诉求社会平等,为此不惜抑制个人自由,而鲁迅将自由置于平等之上,因而就很容易与施蒂纳的思想相沟通。其次是与鲁迅对自我社会角色的定位有关,鲁迅是思想家而不是政治家,他的目的是改造国民性,而不是政治革命。那么,就改造国民性而言,施蒂纳比克鲁泡特金、巴枯宁等人具有更强的针对性和时效性。在解决了这一前提问题之后,汪晖详细论述了鲁迅从施蒂纳这里获得的理论支援。他主要论述了两个方面:一是施蒂纳对资本主义政治制度及其自由平等原则的抨击和否定的“独特角度”,使鲁迅获得了确立自我思想的切入点;二是施蒂纳的“唯一者”引领鲁迅提出了“人国”的未来理想。尤为重要的是,汪晖在论述鲁迅借鉴施蒂纳思想的同时,还特别强调了鲁迅与施蒂纳在思想上的区别,这样既指明了二者之间的继承性,也厘清了二者之间的本质差别,在理论上就显得十分中肯、周全。但汪晖认为鲁迅“借助施蒂纳的哲学语言引伸出了革命民主主义的政治结论”,显然有攀附中国现代正统思想的嫌疑,与他在文章中已再申明的“思想革命”问题不协调。

在《鲁迅前期的思想、创作与阿尔志跋绥夫》一文中,汪晖指出,在 20 世纪 20 年代,中国作家大多欣赏阿尔志跋绥夫的《沙宁》,而唯独鲁迅偏爱《工人绥惠略夫》,其中原因是鲁迅“重视的是个人的自觉力量对于社会变革和发展的重要意义”。在比较鲁迅与阿尔志跋绥夫时,汪晖认为“着眼于改革者与群众的关系,透视改革者孤独、悲愤、由爱而憎,终至趋于复仇的心灵历程——这就是鲁迅与阿氏观察现实、表达感情的独特角度和方式”,“阿尔志跋绥夫正是在特定的思想背景下投合并强化了鲁迅的爱憎感情,并在鲁迅的现实主义作品中留下了自己的痕迹”。作者分析鲁迅思想时,抓住了“爱”与“憎”的矛盾关系,来阐释“个人的无治主义与人道主义的起伏消长”，确是抓住了问题的症结。

阿氏在《工人绥惠略夫》中提出了“黄金世界”的概念，并对这一美好的未来设想提出了怀疑和批判。阿氏的这一思想，深得鲁迅的青睐，以致于鲁迅在多篇文章中提到这一概念[①]，并对阿氏的观点表示赞成。那么到底“黄金世界(时代)”指的是什么呢？汪晖在《略论“黄金世界”的性质——鲁迅与阿尔志跋绥夫观点的比较》一文中，对此进行了系统论述。他否定了其他学者关于“黄金世界”象征“共产主义”，或指代“没根据的幻想”的说法，认为鲁迅所否定的“黄金世界”指的是“托尔斯泰式的‘爱’的新宗教，是麻醉人民斗志的精制的新毒药；反映着小私有阶级害怕暴力革命的阶级实质。鲁迅对‘黄金世界’的否定是他的彻底的革命民主主义思想的生动体现，有着现实的战斗意义”。这自然只能算是一家之言，还有待于进一步讨论，但作者对该问题的系统论述，显得难能可贵。

在汪晖的研究之后，又有几篇文章陆续出现，但总的来看，研究依然很薄弱。徐麟的《无治主义·油滑·杂文——鲁迅研究札记》(《中国现代文学研究丛刊》1997年第2期)是目前唯一的一篇研究鲁迅创作文体与“无治主义”之关系[②]的文章。徐文梳理了杂文的演变史，认为杂文是“文体流氓”：“所谓‘文体流氓’，并不是一种道德评价，而是指杂文的无所不说，文体无定规和可以不为道统中心话语承担责任。”这一文体的“流氓”性，与鲁迅的“无治主义”相契合，因而鲁迅一直将杂文作为最钟爱的文体。与此相同，《故事新编》的“油滑”笔法，其实是杂文艺术的变种，也与其无治主义有着密不可分的关系：

> 油滑的调侃，能使任何严肃神圣变为滑稽，并至于在可笑中倒塌，这正是鲁迅惯用的杂文手段，即“在庄严高尚的假面上拔它一拔”。有时，我们甚至可以想象出鲁迅在油滑中不无恶意的破坏欲及其宣泄的快感。只是在《阿Q正传》中，他还不能破坏故事的叙述，但到了《故事新编》中，他就不必顾忌对于故事和人物的损坏了，于是油滑也就油然

---

①鲁迅在《头发的故事》(1920年)、《娜拉走后怎样》(1923年)、《影的告别》(1924)、《两地书》(1925年3月18日)、《春末闲谈》(1925年4月27日)、《致孙伏园》(1923年6月12日)等文章中，提到了关于“黄金世界”的问题。

②徐麟将“无治主义”看作是中国文人身上固有的一种精神气质——一种非政治化、非道德化的“无赖气”，这自然见仁见智。因为鲁迅在文章中多次将绥惠略夫称为“个人无治主义者”，而绥惠略夫的精神气质与中国古代文人身上的所谓“个人无治主义”并没有多少相同的地方。

而生。[①]

鲁迅为什么会突然停止《呐喊》、《彷徨》式的小说创作？为什么对杂文的创作如此执着？《故事新编》中的"油滑"是如何形成的？这一系列长期以来困扰鲁迅研究者的问题，在徐麟的文章中都得到了富有意味的解释："无治主义"是这一切问题的症结所在。可能很多人未必同意作者这一看法，但必须承认，徐麟的这一解释是极富启发性的一家之言。在强调鲁迅"无治主义"的同时，徐文也看到了鲁迅精神世界中的另一面："他与传统文人的不同之处如同他自己所说，在'个人的无治主义'之外还有'人道主义'和对生命的关注，即使在他最绝望的时候，也没有忘却人间关怀和对社会黑暗的憎恨。这就使他的杂文始终洋溢着一种为生命鸣不平的人道主义正气和'抗恶'的强劲生命力。"为此徐文认为："鲁迅的杂文写作是一种悲壮的自我消解，也是一种伟大的自我重构。"

将鲁迅的"无治主义"看作是一种传统文人习气的遗留，完全不考虑西方无政府主义的理论背景和绥惠略夫式的苦斗精神，显然是片面的。但他对杂文与鲁迅精神世界之间关系的分析，还是深刻而独到的。

在思想研究方面，有白浩的论文《鲁迅与无政府主义》。该文结合鲁迅后半生的人生经历，剖析了个人无政府主义思想在鲁迅身上的表现，及由此而来的精神痛苦。从现实境遇来说，个人无政府主义本身包含的强烈个性主义，使鲁迅对任何组织和团体均不信任，对来自任何组织或群体的束缚和压迫十分敏感，由此使他时常陷入"独战众数"的尴尬境地。从思想结构来说，个人无政府主义与其启蒙立场存在冲突，因为个人无政府主义坚决反对外界的干涉，而"启蒙"恰恰是一种对他人的"干涉"行为，由此陷入"爱"与"憎"、"为自己"与"为他人"、"反抗"与"复仇"、"绝望"与"希望"等矛盾状态，造成了难以摆脱的精神痛苦。从无政府主义角度切入鲁迅的精神世界，寻绎其思想情感的复杂性，是一个新颖而富有启发性的角度，但如果把鲁迅特立独行的人格操守和敏感、多疑的处世风范都归因于其思想中的个人无政府主义，不免过甚其词。

也有一些学者沿着汪晖的研究思路，继续将鲁迅与施蒂纳、阿尔志跋绥夫进行深入的比较研究，也有新的发现，得出新的结论。张芸在论述鲁迅接受施蒂纳思想影响的时候，重点分析鲁迅对施蒂纳思想的借镜与改造：施蒂纳思想的

①徐麟：《无治主义·油滑·杂文——鲁迅研究札记》，载《中国现代文学研究丛刊》，1997(2)。

核心是利己主义，在他的世界中，自我是绝对的标尺，人和人之间的关系被看作是一种“相互消费”的关系，“我”和世界之间存在着一种不可调和的关系。而鲁迅“在介绍他的学说时，着重强调了其张扬个性的一面，斯蒂纳哲学中的利己主义的内容也被他从个性主义的视角解释成了张扬个性的叛逆精神”①。很明显，鲁迅在践履自我启蒙主义主张的时候，对施蒂纳进行了“创作性转换”，将一种极端的利己主义哲学，变成了引领个性解放的思想旗帜！张芸的分析，显示出了一定的深度，对推进该问题的研究有开拓意义。

鲁迅与施蒂纳的关系研究，难以见到更多的成果，相对而言，鲁迅与阿尔志跋绥夫的关系研究，成果较多，主要有：朱崇科《为了反抗与也是反抗——鲁迅与阿尔志跋绥夫笔下人物性心理描写比较》（《鲁迅研究月刊》2000 年第 2 期）、闻敏《鲁迅与阿尔志跋绥夫》（《俄罗斯文艺》2000 年第 2 期）、伍寅《鲁迅眼中的阿尔志跋绥夫》（《中共桂林市委党校学报》第 2 卷第 3 期）、程致中《鲁迅与阿尔志跋绥夫比较研究》（《求索》1991 年第 2 期），以及李春林主编的《鲁迅与外国作家比较研究》一书中的部分章节，这些论著大多从鲁迅小说与阿氏小说在叙事角度、人物形象塑造、作品主旨等方面来分析鲁迅与阿氏之间的继承关系及鲁迅的超越性，没有将无政府主义作为研究重点，所以就本文讨论的问题而言，这些研究论著都未能在王富仁、汪晖的研究基础上实现大的掘进。

三、研究反思

如前所述，鲁迅与无政府主义思想之关系，是鲁迅研究领域无法回避的问题，但目前的研究仍然处于“初级阶段”，更多停留在现象的类比层面，还没有深入到鲁迅更为复杂的思想、情感领域。就目前研究而言，主要存在以下几个方面的不足：

第一，研究视野不够开阔，研究思路单一。就目前研究来看，“点”对“点”式的比较研究较多，宏观研究比较薄弱。如鲁迅与施蒂纳和阿尔志跋绥夫之关系，是研究的热点，成果也最多。这种研究固然十分必要，但鲁迅作为一个独具个性的思想家，其思想中的任何一个概念和符号，都是其思想大厦的有机组成部分，而不再具有独立的意义。也就是说，鲁迅思想体系中的概念、符号，只有在鲁迅

---

①张芸：《别求新声于异邦——鲁迅与西方文化》，中国社会科学出版社，2004 年版，第 320 页。

思想的整体构架中才有意义，如果脱离了这一整体性的思想构架，这些概念和符号就像飘零的落叶一样，不再具有生命力。但这种比较研究，往往最容易忽视鲁迅思想的整体性。研究者为了立论的方便，往往从鲁迅思想中择取与其类比对象相似的概念和符号进行阐释，以证明影响的存在。以鲁迅与施蒂纳比较研究为例，证明鲁迅受施蒂纳的影响并不困难，从思想观念和话语符号层面寻找鲁迅与施蒂纳之间的相似性也不困难，但问题的关键在于，鲁迅不是施蒂纳，就整体的思想构架而言，鲁迅与施蒂纳有着天壤之别。这种局部的相似与整体上的背离是如何发生的？施蒂纳的“唯一者”在鲁迅笔下是如何引退的、鲁迅呼唤的“精神界之战士”是不是施蒂纳“唯一者”的变种，等等，这些问题都需要解决。因此，只是在两个研究对象之间寻找“局部的相似”，以夸大这种影响的意义和价值，必然会陷入“盲人摸象”式的僵局。

鲁迅作为一位思想家，在其思想形成过程中，接受过众多思想人物的影响，正是在这些影响基础上，鲁迅建构起自己的思想体系。从这一思想体系诞生时起，那些来自他人的概念、符号就被纳入一个新的阐释框架之中，获得了新的生命，承载了新的含义。因此简单的类比研究，很容易将复杂的问题简单化。就鲁迅与无政府主义这一课题而言，比较性的研究仅仅是这一课题的开始，而非这一课题的全部内容。在比较研究的基础上，我们还要进一步说明，无政府主义思想在鲁迅整体思想构架中占据的位置，及其这一思想是如何为鲁迅收编、征用的。这就需要从鲁迅思想体系入手，考察无政府主义在这一思想体系中的位置。研究鲁迅与无政府主义之关系，还需要结合中国无政府主义运动史的实际状况。自晚清至抗战时期，中国的无政府主义运动有着30余年的历史，出现了一批虔诚的信徒，组织了多次社会运动。那么鲁迅对中国无政府主义运动持一种怎样的态度？他对无政府主义的汲取与那些信仰无政府主义的人构成一种怎样的关系？为什么他接受了无政府主义影响而没有成为无政府主义者？鲁迅后期转向马克思主义与其早期受到的无政府主义影响是否有关？他转向马克思主义之后，其无政府主义思想的因子是否还继续存在？这些问题都不是靠比较研究能得出结论的。

因此，目前“点对点”式的比较研究，难以从更为宏阔的视野上透视鲁迅与无政府主义之关系这一复杂的问题。

第二，研究的问题主要集中在思想领域，相对忽视了文学问题。鲁迅是一位思想家，同时也是一位文学家。来自无政府主义的影响不仅体现在其思想中，也会体现在其文学活动和创作中。但研究者在讨论该问题时，多集中讨论鲁迅思想中的无政府主义色彩，而忽视其文学创作。事实上，《药》、《孤独者》、《一件小事》及《故事新编》中，都有无政府主义的残留，但研究者在这方面的关注是很不够的。1907年前后，鲁迅已经将文艺启蒙作为自己的人生宗旨，这时他对无政府主义产生的兴趣，就必然会影响其文学立场的选择和创作的风格。因此，过分强调无政府主义对其思想的影响，而忽视了无政府主义对其文学的影响，显然是片面的。

第三，研究者在论述鲁迅无政府主义关系时，更多强调的是无政府主义的个人主义色彩，而忽视了无政府主义更为复杂的内容。就理论体系来说，无政府主义以个人来对抗社会，以互助来抵御竞争，以自由来对抗专制，以理想来对抗现实，以科学来对抗愚昧，以平等填平国家、民族、家庭、宗教、性别之间的沟壑等。鲁迅接受无政府主义的思想质素，也同样包括很多方面，不只是施蒂纳式的个人主义。但历来的研究，往往只强调"个人"的重要性，而忽视了"互助"、科学、乌托邦意识对鲁迅的影响。以乌托邦意识为例，人们过去只看到鲁迅对"黄金世界"的拒绝，而没有意识到，鲁迅其实也有自己的"梦"，他在《呐喊·自序》中明确指出"我年轻的时候做过很多梦"，年老的时候又何尝没有梦？自汪晖用"反抗绝望"来概括鲁迅的精神世界之后，似乎"绝望"就成为鲁迅精神的主要特征，事实上，这是一种过于简单的概述。鲁迅对绝望的反复申说，正是由于他心中有"希望"："绝望之为虚妄，正与希望相同"。他所有的抗争、努力，他带病坚持写作的韧性的精神，并不仅仅是"与黑暗捣乱"，而是心中有希望在，这种希望由于过于缥缈，而成为连他本人也不愿直面的乌托邦。这种乌托邦意识，与无政府主义有着密切关系。

另外，研究者在讨论鲁迅与无政府主义关系时，往往有意或者无意地夸大鲁迅思想中的无政府主义成分，有时让人觉得，鲁迅似乎比那些信仰无政府主义的人，有着更为浓厚的无政府主义色彩。这显然有违历史的真实。无论鲁迅思想中有多少无政府主义的成分，鲁迅都不是无政府主义者。作为一位思想家，鲁迅接受过众多思想家的影响，但没有一位思想家的思想会在鲁迅的思想体系中获得独立地位。打个比方来说，鲁迅不是采花姑娘，我们能够从他的花篮中分辨出不同品种的花朵，而是像一个蜜蜂一样，采得百花酿成蜜，我们从他酿造的"蜜"中，很难分离出不同的花粉，这就需要研究者具备整体把握鲁迅思想与创作的眼光和能力。

综上所述，鲁迅与无政府主义的关系，是一个极为复杂的问题，目前学界对该问题的研究，仅是刚刚开始，还有很多问题等待着人们去澄清、去探索。

新时期鲁迅与梁实秋关系的研究述评与反思[①]

鲁迅与同时代的文化名人之关系，一直是鲁迅研究领域中的重要问题，而在这一课题内，鲁迅与梁实秋的关系显得尤为重要。这不仅因为鲁迅与梁实秋之间曾发生过多次激烈的冲突，而且他们在文化思想、政治立场和审美追求等诸多方面都存在巨大差异，因此，对他们之间的复杂关系进行研究，对重新认识中国现代文学史的内部结构和外在形态，具有重要意义。

但由于众所周知的原因，大陆“五十年代至八十年代初的文学史叙述中的梁实秋，基本上是一个鼻梁上抹白粉的三花脸，但凡出场，总是同文学史家认定的主流作对”[②]。更为糟糕的是，鲁迅那篇痛贬梁实秋的名文《“丧家的”“资本家的乏走狗”》在很长一段时期内雄踞在中学教材上，使梁实秋的“走狗”形象“深入人心”，影响深远。鲁迅的文章有着特定的原发语境，也有具体针对的问题，不能作为对梁实秋的终身定评。但在中学教材上，所有的背景资料都被隐去，就必然造成对梁实秋的误解。

大陆学界对梁实秋的重视与正视，始于20世纪80年代初期。随着“文化大革命”结束和思想解放运动的勃兴，梁实秋开始进入人们的视野。他与鲁迅的关系，也渐渐引起了人们深入探究的兴趣。1981年，李允经发表了《鲁迅与梁实秋的一场论战》，认为鲁、梁论战“是在文化战线上，‘围剿’和反‘围剿’斗争的首次角逐。蒋介石的背叛和革命的暂时受挫，决定了新月派这批欧化文人必然要在

①本文原载郑欣淼、孙郁、刘增人主编：《1881—2005：多维视野中的鲁迅研究》，河南文艺出版社，2007年版。

②张中良：《大陆文学史上的梁实秋身份问题》，载《中国现代文学研究丛刊》，2004(3)。

反革命的文化‘围剿’中粉墨登场”，“鲁迅在同梁实秋论战的时候，已经是一个共产主义战士了，在整个论战过程中，他操着马克思主义的枪法，抓住对方论点的破绽，给以有力而中肯的批驳”[1]。这是笔者能见到的新时期以来最早研究鲁、梁论争的文章。作者有感于“文化大革命”结束后，有些人出于逆反心理，打着反对“神化”鲁迅的幌子来诋毁鲁迅，所以他想通过重评鲁迅与梁实秋之间的论争，来抵制歪曲鲁迅的潮流。应该说，这一初衷是值得充分肯定的，不过由于作者尚未摆脱“政治挂帅”的思维定式，因而他得出的结论仍带有“文化大革命”时代的印记。在这篇论文之后，梁实秋及其与鲁迅之关系，并没有引起广泛关注，梁实秋仍然是大陆文学史上的“反面角色”。1986 年柯灵发表《现代散文放谈——借此评议梁实秋与“抗战无关论”》[2]，为梁实秋“与抗战无关论”正名，一时耸动海内外视听，打破了梁实秋研究的僵局。远在台湾的梁实秋看到该文后也“不胜感慨”[3]。之后，陆续地出现了一些研究梁实秋的文章，但对于鲁梁之争，仍少有人论及。1987 年，彭定安出版《突破与超越——鲁迅和他的同时代人》[4]，详细研究了鲁迅与胡适、刘半农、陈独秀等 20 余位“同时代人”之关系，却唯独没有梁实秋。

1987 年，准备回大陆作“归根之旅”的梁实秋突然在台湾去世，有关梁实秋的研究开始活跃起来。1988 年，百花文艺出版社出版了《梁实秋散文选集》，同年 4 月 1 日，《鲁迅研究》编辑部、《鲁迅研究动态》编辑部在北京鲁迅博物馆联合召开了“鲁迅与中国现代文化名人”座谈会，正是在这次高规格的会议上，鲁迅与梁实秋之间的关系，成为讨论的热点之一。因为这次会议虽名为“鲁迅与中国现代文化名人”，实际上与会者“关心的并非全体，而只是其中的一小部分，要而言之，就是被鲁迅‘骂’过的而又被认为是‘骂’错了的几位，如陈源、林语堂、梁实秋诸先生”[5]。并非所有的与会者都认为鲁迅“骂”这几位名人是“骂错了”，不过鲁迅与陈源、林语堂、梁

---

①李允经：《鲁迅与梁实秋的一场论战》，载《学习与研究》，1981(4)。1982 年，王永生发表《鲁迅投身粉碎“文化围剿”的历史意义》(《四川师院学报》1982 年第 2 期)，仍然将鲁迅对梁实秋等人的批判，看作是配合共产党人反“军事围剿”而进行的反“文化围剿”，可见“文化大革命”虽然结束了，但学者的思维还没有调整过来。《文汇报·文艺百家》1986 年 10 月 13 日。

②《文汇报·文艺百家》1986 年 10 月 13 日。

③梁实秋：《岂有文章惊海内——答丘彦明女士问》，见李正西、任合生编：《梁实秋文坛沉浮录》，黄山出版社，1992 年版，第 9 页。

④《突破与超越——论鲁迅和他的同时代人》，辽宁大学出版社，1987 年版。稍早出版的《鲁迅和他的同时代人》(彭定安、马蹄疾著)，论及了鲁迅与数百位“同时代人”之关系，也没有梁实秋。

⑤王荆：《鲁迅与骂人——“鲁迅与中国现代文化名人”之我见》，载《鲁迅研究动态》，1988(7)。

实秋的关系，是这次会议讨论的中心议题。尤为重要的是，在这次会议上，学者们对开展“鲁迅与(被他‘骂’过的)现代文化名人”研究的意义和方法，提出了诸多发人深省的意见和建议，为下一步的研究提供了重要的指导和借鉴。陈漱渝认为，由于我们过去对这一课题研究不够，所以“今天当然应该补课，还中国现代文学史以本来面目”。但他强调：“我们回顾这段历史，不仅是为了给历史旧案以准确评价，更重要的是，因为当年论争中涉及的文艺和政治的关系问题，文学与人性、人道主义的问题，艺术的本质特征问题，等等，都是在当前文艺理论探讨过程中取得了重大突破而仍然有待于进一步解决的问题。所以，我们就这些问题进行平心静气的学术讨论……对推动新时期的文艺运动有着重要意义。”① 在研究方法上，钱理群认为研究者要保持“相对的独立性”，他解释说：“我们不能赶时髦，追求新闻的爆炸性，也不能为赢利而迎合读者猎奇、追求刺激性的心理，更不能随着‘统战’政策的变化而不断改变我们的观点：过去讲‘斗争’，就大骂梁实秋，讲鲁迅如何与他斗争；今天强调‘团结’，又反过来大捧梁实秋，说鲁迅与梁实秋在根本上是一致的。”②这对研究者保持自身的学术品格，无疑是十分重要的。在论域的限定上，陈平原认为，研究鲁迅与梁实秋等人的关系，要注目于文学领域，不要纠缠他的政治身份或政治倾向，使文学史包办思想史和政治史的论域，从而导致了“现代文学界长期‘超负荷运转’”。所以他建议，研究这类问题时，要放弃那些不属于文学史的问题，以给现代文学研究“卸装”③。汪晖的观点与陈平原相反，他认为：“鲁迅与中国现代文化名人及其相互关系作为一种历史现象具有多方面的内涵，因而也需要作多方面的总体把握。……尽管在座的学者大多来自文学界，但我们不能用自身的局限性来划定研究范围。”④ 学者们对研究意义、方法和论域的讨论，极大地推动了鲁迅与梁实秋关系研究的深化和发展。之后，中国现代文学史教材和各种版本的思潮史、论争史，在谈到梁实秋时已经改变了基本立场，不再简单地将其定性为“反动的买办

①陈漱渝：《要好处说好，坏处说坏——在“鲁迅与中国现代文化名人学术座谈会”上的发言》，载《鲁迅研究动态》，1988(7)。

②《钱理群的发言》，载《鲁迅研究动态》，1988(7)。

③陈平原：《评价的标准与研究者的心态》，载《鲁迅研究动态》，1988(7)。

④汪晖：《主观视角·客观背景·研究范围——关于“鲁迅与中国现代文化名人”的几点随想》，载《鲁迅研究动态》，1988(7)。

资产阶级思想和言论的代表”①，而是较为客观地评述其谬误和贡献②。与此同时，研究论文也不断增加，到今天为止，有关这一课题的研究成果已相当可观。

目前已有的研究，主要是在两个层面上展开的：一是对鲁、梁之争的评判与剖析；二是弃置他们之间的论争，从学理层面剖析二人在知识背景、文学观念、文化态度、审美追求等方面的异同。第一个层面是近几年研究的热点，很多学者力求以客观、公正的态度和辩证、动态的眼光，对当年的论争发表评论，对其中的是非曲直作出自己的判断，这对转换研究视角、更新研究观念、摒弃历史成见有重要意义；第二个层面的研究目的是开掘鲁、梁之间更为深层的差异或趋同之处，更具学术价值，但这方面的研究并没有完全展开，研究成果也不够丰富和深入，所以本文主要评述第一个层面的研究成果。

鲁迅与梁实秋之间的论争持续时间长，涉及问题多且复杂，其中的是非曲直隐晦不明。但在新中国成立初期的数十年中，人们从政治角度，对鲁、梁之争进行了极为简单、粗暴的评判，掩盖了历史的真相。从20世纪80年代中后期开始，随着思想解放运动的深入，人们开始在尊重史实的基础上，重新评价鲁、梁之争，过去那种“贬梁捧鲁”的倾向受到了质疑和修正。

在研究过程中，学者们对鲁、梁之争涉及的众多问题进行了划分，有人将其分为五类，也有人将其分为四类③。而更多的研究论文只针对其中的某一个问题（如“人性”问题或“翻译”问题等）展开讨论。本文根据当时论争的实际和当下研究的重点，将鲁、梁之争涉及的问题分为四类，并逐一评述其研究概况。

①刘绶松：《中国新文学史初稿》，人民文学出版社，1979年版，第227页。

②如20世纪90年代出版的钱理群等人主编的《中国现代文学三十年》（修订本），在论及左翼文学与“新月派”的论争时，就客观地指出：“从文学思潮的流脉看，梁实秋的这种批评（指对左翼文学公式化、概念化和浪漫倾向的指责——引者注）和判断还是有眼光的，后来左翼文学也反省过‘革命的浪漫蒂克’倾向。”见该书第157页，北京大学出版社，1998年版。

③如廖超慧在《中国现代文学思潮论争史》（武汉出版社，1997年版）中，将鲁、梁之争分为五个问题：（一）关于人性和阶级性的论辩；（二）由“资本家走狗”引起的论争；（三）关于“硬译”的辩驳；（四）关于政治态度、思想信仰的交锋；（五）对妇女解放、人格平等的歧见。见该书第136—162页的论述。另一位研究者将相关问题分为四类：“一是人性问题；二是天才论问题；三是关于翻译问题；四是关于‘乏走狗’问题。”（见江胜清《文化观念、审美情趣的差异与碰撞》，载《郧阳师范高等专科学校学报》，2003年4月，第23卷第2期）也有学者将鲁、梁论争的问题分为七类：一、围绕对鲁迅的贬损及“小谣言”的论争；二、围绕文学批评标准问题的论争；三、围绕卢梭女子教育问题引起的论争；四、围绕批评态度问题的论争；五、围绕文学阶级性问题的论争；六、围绕翻译问题的论争；七、围绕“资本家走狗”引起的论争（见刘炎生：《中国现代文学论争史》，广东人民出版社，1999年版，第275—289页）。

其一，由《北京文艺界之分门别户》引发的纠纷。梁实秋最早引起鲁迅反感的文章是1927年6月4日在《时事新报·学灯》上发表的《北京文艺界之分门别户》。该文诬蔑鲁迅是《晨报副刊》的“特约撰述员”，并说鲁迅“到了汉口”。次日，梁又在《时事新报·书报春秋》发表《华盖集续编》，评介鲁迅刚出版的杂文集。第一篇文章很快被香港的《循环日报》转载，鲁迅看到后十分生气，就给报纸写了一封信，澄清事实，但信杳如黄鹤。后来鲁迅在《略谈香港》中，专门谈到这件事：“我知道这种宣传有点危险，意在说我先是研究系的好友，现是共产党的同道，虽不至于‘枪终路寝’，益处大概总不会有的。”[①]鲁迅一眼识破了梁文的不良用心，故而耿耿于怀，著文驳斥。对于鲁迅的反击，梁实秋没有回应，所以二人没有形成正面交锋。对于这次小的摩擦，新时期以来的研究者进行了评论。高旭东认为，《北京文艺界之分门别户》“可能是梁实秋一生写过唯一的一篇播弄是非的文章”。并对梁氏随后发表的《华盖集续编》给予了充分肯定：“公正地说，这是较早最精到地阐发鲁迅杂文艺术的一篇批评文章。”[②]但令人遗憾的是，“后一篇文章的精妙评论被前一篇文章的‘用心险恶’给遮盖了，鲁迅并没有领情”。由此作者断定：“如果鲁迅知道徐丹甫就是梁实秋，那么这应该是二人结怨的开始。”也有学者从这两篇文章（尤其是后一篇文章）中读出了另一层意思：“平心而论，就当时文坛对鲁迅的认识水平而言，（梁实秋的评价）还是比较客观的。值得注意的是梁实秋肯定鲁迅杂文创作的成就，将其与鲁迅已享盛誉的小说创作相提并论，这是从未有过的。称鲁迅为‘杂感家’，系自梁实秋始，而且文中是从正面加以赞扬，并不象以后那样带有讽刺和贬义，这也是难得可贵的。”因此，他称梁实秋为“研究鲁迅杂文艺术第一人”[③]。除此之外，廖超慧在《中国现代文学思潮论争史》[④]中，对这一事件进行了详细描述，虽未明确表态，但从文字的表述中，仍可看出作者对梁氏制造谣言的不满。其他论者偶有涉及，却并未展开论述。总的来看，学界对这一事件的研究是很不充分的，提出的一些说法尚值得进一步深究：首先，《北京文艺界之分门别户》并非梁氏“唯一一篇播弄是非的文章”，而是显示了他一贯的论战伎俩——向军阀或当局提供一些论敌的“政治信息”，有时

---

①《鲁迅全集》第3卷，第429页。

②高旭东：《论鲁迅与梁实秋的论战及其是非功过》，载《鲁迅研究月刊》，2004(12)；高旭东另有专著《梁实秋——在古典与浪漫之间》，文津出版社，2005年版。

③陈子善：《研究鲁迅杂文艺术第一人——梁实秋》，载《鲁迅研究动态》，1988(9)。

④廖超慧：《中国现代文学思潮论争史》，武汉出版社，1997年版，第159—160页。

不惜捏造，以陷对手于危险境地。这里说鲁迅“去汉口”和后来说鲁迅“拿卢布”都有着相同的用心。其次，过高估计了梁氏对鲁迅杂文研究的价值，并不符合实际。梁实秋在两天内发表的这两篇文章，存在着内在矛盾。在第一篇文章里，他说“鲁迅先生的特长，即在他的尖锐的笔调，除此别无可称”①。他同时还暗示，鲁迅在文坛上的势力，是靠“奖掖后进”和“孙伏园先生的鼓吹”形成的。文章对鲁迅明显流露出轻蔑之意。但在第二天发表的文章中，他又称赞鲁迅“思想是深刻而辣毒，他的文笔是老练而含蓄。讽刺的文字，在中国新文学里是很不多见的，这种文字自有他的美妙，尤其是在中国”②。仅隔一夜，文章观点出现如此大的“翻盘”，应如何解释？至少从表面看来，梁氏是缺少稳定的见解和批评的诚意的。研究者强调“公正地说”也好，“平心而论”也好，如果不将两篇文章结合起来讨论，就很难得出客观的结论。鲁迅对后一篇文章“不领情”，大概也是出于对这位“徐丹甫”的不信任吧。

其二，关于“硬译”的论争。1929 年 9 月 10 日，梁实秋在《新月》（第 2 卷第 6、7 号合刊）上发表《文学是有阶级性的吗？》和《论鲁迅先生的“硬译”》两文，一方面否认文学的阶级性，另一方面攻击鲁迅翻译的无产阶级文学理论是“死译”。1930 年，鲁迅在《萌芽月刊》（1 卷 3 期）上发表《“硬译”与“文学的阶级性”》进行批驳，引发了二人之间有关翻译问题的论争。新时期以来，这一问题颇受学界关注。研究者对该问题的探析可分为三个层面：一是对这一事件进行是非判断；二是分析这一事件背后的政治含义；三是从中国近现代翻译史入手，发掘鲁、梁之争的意义和价值。

在是非判断层面上，研究者们的意见是基本一致的。他们普遍认为：梁实秋对鲁迅“硬译”的指责是有道理的。因为梁实秋从鲁迅译文中挑选出来“示众”的几段文字，在今天读来也仍觉得难解。后世的研究者又从鲁迅的译文中挑选出了比梁实秋“示众”的段落更为晦涩难解的句子，以证明梁实秋说的“死译”并非无的放矢。而同时，学者们也注意到，鲁迅对梁实秋关于“死译”的指责一直没有正面回应，甚至避开梁实秋的挑衅，拖出赵景深的“牛奶路”和“宁可顺而不信”进行嘲讽，还拉上梁实秋陪绑，这更见出鲁迅的“理亏”。所以在该问题上，学者

①梁实秋：《北京文艺界之分门别户》，见《梁实秋文集》第 6 卷，鹭江出版社，2002 年版，第 353 页。
②梁实秋：《华盖集续编》，见《梁实秋文集》第 6 卷，鹭江出版社，2002 年版，第 357—358 页。

们普遍站在了梁实秋一边:"鲁迅为'硬译'的辩解并非没有合理性……但是这种合理性并不足以掩盖他在翻译苏联文学批评上的生吞活剥造成的缺憾。如果说陈西滢将治学严谨的名著《中国小说史略》说成是抄袭之作是对鲁迅的一种冤枉,那么梁实秋对鲁迅'硬译'的批评的确戳到了鲁迅的痛处。"[①]另一位论者认为鲁迅与瞿秋白在关于翻译的通信中,"对汉民族语言的活力进行了错误的贬斥",引起梁实秋对鲁迅的进一步质问和反击,但鲁迅"不知是有意抱着不屑一顾的态度,还是无法给对方以有力还击,总之,在这一回合中,他仍是令人不解地采取了迂回策略","作为局外人,我们可以清楚地看到,正是他的这种'硬译'观点……才屡屡遭来梁实秋充满敌意的笔伐,才使自己在历次论战中似乎总是处于被动地位。就此看来,鲁迅在这场论战中持迂回暧昧的态度的确令人捉摸不透"[②]。在鲁、梁关于多个问题的论争中,唯有关于翻译问题的论争,梁实秋获得了后世学者更多的理解和支持。

有一些研究者不正面评价梁实秋对鲁迅"硬译"的指责,而是从政治角度评价这次论争的是非曲直。他们认为,梁实秋攻击鲁迅的"硬译",是"醉翁之意不在酒",旨在为了达到攻击无产阶级文学的目的。也就是说,他向鲁迅挑战的真正意图,不是鲁迅"如何"翻译外国作品,而在于鲁迅翻译了"哪些"外国作品。如鲁迅翻译《苦闷的象征》和卢那察尔斯基的《艺术论》用的都是"硬译"的方法,而梁实秋不追究前者,抨击后者,其用意昭然若揭。鲁迅在《"硬译"与"文学的阶级性"》一文中,用的就是这一论辩策略,这也是鲁迅的回应让梁实秋深表不满的原因。新时期的很多研究者,仍然沿用鲁迅的思路来评价这场论争,就必然得出了这样的结论:"(梁实秋)攻击鲁迅的译作'硬着头皮'也'无所得'的真正用意,是在反对无产阶级作家汲取和引进苏联无产阶级文学理论和抵制无产阶级文学运动的兴起和发展。"[③]很多思潮史类著作和现代文学史类教材,都采用了这一类说法。香港学者王宏志在一篇极为出色的论文中,详细类比鲁迅与梁实秋有关翻译问题的看法,发现"在翻译方面二人的看法没有本质上的差异"[④],那为

①高旭东:《论鲁迅梁实秋论战的是非功过》,载《鲁迅研究月刊》,2004(12)。

②刘福全:《鲁迅、梁实秋翻译论战追述》,载《四川外国语学院学报》第16卷第3期,2000年7月。

③廖超慧:《中国现代文学思潮论争史》,武汉出版社,1997年版,第153页。与此相近的观点还可见王景山:《骂人的鲁迅和被骂的鲁迅》(《鲁迅研究月刊》1997年第9期),刘炎生《梁实秋和鲁迅争论的起因及翻译问题的是与非》(《鲁迅研究月刊》1995年第6期)等文。

④王宏志:《重释"信达雅"——二十世纪中国翻译研究》,东方出版中心,1999年版,第247页。

什么还会发生冲突呢？问题的关键所在是“文学的阶级性”。梁实秋通过攻击鲁迅的翻译，向国民政府暗示鲁迅的左派立场，想置鲁迅于屠刀之下，而鲁迅“也同样地利用了翻译的标准作借口，攻击一些在政治上他不能认同的人”[①]。由此，王宏志得出结论：

> 鲁迅与梁实秋的论争虽然以翻译标准作包装，实际上那只不过是一个双方相互攻击的切入点，他们始终没有从学理上去尝试解决问题，却出现了猛烈的人身攻击，这是其他有关翻译标准的讨论所没有的。结果，经过激烈的争论后，翻译标准的问题并没有得到解决，反而却牵涉到了文学的阶级性、无产阶级革命运动等问题，以至“武装保卫苏联”、“去××党领卢布”、“‘丧家的’‘资本家的乏走狗’”等都出来了。这可不就是“翻译是一种政治行为”的意思吗？[②]

王著在研究思路上并不新颖，不过他对问题的描述分析是符合当时实际的。

鲁、梁有关翻译问题的论争尽管夹杂着政治歧见和个人恩怨，但他们所讨论的问题，在中国近现代翻译史上有着重要意义。所以一些研究者从近现代翻译史入手，总结鲁、梁之争的意义和教训。刘全福在《鲁迅、梁实秋翻译论战焦点透析》[③]一文中，从“翻译的标准问题”、“关于翻译与汉语的发展问题”和“重译问题”入手，详细分析鲁、梁的根本分歧，最后总结说：“鲁、梁论战涉及的方方面面的论题仍不失其自身的价值。就翻译而论，两人在论战过程中对翻译标准及翻译与民族语言发展等问题所展开的争论，其影响可谓深远，意义已跨越了时空因素”，“对建立现代翻译学有着极其重要的意义”。很多研究者在评述这场论争时都看到了这一点，而在这方面最具创见的论文是王宏志的《能够“容忍多少的不顺”——论鲁迅的“硬译”理论》。作者认为，鲁迅自编译《域外小说集》开始，自觉采用“直译”的方法，但有时为了照顾原文，就不免出现“硬译”。梁实秋攻击鲁迅的“硬译”，事实上鲁迅本人对“硬译”也很不满，“那么，究竟二者的微妙分界

①王宏志：《重释“信达雅”——二十世纪中国翻译研究》，东方出版中心，1999年版，第258页。
②王宏志：《重释“信达雅”——二十世纪中国翻译研究》，东方出版中心，1999年版，第264—265页。
③该文刊于《中国翻译》，2000(3)。

在哪里？也就是说，究竟‘直译’到什么程度会变成不能接受的‘硬译’”？作者通过分析鲁迅的翻译理论，认为鲁迅所说的“直译”不只是在内容上忠实于原文，而是“跟句子的形式挂钩”，尤其重视原文的“语气”和“口吻”，这就出了问题：

鲁迅一方面要尽量地去“逐字译”，同时又要勉强去保留这些语气和句式，结果就是将“直译”推到“硬译”去了。换言之，“硬译”就是鲁迅在无法处理语气或句式的难题下而继续以“逐字译”的方法去翻译后出来的结果。由此，我们可以理解，为什么鲁迅也认定“硬译”不是理想的翻译方法。①

这番分析，澄清了“直译”和“硬译”两个核心概念的语义边界，对进一步讨论这一问题很有启发。

但很明显，学者在对鲁、梁有关翻译问题的论争进行研究时，一个最重要的问题被很多研究者忽视了：鲁迅明知道自己的译文“晦涩，甚而至于难解之处也真多”②，为什么还执意为之？被梁实秋抓住把柄多次挑衅后，他既不正面回应，也仍不改初衷，原因何在？梁实秋从鲁迅译文中摘出了三段“示众”，并表示还可以摘录更多。当今学者也经常拿下面这段译文来证明鲁迅的“硬译”“硬”到何种程度：

这时候，要来讲助那识别在三次元的空间的方向的视觉底要素的相互的空间底距离的，谁都知道的眼睛的构造，大约是没有必要吧。③

确实有点匪夷所思，初学翻译的学生，也未必如此！鲁迅精通日语，又是杰出的语言大师，翻译态度也十分认真，何以会译出这样的句子？④梁实秋的话不无道理：“因为我们人人知道鲁迅先生的小说和杂感的文笔是何等的简练流利，

---

①王宏志：《重释“信达雅”——二十世纪中国翻译研究》，东方出版中心，1999年版，第225页。
②《鲁迅全集》第10卷，第299页。
③这段话出自鲁迅翻译的《艺术论》，此处转引自王宏志《能够“容忍多少的不顺”——论鲁迅的“硬译”理论》，见《重释“信达雅”——二十世纪中国翻译研究》，东方出版中心，1999年版，第218页。
④《论鲁迅先生的“硬译”》，见《梁实秋文集》第1卷，鹭江出版社，2002年版，第347、349页。

没有人能说鲁迅先生的文笔不济，但是他的翻译却离‘死译’不远了。”梁实秋举了几段例子之后说：“读这样的书，就如同看地图一般，要伸着手指来寻找句法的线索位置。”梁实秋这话并不夸张。鲁迅对此有过解释：

> 但因为译者的能力不够和中国文本来的缺点，译完一看，晦涩，甚而至于难解之处也真多；倘将仂句拆下来呢，又失了原来的精悍的语气。在我，是除了还是这样的硬译之外，只有“束手”这一条路——就是所谓“没有出路”——了，所余的惟一的希望，只在读者还肯硬着头皮看下去而已。①

此文写于梁实秋发难以前，所以梁实秋引用了这段文字之后，对鲁迅说的“中国文本来的缺点”一条大为不满，并借题大做文章，来攻击鲁迅。而鲁迅此后连这样的解释也没有了。事实上，对鲁迅的这种“死译”进行批评的不只梁实秋、赵景深等人，瞿秋白、林语堂等都对鲁迅的“硬译”提出过批评，但鲁迅从未对此进行反省和检讨。这不能不说是鲁迅翻译研究中的最大谜团。在新时期所有研究鲁、梁论争或鲁迅翻译的人，只有王宏志对此进行了正面剖析。他认为，鲁迅说自己“能力不够”是谦辞，真正的原因出在“中国文”上。鲁迅认为中国语言“不够精密，人们的思路也会变得不够精密，‘脑筋有些胡涂’。在这种情形下，改良以至创造新的语言便变得很重要”。中国自晚清以来，“不少人便认为中国语文是中国积弱的主因，于是有改革语文的声音，甚至有废除汉字和汉语拉丁化的要求。”从鲁迅和瞿秋白有关翻译的通讯中，就可看出，鲁、瞿在这一点上持相同的态度②。王宏志的这一分析是有深度的，鲁迅从事翻译的目的，不只是输入异国思想，他还希望通过欧化的陌生句子，来推动汉字的改革，这其实是鲁迅一贯的主张。另一位研究者也注意到了这一点：“鲁迅译文的质量如何，可以争议，但他想通过逐字逐句直译外文，引入外文的句式，带动汉语的改造，则是很有远见的。”③从语言变革的角度而言，这些分析都是有见地的，但在我看来，鲁迅的“硬

---

①《鲁迅全集》第10卷，第299页。

②见王宏志在《能够“容忍多少的不顺”——论鲁迅的“硬译”理论》中的分析，见《重释“信达雅”——二十世纪中国翻译研究》，东方出版中心，1999年版。

③刘少勤：《从汉语的现代化看鲁迅的翻译》，见朱竞主编：《汉语的危机》，文化艺术出版社，2005年版，第44页。

译”不只是一个语言问题，而且是一个思想问题。鲁迅通过扭曲汉语的方式来迁就外文，实际上可以看作是对汉语粗陋的一种“复仇”行为，或者说是为了“出汉语的丑”。因为鲁迅对汉字怀有仇恨，他认为汉字本身就是一个“死症”，“是中国劳苦大众身上的一个结核，病菌都潜伏在里面，倘不首先除去它，结果只有自己死”[①]。这种仇视汉字的心态，必然导致他在从事翻译的时候，不惜将汉语自身的规律践踏在脚下，毫不怜惜。因此，我们可以说，鲁迅固执地坚持“直译”，充分表达了他对中国语言的态度，是其思想的一种表达形式。或者说，鲁迅的“直译”是一种现代思想现象。可惜，梁实秋等人无法理解这一点，鲁迅自然也无从解释，遂酿成了彼此间的误解和攻讦。梁实秋认为通顺的翻译即使不准确，读后也能使人“落个爽快”，鲁迅指出：“我的译作，本不在博读者的‘爽快’，却往往给以不舒服，甚而至于使人气闷，憎恶，愤恨。”[②]鲁迅想让读者“愤恨”什么？自己（译者）？译文？汉语？恐怕最后一个选项，才是鲁迅的真实想法。一个有独立见解的思想家，会无法克制地将自己的思想贯彻在自己的实际行动中，纵然为千夫所指，也在所不惜，这不正是鲁迅的性格吗？

其三，“人性”问题的论争。鲁、梁之间有关“人性”与“阶级性”问题的论争，涉及中国现代文学发展过程中遇到的“根本性”问题，因而影响最大，受到的关注也最多。在新时期之前，对该问题的评论几乎没有什么分歧：梁实秋被看作是资产阶级的“反动文人”，他强调“人性”是为了反对左翼文学，反动无产阶级革命，是资产阶级反革命“文化围剿”的代言人。这只是从政治角度进行的是非评判，称不上是严格意义上的学术研究。新时期开始之后，关于“人性”问题的论争开始进入学理层面，得到了较为充分的研究和评论。

首先，学者们不再像过去那样，简单地从政治出发，贬梁而崇鲁，而是开始从客观事实出发，在剖析梁实秋“人性论”偏颇的同时，也力求呈现鲁迅及左翼作家在讨伐梁实秋时表现出的独断、偏颇与霸道，开始委婉地为梁实秋洗刷被“妖魔化”的釉彩，这虽然不是旗帜鲜明的“翻案”，但总是带有“翻案”的味道。梁实秋去世不久，乐黛云在美国的一次谈话中指出：“三十年代对人性论的讨论，有特定的时代背景和环境；现在回顾，有些观点也许是比较片面的，而梁先生的提法也不能说是错误的，所以对当年的论争，大家都有重新评价的要求；希望在

①《鲁迅全集》第6卷，第160页。
②《鲁迅全集》第4卷，第197页。

不久的将来，就可以对过去的这些论争，以目前的观点重新评价。”[①]乐黛云先生委婉地表达了重评——甚至是正面评价——梁实秋“人性论”的愿望，这在当时具有引领风气的作用。有外国学者也表达了这样的看法：“在过去几十年中，中国大陆的文学史对梁实秋先生和他的朋友，都是教条主义的处理。这种‘左’的路线是很不幸的，文艺因此受到损害；过去确实是太‘左’了。现在是改正的时候，文学史上也应该重新评价，不能继续教条八股的看法。”[②]这些重评梁实秋的呼声，反映了时代的要求。一些学者开始尝试给梁实秋重新定位，同时对“人性论”问题的论争，人们也提出了新的看法。孔范今先生认为，鲁迅和梁实秋“各执了问题的一个极端。梁实秋突出标榜的是人性的共同性和文学的非功利性，而鲁迅所强调的是在具体生存状态中人性的歧义尤其是阶级性的不同，和文学改良社会的历史责任。两种主张平心而论各有各的合理性，但一作极端化强调便又都不免失之于片面了”[③]。这种抛弃先入之见，将鲁、梁置于同等地位进行评论的思路，是难能可贵的。朱寿桐先生在对“新月派”进行总体研究的基础上，提出了自己的看法：

> “人性论”批判的立论已延续了几十年，似乎一直都没有遇到过像新月派文人这样的“人性论”者的强有力反驳，于是直至阶级论已从虎一般凶猛的猫转而成为一幅陈年猫戏图的时代，“人性论”依然充当着张皇失错的过街老鼠。其实，……新月派是从文学和美学的有限范围提出人性问题的……因而当时及其后对它的政治学和社会学的批评在平心静气者看来并不切中要害。[④]

这就是说，历来对“新月派”人性观的批判，其实是建立在误解基础上，并未切中腠理，这就含蓄地指出了主流学界在批判人性论问题上存在的盲点和失误。另外，在一篇题为《梁实秋与中国自由主义文学》的论文中，作者对梁实秋“人性论”的价值也给予了适度的肯定：

---

①郑树森：《国际学界看梁实秋·附录·北大乐黛云》，载《鲁迅研究动态》，1988(7)。
②日本学者相浦杲的谈话，见郑树森：《国际学界看梁实秋》，载《鲁迅研究动态》，1988(7)。
③孔范今：《走出历史的峡谷》，山东文艺出版社，1997 年版，第 63 页。
④朱寿桐：《新月派的绅士风情》，江苏文艺出版社，1995 年版，第 100—101 页。

> 尽管梁实秋的理论在客观上确有消解左翼文学影响的负面效果，尽管他的人性观有不少疏漏和矛盾的地方，尽管他为此背上近一生的骂名，但他的自由主义文学姿态并不都是消极的。因为他捍卫着现代社会现代文学的一个基本原则——用他自己的话来概括——“文学终归是文学”。当我们经历了一次又一次关于文学观念的反复之后……当我们又一次拾起“文学是人学”这面本不应该倒下的旗帜之后，我们实际上又承认了梁实秋早就争取过的文学表现人性的权利。[①]

这就直接从正面肯定了梁氏“人性论”文学观的历时性价值。而挪威的中国文学教授杜博妮博士则直截了当地指出：

> 对现代中国文学史的研究者来说，梁实秋与鲁迅的论战（编按：即人性论与阶级论之争），是一件大事。我多年前研读这场争论的印象是，鲁迅并不公平，论辩也有欠逻辑，文字上很不客气，还有人身攻击。相形之下，梁实秋就理性得多，公平而且有耐心。这场笔战的结果，就我的印象而言，是鲁迅得胜，但并不是他有理，而是因为他的文笔比较犀利。不过，道理是在梁实秋这边的。[②]

为梁氏翻案的愿望表达得很充分。但从这段谈话来看，他对当时的具体情况并不了解，对史料的掌握很不全面。事实上在鲁迅写那篇《“丧家的”“资本家的乏走狗”》之前，梁实秋已经骂鲁迅是“疯狗”了[③]。

其次，有一些研究者在对论争双方的观点进行学理性分析之后，发现鲁迅的观点“是切中梁实秋的真意的，也是实事求是的。即是说，道理在鲁迅这一边，而不在梁实秋那里。可见，那种认为‘梁实秋对鲁迅的批评大体上是正确的’看

---

①刘川鄂：《梁实秋与中国自由主义文学》，载《文学评论》，2006(1)。

②[挪威]杜博妮的谈话，见《国际学界看梁实秋》，载《鲁迅研究月刊》，1988(7)。

③可参见张永泉：《鲁梁论争史上一篇佚文》，载《鲁迅研究月刊》，1999(6)。

法，是有失偏颇”[①]。同样是肯定鲁迅，这些学者将观点建立在缜密的学理分析之上，就显得让人信服。就目前的研究来看，持这类观点的文章还是占多数。

再次，有一部分研究论文抛开了是非判断，从理论上来发掘鲁、梁“人性论”论争的文学史意义。有学者明确提出：“对周梁之争的认识、差距如此之大，究其根由，是批评者们沿用的还是是非判断式的研究方法，站在某个有局限性的角度，肯定一方，否定另一方。全面地考察他们的话语世界，在其分歧的背后，实际上存在着两种不同的世界观、人性观，以及他们对文学的不同要求而形成的不同审美风格。他们的共存，带来了中国现代文学的丰富性。”[②]

也有学者通过对鲁迅“阶级论”和梁实秋“人性论”理论根源的考辨，阐明这两种主张蕴含的文化内涵和理论意义[③]。还有人明确表示，“文学史的重写不等于做简单的翻案文章，科学的分析也决不等于非此即彼的线性判断，对这个问题（指鲁、梁之争——引者著）亦不能草率为之”，并认为“这是一次不同价值范畴错位的对话，可在不同的价值层面上确认其意义所在。左翼文学对政治功能的强调，所选择的是历史的价值，即文学在历史活动中的作用和意义，而梁实秋和‘新月派’所重视的则是审美和文化的意义”，所以，“左翼文学与梁实秋和‘新月派’的对立冲突，恰恰是由他们（当然不止于他们）共同支撑了一段历史中的文学时空，而且彼此间均有一种警示作用，既防范着不被同化，又自律着不要过于走向极端，同时双方对峙在客观上形成的张力，对整个文坛的多样发展还是起到了一定的作用”[④]。“阶级论”与“人性论”的对峙，起到相互制衡的作用，以避免双方走向极端，这固然是一种理想的状态，但就具体到这次论争而言，很可能恰恰相反：二者的对立使辩论双方极力向两个极端延伸，以显示自身的正确和对方的荒谬，所以在这次论战中，对立双方的制衡作用并不明显，反倒是愈加向

---

①刘炎生：《梁实秋和鲁迅争论的起因及翻译问题的是非》，载《鲁迅研究月刊》，1995(6)；很多学者都持这样的看法，如林伟民在《中国左翼文学思潮》（华东师范大学出版社，2005年版）一书中认为：“梁实秋、徐志摩等‘新月’同人……从性质上说都是缺乏社会依据的主观唯心主义错误，因而都是站不住脚的。”（见该书第276页）其他如薛毅《论鲁迅的文化论战》（《中国现代文学研究丛刊》2001年第3期）、李怡《鲁迅、梁实秋论争新议——关于那段历史的读书笔记》（《赣南师范学院学报》1997年第1期）、李世涛《20世纪艺术理论中的阶级性与人性问题》（《云南艺术学院学报》2005年第2期）等文章，都得出了相似的结论。

②芦海英：《鲁迅与梁实秋论争的另一种关照》，载《西北师大学报》第37卷第5期，2000年9月。

③陆道夫：《梁实秋、鲁迅人性阶级性论争溯源》，载《广东职业技术师范学院学报》，2002(1)。

④孔范今：《走出历史的峡谷》，山东文艺出版社，1997年版，第62、64页。

极端挺进，这实在是值得令人深思的。除上述研究之外，也有学者淡化鲁、梁之间的差异，强调他们之间的相通之处："梁实秋与鲁迅固然存在着原则分歧，但在对思想文化的看法上也有某些共同点"，如他们"都向当局要求思想自由"，都主张文学"为人生"，一致反对"为艺术而艺术"等等①。最早从这一思路进行研究的是魏绍馨先生，他在20世纪80年代出版的《中国现代文学思潮史》中，也强调"从文学观来看，梁实秋与革命的文学家们不是越来越远，而是越来越近了，虽然这是论战的双方都不肯承认的"②。其实从论争双方的观点上寻找共同点并不困难，关键要看这些"共同点"是不是根本性的，它能否消弭在原则性问题上的裂痕。从事实上看，双方的分歧远远大于共同点。

其四，"乏走狗"与"乏牛"之争。

鲁迅的《"丧家的""资本家的乏走狗"》一文以其缜密的逻辑和睿智、讥讽的论辩语言，成为让人惊叹不已的名文。但在人们惊叹鲁迅笔如利刃的同时，也为梁实秋鸣不平："鲁迅在论战中用了非学术手法，嬉笑怒骂，含讽带刺，杀伤力极大。尤其是新中国成立后他的这篇明显带有贬损人格的文章长期作为中学教材，一代又一代青少年知道了这个人，至少有上亿人知道'乏走狗'是梁先生的代名词，极左政治和奴性文学共同扭曲了梁实秋的真实形象和真正贡献。梁实秋被'妖魔化'了。"③这位作者试图为梁实秋"平反"的愿望是很强烈的，只是此处的"奴性文学"不知何指，鲁迅这篇文章无论如何也不能称为"奴性文学"吧？还有一位学者也表达了相似的看法：

> 左联时期的论争，梁实秋诚然有错误，但这主要是在自由主义思想范畴内的错误，是自由主义文艺思想的错误。鲁迅对新月社批评家的批评……打中了那些完全倒向国民党的人的要害，但并不切合梁实秋的实际，尤其不能切合他后半生的实际……总观他的一生，还是一位始终坚守自由主义阵地的学者、教授，虽然思想中间偏右，但还不是为国民党政府"维持治安"的"刽子手和皂隶"。④

---

①蔡清富：《鲁迅梁实秋"人性"论战评议》，载《鲁迅研究月刊》，1998(6)。
②魏绍馨：《中国现代文学思潮史》，浙江大学出版社，1988年版，第273页。
③刘川鄂：《梁实秋与中国自由主义文学》，载《文学评论》，2006(1)。
④林志浩：《谈鲁迅与几位文化名人的论争》，载《鲁迅研究动态》，1988(7)。

作者认为鲁迅对梁实秋的攻击有不切实际之处。新时期以来，这类文章出现了数篇，反映了梁实秋研究获得了较大的自由度，学者开始摆脱人云亦云的政治思路，独立发表自己的见解了。

单纯从鲁迅这篇《"丧家的""资本家的乏走狗"》来看，文笔毒辣，涉嫌人身攻击，自然不值得颂扬。更何况梁实秋后来在散文创作和文学翻译方面成就卓著，将"乏走狗"作为对他的终生定评难免有失公允。其实早就有人抗议了："以鲁迅的只字片语给人定论是'凡是论'的翻版"，"应该以历史唯物主义态度爱国主义标准评价现代文化名人"[①]，这自然是不错的。但对这一事件进行评论的前提是要弄清楚历史的本来面目，以免颠倒是非、凌空虚蹈。要搞清事实真相就要对史料进行搜集、整理，只有在完备的史料基础上，才能谈得上公正的研究。在资料的整理方面，近年来出版了四种资料集：陈漱渝主编的《一个都不宽恕——鲁迅和他的论敌》（中国文联出版公司，1996 年版），李富根、刘洪主编的《恩怨录——鲁迅和他的论敌文选》（今日中国出版社，1996 年版），以及黎照编辑的《鲁迅梁实秋论战实录》（华龄出版社，1997 年版），李正西、任合生编的《梁实秋文坛沉浮录》（黄山书社，1992 年版）。这四部书为人们理解鲁、梁论战提供了方便。但遗憾的是，仍有学者发现这四部书遗漏了一篇重要的文章，这就是发表于《新月》第 1 卷第 10 号"零星"栏署名"实秋"的《一篇〈自序〉》。在这篇文章中，梁实秋不仅暗示鲁迅"从前和某性质的系联络，近来又和某颜色的党接近"，而且骂鲁迅是"疯狗"，有"猫性"和"鼠性"。发现这篇"名文"的张永泉先生分析说：

> 明眼人不难看出，这是一篇含沙射影之作，其矛头直指鲁迅。……然而就其品味来说，实在算不上说理论争的文字。可以说，通篇都是歪曲、攻击、诋毁、漫骂。语言之恶毒，用心之险恶，手段之卑劣，都已到无以复加的地步。这是一个典型的不折不扣的文人骂街的范本。[②]

这篇文章写在鲁迅那篇《"丧家的""资本家的乏走狗"》之前，两相对比，哪一个用非学术手法施行人身攻击，哪一个更卑劣、无赖，都一目了然。那些认为梁实秋宽容、敦厚，有绅士之风的人，在这篇文章面前不知做何感想？鲁迅发表

①黄平：《徐铸成称应以历史唯物主义爱国主义标准评价现代文化名人》，载《鲁迅研究动态》，1988(7)。

②张永泉：《鲁梁论争史上一篇佚文》，载《鲁迅研究月刊》，1999(6)。

了《"丧家的""资本家的乏走狗"》后，梁实秋发表了《鲁迅与牛》，给鲁迅画了一幅"乏牛"的画像，"于是在中国现代文学史上留下了两张漫画：乏狗与乏牛。一个有主子，所尽的是职责；一个有主顾，表达的是牺牲"[①]。

学者们在研读当年这些论争文章的时候，都注意到了一点：梁实秋在文章中反复暗示鲁迅靠拢共产党。钱理群先生在谈到该问题时就指出：

> 鲁迅的《"丧家的""资本家的乏走狗"》这篇文章在这些年来一直受到尖锐的批评，并被很多人拿来作为鲁迅的"局限性"("偏激"呀，"粗暴"呀，"不宽容"呀，等等)的"有力"证据；其实，只要看看十数年文坛的风风雨雨，有那么一些人总要借政治权力来打倒自己的论敌，便可知道，鲁迅对这类社会(思想)典型的概括仍然具有生命力，是绝非一句"局限性"就能抹杀的。这就说到了问题的另一面："漫骂固然冤屈了许多好人，但含含胡胡的扑灭'漫骂'，却包庇了一切坏种。"[②]

薛毅对该问题的论述也切中肯綮：

> 鲁迅以《"丧家的""资本家的乏走狗"》一文，为梁实秋画了一幅绝妙的画像。这文章因所谓过分"刻毒"的"辱骂"让君子们不以为然。但是，鲁迅所做的，无非是对梁实秋言语的另一种概括而已，每一种判断都有依据。梁实秋以资产阶级为文明的基础，拥护资产，而富人为绝顶聪明的人，因而该富，穷人为蠢笨如牛的，因而活该受穷。梁实秋视这种制度为理性的文明的。这类言语，自然对资本家有利，而梁实秋对穷人的蔑视，也时时处处流露出来。在这种语境下，送其一个走狗的称号，是非常贴切的。而且，只要看看梁实秋如何暗示鲁迅与左翼知识分子与共产党的关系，而在30年代，与共产党的关系可招致杀头之罪，也就可以知道，鲁迅的断语，较梁实秋的暗示，是客气得多了。[③]

梁实秋从最初诋毁鲁迅的文章《北京文艺界之分门别户》到《鲁迅与牛》，始

---

①林贤治：《人间鲁迅》，花城出版社，1998年第2版，第854页。
②钱理群：《恩怨录——鲁迅和他的论敌文选·序三》(上卷)，今日中国出版社，1996年版，第9页。
③薛毅：《鲁迅的文化论战》，载《中国现代文学研究丛刊》，2001(3)。

终赤裸裸地向当局暗示，鲁迅是危险分子，这种指证比鲁迅及左翼文人骂他是资本家的“走狗”要阴险、歹毒得多，也有失文人的厚道。

一些学者仅看到梁实秋批判国民党的文化专制，为当局查封左翼文学鸣不平，而没有看到梁实秋更为阴险的一面；只看到梁实秋高度评价了鲁迅的杂文，称鲁迅为五大散文家之一，而没有看到他晚年一直坚持的观点：

> 鲁迅没有文艺理论，首先是一团怨气为内容，继尔是奉行苏俄的文艺政策，终乃完全听从苏俄……的操纵。
>
> 鲁迅的杂感多属断片性质，似乎是兴到即写、不拘章法，可充报纸杂志的篇幅，未必即能成为良好的文学作品。[①]

据此有学者指出，梁实秋即使抵台后，“对鲁迅的态度确实没有丝毫改变”[②]，仍然充满了敌意和谤伤。

将梁实秋一生所写、所说的有关鲁迅的文字放在一起，人们不难发现其中存在着很多矛盾，研究者如果站在矛盾的一边，忽视了另一边，就容易得出片面的结论。陈平原在“鲁迅与中国现代文化名人”讨论会上的发言，也许能给研究者某些启发：

> 这近百年的学术论争，常有借政治势力来做结论的，这很可悲。既影响论争的学术质量，也影响论争者的气量和风度。如今到了在学术界提倡“费厄泼赖”(Fairplay)的时候了。多一点理解，多一点宽容，多一点君子风度，这对于先天性地充满火药味的现代文学界来说，也许不无好处。[③]

在一些学者争相对鲁迅和梁实秋之间的是非恩怨进行评说的时候，也有人悬置二人之间的论战，纯粹从学理层面，对鲁迅、梁实秋进行比较研究，以厘清二人在思想、文化、知识背景等方面的异同。尽管这方面的研究论著相对较少，却也显示了一种极为可贵的研究路向，值得珍视。

芦海英在《话语的两个世界——鲁迅与梁实秋比较论》一文中，从“两种相

---

①《梁实秋文集》第1卷，鹭江出版社，2002年版，第617、619页。
②刘炎生：《梁实秋抵台后对鲁迅的态度》，载《鲁迅研究月刊》，1995(2)。
③陈平原：《评价的标准与研究者的心态》，载《鲁迅研究动态》，1988(7)。

异的人性观"、"相差异的文学观念与文学审美特征"两个主要角度，比较分析了鲁迅与梁实秋的差异，认为"鲁迅寻求发展是站在'奴隶'的立场上，提出可以从根本上翻身的主意和目标。而梁实秋在文化精英的立场上，寻求生活的艺术化，以及艺术的生活化。在普通的人生中给人以启示"①。陆道夫《梁实秋、鲁迅人性阶级性论争溯源》一文明确表示："鲁迅与梁实秋关于人性、阶级性的论证牵涉的问题很复杂，有着十分丰富的文化内涵与理论意义，简单地对其功过是非、得失利弊作评价是不妥的，我们应该在当时的历史语境下对其作具体而客观的公正评价，以避免犯形而上学的毛病。"②从这一研究目的出发，作者较为全面地考察了鲁迅阶级论和梁实秋人性论的理论源脉，澄清了一些纠缠不清的问题，很有意义。高旭东则以历时性的眼光，勾画了梁实秋批评思想的演变轨迹，尤其指明了梁实秋面对左翼文学时对自身批评思想的调整，及其自身存在的内在矛盾："梁实秋面对着普罗文学而做的自我调整，仅仅是现实的文化语境使然，而并不是逻辑思想的结果，这对于一个批评家却是致命的，使梁实秋的批评本身也陷入了'浪漫的混乱'。"③

研究者们也注意到，鲁迅与梁实秋有着不同的教育经历和知识背景，因而他们之间的分歧，代表着中国现代两大知识群体之间的矛盾和对立："从论争主体看，这场论争是两大知识群体文化观念、审美情趣差异的必然产物，而梁实秋和鲁迅无疑是这两大作家群落的代表"，这所谓的两大"作家群落"指的是"留日作家群"和"留英美作家群"。"留日作家群""大多怀有愤激反叛的情绪，他们推崇一切反叛性的、激进型的文化，开始多认同尼采，后来大多接受马克思主义。政治上他们趋于激进，艺术上对现代思潮表示了浓厚的兴趣，崇尚一种昂扬、激越的美"；而"留美作家群则不然，他们多数出身士大夫家庭……他们一般没有留日作家那种对民族歧视的敏感和愤激，身上没有留日作家那般凄苦、感伤、凝重"④。这一研究角度新颖，立论虽然不够严谨，但仍能给人以新的启示。

总的来看，从纯粹学理层面对鲁、梁进行深层次剖析，成果还十分匮乏。但

---

①芦海英：《话语的两个世界——鲁迅与梁实秋比较论》，载《彭城职业大学学报》第 14 卷第 4 期，1999 年 12 月。

②陆道夫：《梁实秋、鲁迅人性阶级性论争溯源》，载《广东职业技术师范学院学报》，2002(1)。

③高旭东：《面对左翼：梁实秋文学批评的演变》，载《齐鲁学刊》，2004(5)。

④江胜清：《文化观念、审美情趣的差异与碰撞——梁实秋与鲁迅之争新论》，载《郧阳师范高等专科学校学报》第 23 卷第 2 期，2003 年 4 月。

在笔者看来，该领域的研究，将是鲁、梁关系研究的新的生长点，其中还有许多问题等待着人们深入开掘，正如有人指出的那样："从纯粹阶级斗争、社会斗争的角度还不能完全理解这场论争的独特意义，要理解鲁迅、梁实秋这两位影响颇大的现代人，就还要联系我们至今依然存在的深厚的文化背景，要联系着20世纪中国文化在复杂的中西矛盾中走向现代的艰难过程，联系着中国传统知识分子的复杂的心理结构。"①如果研究者都能意识到这一点，那么该问题的研究前景，还是值得期待的。

随着学界的日渐活跃，梁实秋研究出现了一些新的态势，这为深入研究鲁、梁关系提供了重要前提。但就目前来看，已有研究尚存在以下几个方面问题：

第一，研究范围不够开阔。鲁、梁论争涉及问题多，持续时间长，除上面评述的几个问题外，还有"卢梭与女子人格问题"、"文学批评标准"、"天才论"问题等等，但目前来看，有些纷争还没有引起研究者的足够重视。

第二，研究的思路过于狭窄。很多研究鲁、梁之争的文章，仅仅盯着鲁、梁两个人的文章进行研究、辨析，事实上，鲁、梁之争涉及面很广，在梁实秋周围有《新月》同人的呼应，在鲁迅身旁有左翼作家群的助阵，因而在对鲁、梁关系进行研究时，要将问题置于当时复杂的文化、文学场域，以便能看清问题的复杂性。

第三，目前的研究重是非评判，轻学理透析。从上面的评述中就可看出，评判鲁、梁是非的文章，占了研究论著的绝大多数，而悬置是非，进行比较研究的论著数量很少，而且这类论文也都存在着明显的缺陷，尚不能体现出这一研究视域的广阔前景。

第四，在史料的使用上，多数文章以选本为主，像张永泉先生那样，切实地去爬梳原始史料，并能在史料上又有所发现的文章很少。很明显，如果史料的发掘不彻底，或者研究者在写文章的时候，没有回到历史现场，仅仅根据一些资料选本立论，就很难避免立论的偏至。

纵观近20多年来的研究，大陆学者在重评这一文坛公案的时候，表现得相当慎重和稳健，那种不着边际、妄下断语，或为出风头，故意走偏锋的文章很少见。大多数论著持论中肯，言之有据，力求平正通达。尤其在大量出版的鲁迅和梁实秋的传记著作中，研究者多是对事（史）实的客观呈现，少有谁是谁非的"盖

①李怡：《鲁迅、梁实秋论争新议——关于那段历史的读书札记》，载《赣南师范学院学报》，1997(1)。

棺性”论断，这表现了大陆学者面对文坛纠纷时已从情绪走向了学理，标志着中国现代文学学科的成熟。

第四辑

鲁迅作品与中学语文教学

鲁迅部分名篇导读

鲁迅作品与中学语文教学①

各位老师、同学,下午好!

今天要谈的是关于中学语文教学以及鲁迅作品教学的一些问题,我个人对中学语文教学的了解不多,所以今天当着巴川中学这么多中学语文老师的面,我来谈中学语文教学,确实有一点班门弄斧的感觉,诚惶诚恐,所以我有谈得不对的地方,希望各位老师指出来,我们做一个交流。今天谈不上什么讲座,我就随意聊一下对语文教学的一些思考。虽然我在一线没有从事过中学语文教学工作,但是,在这十年多来,我一直指导我们文学院的教育硕士研究生,而这些研究生大多数来自中学语文教学第一线,所以我大致对其也有一定的了解,因此我也来谈一下我的感受,谈得对的请大家支持,不对的地方,请批评。

我一直认为在中学各科教学中,语文有着特殊性,它不同于数学、物理、化学,甚至政治,它不同在什么地方呢,我认为作为一个语文老师,他是要用心来教的,跟数学不一样,数学老师把数学题讲明白,题目怎么解,定义怎么来即可,但语文老师是用心来教语文的,如果语文老师只是把现成的知识传达给学生,转交给学生的话,显然是不合格的。语文老师要具备多种素质:第一,在教学中,要有感情的投入,用心教学,只有感情的投入,才能把一堂课教好。第二,必须有独立思考的能力,你如果让数学老师在课堂上有独立的思考,这个不太现实,我们中学的数学物理教师,他讲的是课本上现成的知识、定理等,但是语文不一

①本文系2013年5月在重庆巴川中学的演讲,听众是重庆师范大学文学院中学语文卓越教师实验班的同学和巴川中学的语文教师。实验班的指导教师刘中黎教授和实验班的同学记录并整理。因演讲稿太长,此处做了大量删节。特向刘中黎教授以及参与记录、整理的同学表示感谢。

样,每一个语文老师,在讲课的过程中,必须传达出他个人的声音,必须有个人的见解,个人见解靠什么呢?靠个人的智慧,靠知识的积累,所以我对语文认识是这样的:学任何一门课都可以是任务,唯独学语文,它不是一个任务,而是一种享受。如果一个语文老师不是让你的学生来享受课堂,而是来受罪的话,就是失败的,所以我们应该提倡一种快乐的学习,这不是理想或空想,而是可以变为现实的,因为我们课本上选的每一篇文章都是非常出色的,都具有很高的审美价值,都有作者情感的投入。任何一篇文章,哪怕是一篇说明文、一篇议论文也有作者感情的投入,所以语文是一门让学生感受到作者和教师体温的课程,只有有体温的人才是活人,只有有体温的知识,才是活的知识,而不是把一个冷冰冰的概念教给学生。所以当好一个语文老师不容易,他必须是一个有魅力的人,要有渊博的学识和独具个性的思维能力,而不是一个人云亦云的知识的贩运者。第三,语文教师要有良好的语言表达能力,能准确生动地把你要讲的内容传达给学生。以上三个方面的核心是要有个人见解,这一点非常重要,哪怕你的见解是错误的,以你错误的见解能够引发学生正确的见解,你的错误的见解也是有价值的,说得绝对一点:不怕你的见解不正确,就怕你没有见解。更何况在我们文学课堂上并不存在绝对的正确和绝对的错误。举个例子,一个老师给我讲"落英缤纷"一词,给我留下深刻印象。什么是落英缤纷,大家想到的是花瓣飘落的时候,飘飘洒洒非常漂亮,我们从小都是这样来解释的。但是我的一个老师不这样讲,老师说刚刚长出的花瓣叫"落英",就是鲜花初放。刚刚开放的鲜花花瓣非常灿烂,那叫落英缤纷。屈原在《离骚》中说"朝饮木兰之坠露兮,夕餐秋菊之落英"。如果"落英"是飘在地上的花瓣,就意味着屈原趴在地上吃花瓣,这不符合情理。再比方说"落成典礼"一词。什么叫"落成典礼"?刚刚建成的大楼举行一个典礼,这里的"落成"的"落"就是刚刚的意思,所以"落英"就是"刚刚"开放的花。这就是独立思考的结果。

文学是把人培养成人的学问,它教给学生怎么做人,怎么去生活,怎么去审美,怎么去阅读,怎么去感受。所以我想提醒在座的每一个师范大学中文系的学生,一定不要把自己当做一个普通的教书匠,只是把知识传授给学生,把学生的作业改好就完了,不是,你的任务要艰巨得多,你除了教知识之外,你还要教育学生怎么样去对文学、对人生进行审美观照,怎样去体验生活。语文教师一定是一个会思想的老师,是一个会审美的老师,所以每一堂语文课都应该是带着教师情感的课,学生不仅是听你讲什么,他还能在听你讲什么的过程中发现你智慧的闪光，与你分享独到的人生经验。

我想再讲的一个语文教学的体会是给我们在座的学生听的，前年我给一家语文杂志写了一篇文章，题目是《中学语文教学中"唯"方法论的反思》，就是说我们从大学来到中学，跟着一线的老师学习，我们学什么？我把教语文这样一项工作分成两个层面，第一是技术层面，第二是内容层面。技术层面重不重要？很重要，一堂课的导入、课件的制作、提问的设计等，都很重要——方法很重要。但是，我们大家来到巴川中学，一定不要只停留在教学方法的学习上，方法固然很重要，但是这是起点，而不是终点。一个语文老师最后能不能教好学生，决定于他"怎么教"，更决定于他"教什么"。你用了很好的方法、很好的课件、很好的导入、很好的启发式教学，但你给学生的是什么，这是最终起决定作用的。对一个语文教师而言，知识结构和思维方式非常重要。我们离开大学到巴川中学来，我们要向一线的老师学习怎么教语文，同时，我们也要向巴川中学的语文老师学习"怎么去阅读，怎样提高自己的修养，自己如何去备课，自己如何一边教一边学来不断提高自己的能力"，这更重要。所以说，我们不仅要把巴川中学语文老师的教学方法学到手，还要学习他们如何自己学习及提高自己能力的方法，这样我们的"卓越教师培养计划"才算完成。

刚才有老师提到：现在的学生"一怕文言文，二怕写作文，三怕周树人"。其实不只是学生，很多教师也怕。在很多教师眼里，鲁迅像一团雾，深不可测，所以他们或心生恐惧，或心生厌恶。但我觉得，一个中学语文老师能不能讲好鲁迅的课，是考验一个语文老师教学能力的重要指标。朱自清谁都可以讲，徐志摩也没问题，讲《史记》，大家都讲得差不多，如果大家来讲鲁迅的文章试一试，层次之高下立见分晓。

那么，为什么鲁迅难讲呢？主要是因为鲁迅被一些概念、术语、符号紧紧地包围起来，使真实的鲁迅变得模糊不清，让人摸半天摸不到鲁迅的真实躯体。不如朱自清那些有血有肉的身体背影，一旦相遇就会被感动，能体会到作者的感情。那鲁迅呢？我们去读《祝福》，去读《社戏》，感觉发现不了什么问题，这就出了问题。对于鲁迅，由于从"五四"到现在，研究的人很多，又一度被推向神坛，以至于他被一些虚假的概念和符号紧紧地包裹起来，厚厚的包装使鲁迅丧失了真面目。所以，讲好鲁迅作品第一件事就是把鲁迅的面具撕下来，还原他普通人的身份。鲁迅是一个非常普通的人，他和我们唯一不同的是，他辛辛苦苦写了一些文章。

他也不是什么了不起的革命家，他没有参加过什么重要的政治革命，更没有参加过任何政党。据说鲁迅在日本参加过光复会。光复会是一个暗杀组织，徐锡麟和秋瑾都是光复会的成员。在这期间，鲁迅也没有执行过什么革命任务。鲁迅也很难说是一个思想家，为什么说可以说是，也可以说不是呢？因为鲁迅有自己的思想，但他的思想不像马克思，不像黑格尔，不像康德有庞大的思想体系，鲁迅的思想蕴含在他的小说、散文、杂文里面的，像鲁迅这种人，如果说他是一个思想家，他只能是一个诗性思想家。他写的多是1000字一篇，2000字一篇，3000字一篇，甚至500字一篇的小杂文，他没有系统的思想体系，是后人在他的作品里面给他抽绎出的思想体系，所以他是一个思想者，有着独立见解的思想者，一个有思想的作家。这样说，比说一个思想家可能更准确一些。

其实鲁迅的生活非常的痛苦，小时候本来家里很有钱的，但是在1893年，他的祖父被抓进监狱，他到外祖母家去避难，被称为"乞食者"，就是小要饭的，所以他说"有谁从小康人家而坠入困顿的么，我以为在这途路中，可以看清世人的真面目"。我们在《社戏》里面发现鲁迅和小伙伴们偷了六一公公家的豆子，被六一公公问"我的豆子好吃吗"，鲁迅答"好吃"，六一公公说"到底是城里的孩子啊，知道我的豆子好吃"。这不是拍马屁吗，谁不知道豆子好吃呢？这说明一个城里的大少爷回乡下的姥姥家，备受宠爱。但是当祖父进了监狱以后，同样在姥姥家，结果是姥姥不疼，舅舅不爱，被人称为"乞食者"，他很失落。但和他在一起的周作人，似乎就没有这样的感觉。他比周作人大几岁，似乎更敏感。正是这种对屈辱的敏感，使鲁迅到仙台留学后只是待了不到两年的时间，就离开了，后来就开始搞文艺了。到1906年的时候，被他母亲逼着回来，草草地和朱安结婚。据说他母亲以生病的理由让他回来，他是个孝子，回到家看到他母亲身体好好的，婚房都布置好了，可谓"万事俱备只欠新郎"，他只有拜堂入洞房。据当时的人回忆，第二天早上发现他的脸是红的，但那不是口红，是枕巾染的，因为眼泪把枕巾泡湿了，颜色掉下来就把脸染红了。说明新婚之夜，他哭得眼泪滔滔，能不痛苦嘛！一个留学海外的年轻的学生，回到家娶了一个乡下的小脚女人，而且之前也没感情基础。所以鲁迅结完婚就回到日本，直到1909年因为生活困难才回国。

回国后，在中学和师范学堂讲课，后到教育部。从1912年到教育部，一直到1926年离开教育部，鲁迅做了14年的国家公务员。本来教育部的公务员也算是个体面的工作，但是，鲁迅在里面做的并不怎么开心，因为那时的教育部乌烟瘴气，政治也是一团糟。鲁迅说得很实在，他说祖上没有遗产，老婆没有奁田，仅仅为了糊口而已。他也痛苦，没有什么高大的不得了的形象，而在教育部工作期间，他住在绍兴会馆里，坐在一棵吊死过一个女人的树底下乘凉，从密叶的缝里看点点青天。在这期间，他养了很多宠物，养的是壁虎。为什么把壁虎当宠物来养呢？因为这象征着思想黑暗没有希望，完全对生活没有信心，所以他说“我要麻醉自己的灵魂”。他是很痛苦的，他不是很风光的，那时候不是一个高高在上的思想家、革命家，是一个落魄的、很不得志的、为了生存而忍气吞声的知识分子。后来在上海，兼过一段教育部的特约撰述员，后来被取消了，主要靠稿费来养活老婆和孩子，生活并不富有。

针对他的第一次婚姻，后来许广平问他为什么把一个不爱的女人娶回家？鲁迅解释说，认为自己活不长，母亲需要有个人做伴，就把她娶回家了。为什么鲁迅觉得自己活不长呢？两个原因：第一个原因是他参加了光复会，随时要执行暗杀任务，可能是有去无回；第二是他的身体一直不好，加上后来无节制地吸烟，在北京的时候还经常酗酒，所以他的身体经常出问题。总的来说，鲁迅是一个有弱点、不富贵、乐于帮助别人，但又经常被围攻的这么一个颇为潦倒的读书人。所以把华丽的包装撕开后，露出的是一个干瘦的小老头，是和我们一样的人，无非就是多写了几篇文章而已。生前也没有什么荣华富贵，死后被捧得那么高，这似乎也在他预料之中，他为此深感悲哀。鲁迅说：“文人的遭殃，不在生前的被攻击和冷落，而在一瞑之后，言行两亡，于是无聊之徒，谬托知己，是非蜂起，既以自炫，又以卖钱，连死尸也成了他们的沽名获利之具，这倒是值得悲哀的。”鲁迅其实就落在这种境遇里。所以，在讲课的时候，一定要让学生知道鲁迅是一个普通人，非常普通的一个会写文章的人，算是一个正儿八经的文学家而已，文学家有什么好神圣的呢？我们重庆的文学家就有数百个，全国的文学家多得数不清，所以没有什么神奇的。被称为思想家是因为在他死后，人们在其作品中找到思想而已，所以一定要给学生还原一个真实的鲁迅。

第二，要让学生了解鲁迅的基本思想。学生的接受范围是有限的，在学生能够接受的范围内，给学生讲一些鲁迅的基本思想。这有一定的难度，所以需要语文老师自己对鲁迅的思想有一定的了解，如果你不了解就没有办法讲。那么鲁迅的核心思想是什么呢？非常简单，就四个字“启蒙主义”。鲁迅一辈子干的事情就是教化中国民众睁开眼睛找到自己，用鲁迅的话讲就是“立人”。他认为中国是一个奴隶之邦，每个人做着奴隶而不自知。所以要把每一个奴隶唤醒，让每一个人找回自己的尊严和价值，这就是鲁迅思想的核心。怎么来“立人”呢？就要批判，批判我们的历史，批判我们的文化，批判我们的社会，在这个批判过程中，以新思想的光芒照亮黑暗，让每一个人觉醒。他的小说、散文、杂文基本上都是围绕这样一个主题展开的。比如说《药》，这个小说难读吗？很难读。其实小说的主题非常简单，夏瑜作为一个革命者，他是以拯救民族、解放民众为己任的，但他死之后，老百姓干了一件事情：喝他的血。一个为民请命的英雄死后，他的血被他要拯救的人喝了，结果就是一起死掉。所以华小栓死了，夏瑜死了，“华夏”都死了。要救“华夏”怎么救，要启蒙。我们过去说夏瑜脱离群众，他什么时候脱离过群众？夏瑜在监狱里面还要劝牢头造反，他这也是在宣传啊！红眼睛阿义打了他一个嘴巴，他说“可怜，可怜”，老百姓说打了你一个嘴巴，你还说他可怜，简直是疯了。夏瑜作为一个革命者，被夏三爷出卖了，夏三爷得了25两白银，而茶馆的人却羡慕不已，拯救你的人被人出卖了，大家都羡慕那个出卖的人得了25两白银。夏瑜死后，坟墓上有一个花圈，给人带来一点希望。但鲁迅在《呐喊·自序》里说得非常清楚：“我不恤用了曲笔在瑜儿的坟头上添了一个花环。”什么是“曲笔”，就是歪曲事实，说明在真正的现实中，夏瑜的坟头上是不可能有花圈的。花圈怎么来的，是鲁迅自己在作品中献给夏瑜的。鲁迅后来讲了一段话，说人是猴子变的，为什么现在的猴子变不成人了呢，可能是因为今天的猴子里面有一只猴子想变成人，就学人直立行走，其他的猴子看到后，说我们祖祖辈辈都是爬的，你怎么站起来了，就把它咬死了，于是猴子再也变不成人了。这说的是猴子吗？这是说的我们中国人啊，夏瑜就是那只率先站起来的猴子，结果被出卖了，血被吃了，所以说现在这些猴子就永远变不成人了啊！

再说《阿Q正传》，为什么主人公叫阿Q，中国人有这么取名的吗？一个汉字加一个英文字母？原来我以为中国只有阿Q是这样取名的，后来有了大S、小S，阿Q不再孤单了。但这个名字依然很古怪，所以鲁迅在小说里面有解释：阿Q（读Quei），如果是八月生的就应该是“桂花”的“桂”，如果有个弟弟叫阿富，便是富贵的“贵”，可惜都查无实据。我们想鲁迅是在写小说，他叫什么不是小说家说了算嘛，绕那么多弯子干什么呢？肯定是想好了这个人名，又觉得太古怪，编一段说辞来解释，这是小说家放的烟幕，背后一定有别的含义。著名的哲学家侯外庐说“Q是question的第一个字”。《阿Q正传》是一部关于中国问题的小说。周作人的解释是：Q是中国男人的头，前面光光的，后面留着一个小辫子；还有人说，阿Q就是“阿鬼”等。侯外庐说的中国问题是什么呢？答案就在《阿Q正传》里面，

那么它的核心是什么呢?就是“精神胜利法”。在小说中,“精神胜利法”有多种表现形式:

第一种:“想象”。当他被人打了的时候,他就说一句“儿子打老子”,一想被儿子打了,虽然屈辱,但想象着有这么一个儿子,还是很知足的。这是靠想象来自我安慰。但有的时候想象是无法解决问题的,这种情况下就有了第二种表现形式:转移。小说写了一个叫假洋鬼子的人,他留学回来,没有辫子,他老婆跳了三回井,阿Q认为不跳第四回就不是好女人——阿Q要求太高了!由于对假洋鬼子很不屑,所以阿Q每次见到他都骂“秃驴”——当然是在“肚子”里骂。但有一次不小心骂出了声音,被假洋鬼子听见了,就被假洋鬼子打了。由于假洋鬼子用“哭丧棒”打在阿Q的头上,很疼,所以他想“被儿子打了”? 也不行,儿子打老子哪能这么重?这一次他经历了无处发泄的痛苦。就在这个时候,他看见了小尼姑,一下子就高兴了,心想:“我不知道我今天为什么这样晦气,原来就因为见了你!”明明他挨打在先,看见小尼姑在后,但他还说都是因为碰见了小尼姑。于是他径直走过去就捏了一把小尼姑的脸,说:“秃儿!快回去,和尚等着呐!”小尼姑自然没有反抗能力,于是他获得了完全的胜利,这叫什么呢? 这叫“转移”。

我们再说这个小尼姑。小尼姑一大早去买菜,碰到了阿Q,不仅被摸了脸,还被造谣说跟和尚不清白,小尼姑一定很痛苦,怎么办呢? 不要紧,还有小小尼姑。我们可以想象,等小尼姑回到庙里碰到小小尼姑时,她会说:“我不知道我今天为什么这样晦气,原来就因为见了你! ”这小小尼姑又不敢反抗,这小尼姑就舒服了;但是小小尼姑又不舒服了,这是招谁惹谁了,一大早就被师姐骂了? 不要紧,下面还有小小小尼姑……这就是中国社会的等级结构,中国就是这样的一个社会,自己被别人吃,也可以去吃别人,所有的人都是受害者,但又都是害人者,看上去大家都扯平了,社会也就稳定了。这里反映的就是“转移”。但是有时候转移也是有局限的。比如阿Q在赌博的时候,一大堆白花花的洋钱被人抢走了。当时是晚上,小尼姑也没有碰上,他一个人站在那里,茫然无措,深深感到失败的苦痛。怎么办呢? 他又有了新的办法:在自己脸上打一个嘴巴,仿佛打的是一个阿Q,被打的是另一个阿Q,过了一会,仿佛自己打的别个一般:你抢了我的钱,我给你一个大嘴巴,我们扯平了,虽然自己的脸上火辣辣的。这就是“精神胜利法”的第三种表现形式:“自虐”,是弱者获得心理平衡的手段。

第四种手法:革命,以极端的手段获得极端的权力。在阿Q关于革命的梦境里,他做了三件事情,充分显示了他参加革命的用心。在他的梦里,革命已经成功,未庄的一伙鸟男女全都跪下叫到"阿 Q,饶命"!阿 Q 神气地想:"谁听他!"他很快就开出了第一张死亡名单:第一个该死的是小 D 和赵太爷,还有秀才、假洋鬼子,最后还有王胡。这个王胡是个落魄的人,小 D 也跟他一样,为什么他要把王胡和小 D 跟赵太爷之流开列在一起呢?因为他跟王胡是有宿怨的。有一次他们比赛捉虱子的时候,王胡捉的虱子又多又大,放到嘴里咬得毕毕剥剥地响。阿 Q 捉得没有王胡的多,咬得也没有王胡的响。这事让阿 Q 很受伤。所以当他革命成功之后就立即想着把他杀了。为什么要杀小 D 呢,这源于阿 Q 的恋爱风波。阿 Q 曾经向吴妈求过爱,他的求爱方式也很有特点:中西结合的求爱方式。他求爱的第一步是扑通跪下,这是西方的礼节,中国的男人是不轻易给女人下跪的。但是据说现在却越来越多了,说明中国现代化的程度越来越高了。按照西方的规矩,跪下之后就应该给她朗诵一首诗,或唱一首歌,比如《老鼠爱大米》啊什么的,但是他却说了一句地地道道的具有中国特色的语言:"我和你困觉。"我想人们看了这小说后,没法再谈恋爱了,因为天下所有男人向女人求爱的时候,心理都藏着这句话,但都不说出来。只有阿 Q,直奔主题,所以说阿 Q 是中国第一"诚实哥",一句话戳穿了天下男人向女人求爱的秘密,这就是反讽的效果。

阿 Q 经过这件事以后,在未庄再也没有人敢雇他打短工了,连八十的老太太见了他就躲,这让阿 Q 很生气,他想:"怎么没人找我干活呢?"他观察发现,小 D 去干了。根子就在这里,小 D 在他遭遇"桃花劫"的时候,乘人之危,抢了他的饭碗,所以革命成功的第一件事就是杀掉他,理由就这么简单。至于赵太爷之流,他们都比阿 Q 有钱,这就足以成为被杀的理由了。我们会发现,这个名单没有阶级的标准,没有是非的标准,没有正义的标准,没有善恶的标准。标准只有一个:我喜欢谁就是谁,不喜欢就杀掉,非常简单,独裁者,全这样。

那么,杀人之后呢,就直走进去,打开箱子,元宝、洋钱、洋纱衫……把秀才娘子的宁式床搬到土谷祠,此外便摆了钱家的桌椅,或者用赵家的罢。叫小 D 来搬,要搬得快,搬得不快打嘴巴……那一副嘴脸就出来了:劫掠财物。这就是他参加革命的第二个目的。那第三个目的呢?他就开始动脑筋,说假洋鬼子的老婆和没有辫子的男人睡觉,不是好东西,他还记着这个茬呢!这说明阿 Q 选女人,他不光要求长得好,还要求政治素质高。说秀才的娘子是眼胞上有疤的,形象不好。说邹七嫂的女儿太小,过两年再说,他倒是有耐心!吴妈好久不见了,可惜脚太大了。当初想跟人困觉的时候,没嫌人脚大,但现在不一样了,阿 Q 革命成功了,当然要求就高了。

阿Q革命成功之后，要做三件事：杀人，抢劫，霸占女人。阿Q革命如果真的成功的话，未庄会变成人间地狱的。在阿Q革命的这个梦想中，鲁迅揭穿了中国三千年历史的本质：所有的农民起义都是阿Q革命。这种革命，鲁迅称之为“奴才式的革命”。

好了，我们开始理理，在阿Q革命这个地方，鲁迅揭穿了中国三千年社会变迁的本质。在阿Q“精神胜利法”的转移这个链条中，鲁迅揭穿了中国社会等级制的本质，在想象和自虐中，鲁迅解释了弱者无奈的生存策略，以及在压迫下所形成的病态心理。由此构成了个人、历史和社会这三个点的深入突破。

为什么说《阿Q正传》是一个关于中国问题的小说？原因就在这里。所以鲁迅说中国社会是什么，吃人。什么叫吃人？吃人的重要的含义就是阿Q与假洋鬼子、小尼姑构成的这个链条：精神虐杀。鲁迅在他的杂文里，对此进行了深入分析。鲁迅在杂文《春末闲谈》里面提到一个小动物，叫“细腰蜂”，也就是蜾蠃。细腰蜂在南方比较多，夏天在桑树下乘凉的时候，经常见到两只细腰蜂将一只小青虫抬着回家。细腰蜂把这个小青虫弄回家是干什么用呢？中国古人是这么解释的：传说细腰蜂纯雌无雄，不能繁殖后代，就像女儿国一样。她们将小青虫抬到自己的家里面（它有家吗？），做一个窠，把小青虫装在里面。然后呢，两个细腰蜂，一头一个，每天用爪子敲这个窠，一边敲一边说：像我，像我，像我……敲七七四十九天以后，这个小青虫呢，就破茧而出，变成一个细腰蜂。所以，《诗经》里有“螟蛉有子，蜾蠃负之”的话。鲁迅说，这个传说太美好了。当你看到两个细腰蜂去抬一个小青虫的时候，仿佛对它说：“孩子啊，给我当闺女去吧，当闺女去吧！”结果这小青虫还不答应，进行反抗，真是不识抬举的毛丫头！但是，到了后来，科学发展了，人们才知道：细腰蜂把小青虫抬回去之后，用毒针在小青虫的中枢神经上轻轻蜇一下，小青虫就彻底被麻醉了。然后，细腰蜂就把卵产在小青虫身上，这个卵是一边长，一边吃。由于小青虫没有死，所以肉总是新鲜的。因为这个小青虫被麻醉了，所以它没有任何的反抗能力。鲁迅为什么讲这个故事呢？他说：中国的统治者对付中国的老百姓，用的就是“细腰蜂战术”：让你也不死，也不活，想怎么吃你，就怎么吃你。这就是鲁迅说的“精神虐杀”。

鲁迅在另一篇杂文《夏三虫》中说：夏天三样虫子特别多：苍蝇，蚊子，跳蚤。如果有人问我喜欢哪一种，必须选一种，不能像“青年必读书”一样交白卷。鲁迅说，那我就喜欢跳蚤。为什么喜欢跳蚤呢？这个苍蝇很可恶，吸你一点油汗，把屎还拉在人脸上，这个不好。蚊子，蚊子对着你来干什呢？目的很明确，来喝你的血的，但它并不马上喝，而是围着你嗡嗡地发一通议论，喝得你口服心服。还是跳蚤来得爽快，逮着你就来一口，吃完之后，跑掉了，这个很好。这里说到的蚊子，就影射了中国的统治者。所以说，鲁迅的思想很深刻，但他是用文学的形式来表达的，非常容易理解。

最后，也就是第三个大的方面，语文教师要有能力解读鲁迅的文本，让学生感受到鲁迅作品的艺术魅力。这里我想强调一下：我觉得考察一个中学语文老师的水平，有一个重要的标准，就是要看他的文本解读能力。在中学教材上的所有文本里面，最值得解读的是鲁迅的文本。文本解读需要长期的训练，需要很好的阅读能力和较为深厚的理论素养。用一个比喻来说，把一个文本想象成一个保险柜，一个语文老师，要表演给学生看，你是怎么把这个保险柜打开的，让学生看到保险柜里面的金条和钻石。但是呢，这个保险柜有各种各样的。比如说，像朱自清的散文这个保险柜，不用打，它本身就没上锁，一掀就开了；有些保险柜连箱盖都没有，学生一看就知道里面装的是什么，就不需要讲。而鲁迅的文本，是一个非常复杂的保险柜，你的手法不高超，你打不开，但你一旦打开，就会看到全新的景观，里面装满了你从来没有见过的珍宝。所以，鲁迅的文本如果讲不好，就是语文教学的失败。因为鲁迅是20世纪真正的先锋艺术家，后世作家很难超越他。这是后人之幸，也是大不幸。幸，因为有法可师；不幸，因为难以超越，这是一个矛盾啊。从这个角度来说，鲁迅的确让人又爱又恨啊。一些当代作家，对鲁迅很不屑，我想不是出于自信，而是出于自卑吧。

前些年，周星驰拍了很多“无厘头”电影，大家都把它称为“后现代电影”；再后来，我们看到一部电视剧叫《步步惊心》，讲穿越的，也很有影响。可是，你看看《故事新编》就知道，什么“后现代”，什么“穿越”，全是鲁迅玩剩下的，鲁迅写大禹治水的那个年代，人们见面打招呼都是“古貌林”(good morning)和“好杜有图”(how do you do)；在庄子那个年代，庄子一吹哨，来了两个警察，把那个复活的骷髅带走了。周星驰有那么穿越？没有！所以，当代艺术家，无论怎么创新，你回头发现，鲁迅那儿都有，这的确是够让人郁闷的。

当代著名作家余华曾说过一句话：“一辈子也赶不上鲁迅”，这话很有自知之明，但也确实是一件很悲哀的事。这都说明了鲁迅作品在艺术上的原创性。好了，我们还是回到鲁迅文本解读这个问题上来。

怎么来解读鲁迅的文本是一个很大的问题。这需要借助于一些理论，同时还要借鉴鲁迅研究界的最新成果。你能解读文本，同时你还要让学生听得明白，这是最关键的。因为你面对的是中学生。你讲得天花乱坠，学生全听不明白，那不白费了吗？所以说，你要讲透彻，还要让学生明白，这个很难。下面我以鲁迅的几篇小说为例，谈谈文本解读的问题。先说《药》，这篇小说大家一定很熟悉。那我先问一个问题：《药》里面的主人公夏瑜是以谁为原型的呢？（学生答秋瑾），是以秋瑾为原型。这个大家都知道，但我要问的是：有什么证据？这个大家是否清楚？还是我说一下吧。此说最直接的证据是，秋瑾被杀以后，一个名叫无生的小说家，写了一篇小说，叫《轩亭复活记》，1907 年发表在上海的《女子世界》杂志上。里面的主人公叫夏瑜。后来这篇小说出版单行本，小说的题目变成了《秋瑾再生记》，小说的人物改为秋瑾。同一篇小说，原来的主人公叫夏瑜，后来主人公叫秋瑾。所以鲁迅不是第一个用"夏瑜"来指代"秋瑾"的人，这才是铁证。我们遇到问题的时候，要落实清楚，不能似是而非。

我们说这个文本是比较复杂的。这个文本有很多种读法，我们现在就用最简单的读法。小说就是叙事的艺术，小说讲叙事，有叙事人称、叙事角度、叙事时间，还有一个叫叙事频率。叙事频率一般有几种：第一种是把发生一次的故事讲一次；第二种是把发生一次的故事讲 N 次；第三种是把发生 N 次的故事讲一次；再就是把发生 N 次的故事讲 N 次。《西游记》相当于把发生了 N 次的故事讲了 N 次。一般的小说大多都是把发生一次的故事讲一次；但也有一种小说，把发生一次的故事讲 N 次，比方说，日本黑泽明的著名电影《罗生门》，是典型的把发生了一次的故事讲了 N 次。那么《药》这个小说呢，我们就可以把它理解成发生了一次的故事讲了 N 次。发生了一次的故事是什么呢？就是夏瑜被杀。整个小说，就这么一件事。小说有四章，分别把这个故事讲了四次，变成四个版本，你加以比较，就能了解鲁迅要表达的意思。关于这个问题，后来我发现我的朋友叶世祥教授写了一篇文章，专门讨论这个问题，大家有兴趣可以找来看看。我觉得他讨论得已经很到位了，这里就不再重复了。这就给我们提了一个醒：我们要关注鲁迅研究界的成果，以改善和优化鲁迅作品的教学效果。其实很遗憾，长期以来，鲁迅研究界和中学语文教学是完全脱节的，这种状况应该改变，也必须改变。

在细节部分，比方说这个小说到最后，出现了一只乌鸦。这个乌鸦象征什么，怎么来解释呢，我们需要的是每一个人有每一个人的解释。首先，我个人认为，乌鸦什么也不象征，它就是一只乌鸦。在坟地里面见到一只乌鸦，难道很奇怪吗？很正常，如果见到的不是一只乌鸦，如果是一只海鸥、一只喜鹊，那大有文章。清明节上坟在树上看见一只乌鸦，你有什么好奇怪的呢？太多了，完全没有特别含义，渲染气氛而已，这是第一种理解。我们经常在鲁迅的文字里面瞎穿凿。很多人说乌鸦象征革命者，大家都知道一句俗话：天下乌鸦一般黑。乌鸦是革命者，那是什么意思？这个乌鸦如果一定要找它象征什么的话，你要从乌鸦身上做文章。乌鸦在所有的鸟儿里面，一个最大的特点是什么呢？大家都知道是黑。除了黑之外还有什么？传说乌鸦是一种反哺其母的鸟儿，所以我们中国有一词叫做"慈乌"。乌鸦是一个知道孝敬母亲的鸟，这就有意思了。两个老太太，来给她们早死的儿子上坟，养儿是干什么的？是来孝敬自己的，现在，两个老太太给自己唯一的儿子来上坟，而树上站着的是一只知道孝敬老娘的乌鸦，你这样一联系，悲凉感油然而生。对文学来说，感情比思想重要。要学会体验，学会感受，用心去贴近作品。有时候文学作品，你越理性去靠近它，它离你越远；用感性去体验它，它离你会更近。

我们再举一个例子，《阿Q正传》，回到小说文体上来说，《阿Q正传》这部小说最大的特点就是文不对题。什么叫文不对题呢？《阿Q正传》，什么是正传，什么是传？传记必须具备几个条件：第一，传记的传主必须有巨大的影响或者有非凡的业绩，是不是这样？我们在座的各位到目前为止，大家都还不太适合被人写传。你说："哎呀，张老师，我很喜欢你的，我给你写个《张全之传》吧。"那不行，这个不是你想传就传的。传记是一种非常势利的文体，所以可以写《莫言传》、《余华传》，但我们这些人目前来看，还都不能作传，但愿在座的诸位将来能有被传的资格，我是不行了。阿Q是个什么人呢？阿Q能做传吗？不能。第二，传记要求一个核心的问题是必须真实，还必须具体，你要给这个人写传，这个人叫什么？姓什么？父母是谁？家住哪里？年龄多大？必须清楚。我们在《阿Q正传》里发现什么呢？阿Q姓什么？不知道，自己有回说姓赵，后来不敢说了。阿Q叫什么名字呢？不知道，鲁迅说查来查去查不着。阿Q父母是谁？不知道。祖上是哪里？不知道。多大岁数？不知道。一个人给人家写传记，人家叫什么名他不知道，多大岁数也不知道，家住哪里不知道，父母是谁不知道，这还能传么？他偏偏传了。第三，非凡的业绩。鲁迅倒是用了很多堂而皇之的标题："优胜纪略"、"恋爱的悲剧"、"生计问题"、"大团圆"等等。全是大而无当。恋爱的悲剧，他那叫恋爱吗？因为这件事，没人请他打工了，阿Q肚子饿，就出了"生计问题"。最后"大团圆"，结果是上刑场。所以《阿Q正传》是一部从文章标题到各章节标题和内容完全不符的作品，是典型的文不对题的小说。这很容易理解，妙就妙在这个文不对题上，文不对题，为什么是好作品呢？名曰"正传"，实为"反传"，它是一部反传记的传记文学，完全违反了写传记的一般规则，这叫反讽的艺术。我们大家想一下过去看过的一个小品，陈佩斯和朱时茂演的《主角和配角》，大家回忆一下，当陈佩斯换上朱时茂的那身军装的时候，观众哄堂大笑。笑什么呢？陈佩斯这个人，和这身衣服完全不搭调。《阿Q正传》就是这么一部不搭调的小说，堂而皇之的传记文体里边装着一个流浪汉式的中国贫农，那是什么效果呢？反讽的效果。大家再去想想《堂吉诃德》就明白了。

所以我们要在文体上下功夫，对这个文体进行分析，让学生感受到鲁迅小说艺术的原创魅力，这样才能引领学生进入鲁迅的文学世界、思想世界，才能让学生去贴近鲁迅的人格和思想。今天说的就是三个大方面的内容：一是把鲁迅拉下神坛，还学生一个真实的鲁迅；二是尽可能让学生理解鲁迅的思想；三是让学生体会鲁迅作品的艺术魅力。我觉得这是中学教鲁迅作品必须做到的三个层面。这当然是我个人的一个简单想法，不一定合适，还请多批评。

那我就说这些吧。好，谢谢大家，谢谢。

（提问环节从略）

鲁迅部分名篇导读[1]

一、《狂人日记》："中国人尚是食人民族"

《狂人日记》是《新青年》揭载的第一篇白话小说，也是中国现代小说的奠基之作，充分体现了鲁迅小说的"忧愤深广"和"格式的特别"。《狂人日记》发表于1918年5月的《新青年》杂志，当时正值五四白话文运动的高峰期，文白之争成为人们关注的热点，而《狂人日记》则巧妙地采用了"文言＋白话"的特别格式：用一个文言小序，引领了13则白话日记。"小序"逻辑清晰，叙事完整，是一个正常人的世界。它指明13则日记乃一迫害狂患者所写，"语颇错杂无伦次，又多荒唐之言"。"余"撮录数则，"以供医家研究"，这等于全盘否定了日记的意义和价值。而日记则通过狂人的"多疑"和非逻辑性联想，彻底颠覆了正常人世界的正常性：他们正在酝酿实施一起吃人的阴谋。"小序"和"日记"之间由此构成了一种对抗和颠覆关系，这不仅将外在的文白之争内化为文本的内在冲突，而且也使小说内部建立起了一个矛盾构架："小序"和"日记"之间的紧张关系，既相互对抗消解，也通过对抗不断衍生出新的意义，由此形成了延展无限的阐释空间。

作为小说主体的13则日记，以其强劲的冲击力不断挣脱"小序"的框范，展现自身的文本独立性：狂人的疯言疯语，不是患者的臆想妄断，而是洞察历史与现实的真知灼见，因为他于疯狂中发现了一个被掩盖已久的事实：吃人。历史上记载着种种吃人的事实，现实中的吃人事件也正在发生，狂人马上想到自身的

[1]以下8篇导读文章，乃受王泽龙教授委托，为《中国现代文学经典作品选讲》写的稿件，见王泽龙、李遇春主编：《中国现代文学经典作品选讲》，华中师范大学出版社，2009年版。

安危:“他们会吃人,就未必不会吃我。”这种联想固然缺乏逻辑上的严密性,但以此眼光打量周围的人,他发现:“他们的牙齿,全是白厉厉的排着,这就是吃人的家伙。”狂人发现了一张由“无主名无意识杀人团”构织的罗网,同时也识破了吃人者的贪婪和猥琐——他们想吃人,但又不想担吃人的罪名,只好逼被吃者自戕。他们像“海乙那”一样,“只会吃死肉的”!在鄙夷吃人者的时候,狂人并没有放弃对他们的“劝转”和拯救:“你们立刻改了,从真心做起!你们要晓得将来是容不得吃人的人……”但他们已经给他准备下了“疯子”的罪名,所以他所有的话都是“疯话”,只能成为人们的笑料。就像《药》中人们把夏瑜当成疯子一样,狂人的“劝转”成为鼓励他们吃人的反向推动力(能听一个疯子的话吗?)。当狂人和民众以“吃人/被吃”的关系对立着的时候,这重关系突然又出现了逆转:狂人发现自己也是一个吃人者,这就意味着他对吃人者的嘲笑和批判,如同逆风射出的冷箭,最终刺向了自己的心窝。也许在中国这样一个社会中,没有人是无辜的:“四千年来时时吃人的地方,今天才明白,我也在其中混了多年”,“当初虽然不知道,现在明白,难见真的人”!狂人对吃人者的审判最终变成了自审,充分说明了鲁迅对自我灵魂的解剖和企图“肩住黑暗的闸门”的原罪意识。

在给朋友的一封信中谈到《狂人日记》的时候,鲁迅说:“后以偶阅《通鉴》,乃悟中国人尚是食人民族,因此成篇。”[①]在一个食人民族中,有谁会是干净的呢?也许只有尚未被污染的孩子了,于是狂人只能无奈地喊一声“救救孩子……”这不是对希望的呼唤,而是绝望中的呐喊。

自《狂人日记》开始,鲁迅对中国人吃人的控诉,成为其启蒙思想的核心主题。

二、《阿Q正传》:“画出这样沉默的国民的魂灵来”

《阿Q正传》最初分章发表于北京《晨报副刊》,自1921年12月4日起至1922年2月12日止,每周或隔周刊登一次,署名“巴人”,鲁迅自己说是取“下里巴人”之意。《阿Q正传》是中国现代文学史上最伟大的小说,“也是鲁迅解剖‘国民性’、塑造不朽的人物典型的最杰出的作品”[②]。鲁迅在为《阿Q正传》俄文译本写的序言中强调,他“要画出这样沉默的国民的魂灵来”,阿Q就是“国民魂灵”

---

①《鲁迅全集》第11卷,第353页。

②杨义:《中国现代小说史》第1卷,人民文学出版社,1986年版,第162—163页。

的典型,在他的身上凝结着鲁迅对中国国民性最深刻也是最沉痛的思考。在现实生活中,阿Q是一个弱者,处处受到戏弄和欺凌,但他却独能于失败中获得胜利的快乐,靠的就是"精神胜利法"。从心理学上来说,"精神胜利法"就是指个人在瞬息之间将生活中的弱者地位转化为想象中的强者地位,在"心造的幻影"(鲁迅语)中求得暂时的心理平衡。但小说不是论文,它需要将思想化为形象,将理念铺展为情节。从整篇作品来看,鲁迅通过四类情节表现了阿Q"精神胜利法"的四种实现方式:

第一种,想象:这是实现"精神胜利法"最简易、最直接的方式,也是阿Q最常用的方式。阿Q穷困潦倒,但与别人发生口角的时候,间或瞪着眼睛道:"我们先前——比你阔得多啦!你算是什么东西?"或者会想:"我的儿子会阔得多了!"他由此获得了不把未庄人放在眼里的资本。有时被人打了,他以一句"儿子打老子"来获得胜利的欢欣。这种想象胜利的方式,造就了不敢正视现实、不敢面对苦难的怯懦人格,使人能够在苦难与屈辱中幸福、麻木地苟活下去。

第二种,转移:通过欺辱更弱小的对象来获得胜利的快感。阿Q被王胡拉到墙上碰了五个响头之后,又被"假洋鬼子"用"哭丧棒"痛打一顿。他记忆中平生的两大屈辱先后发生了,阿Q感到有些不平。这时他碰到了小尼姑,便以极为恶劣的方式对小尼姑进行欺凌,他获得了完全的胜利,所有的屈辱都在胜利的喜悦中烟消云散了。我们可以猜想:小尼姑无辜被阿Q欺凌,心中的愤怒无处发泄,但她可以找"小小尼姑"转移她的愤恨,"小小尼姑"继续找"小小小尼姑"……通过这样一个转移关系,鲁迅揭示了中国社会的本质:"有贵贱,有大小,有上下。自己被人凌虐,但也可以凌虐别人;自己被人吃,但也可以吃别人。一级一级的制驭着,不能动弹,也不想动弹了。"①

第三种,自虐:当想象无法解决问题,又找不到转移对象的时候,自虐就成为缓解内心痛苦的有效方法。阿Q在一次赌博中赢了很多钱,但突然在一阵骚乱之后钱被人抢走了,"说是算被儿子拿去了罢,总还是忽忽不乐;说自己是虫豸罢,也还是忽忽不乐:他这回才有些感到失败的苦痛了。""但他立刻转败为胜了。他擎起右手,用力的在自己脸上连打了两个嘴巴,热剌剌的有些痛;打完之后,便心平气和起来,似乎打的是自己,被打的是别一自己,不久也就仿佛是自

①《鲁迅全集》第1卷,第215页。

己打了别个一般,——虽然还有些热剌剌,——心满意足的得胜躺下了。”对弱者而言,当屈辱带来了心理的失衡,又没有能力为自己讨回公道,那就只能靠自虐来维持心理平衡了,而这种自虐又助长了强者的凌辱,由此形成了恶性循环,社会也就一天天地败坏下去。

第四种,革命:以极端的方式获得极端的权力,使被虐者成为虐人者,实现社会等级的大翻转。阿Q本来以为革命便是造反,造反便是与他为难,但当他发现革命使百里闻名的举人老爷都害怕的时候,他对革命突然神往起来。这说明他对革命的意义毫无所知,仅仅希望依靠革命来获得自己的“优胜”地位,所以这仍是“精神胜利法”的组成部分。而他想象中的革命,只是为了满足自己的个人私欲:杀掉和自己有过节的人,抢劫财物,占有女人,使自己成为他人命运的主宰者。从这个角度来说,阿Q就是赵太爷,鲁迅分析说:“专制者的反面就是奴才,有权时无所不为,失势时即奴性十足……做主子时以一切别人为奴才,则有了主子,一定以奴才自命:这是天经地义,无可动摇的。”[①]中国封建时代的革命,基本上都是阿Q式的革命,江山易主,奴才依旧。用鲁迅的话来说:“称为神的和称为魔的战斗了,并非争夺天国,而在要得地狱的统治权。所以无论谁胜,地狱至今也还是照样的地狱。”[②]

阿Q“精神胜利法”的四种表现形式,充分说明了中国国民性的复杂病态。从艺术上来说,阿Q是一个成功的典型,他集自高自大与自轻自贱、争强好胜与忍辱屈从、敏感禁忌与麻木健忘等多重矛盾于一身,显示了性格的“二重性”;从文体来说,《阿Q正传》是一部“反传记”的传记小说,因为作为传记的几个重要构件(如传主的详细资料)都不具备,每一章的标题与实际内容也不相符,名曰“正传”,其实是“反传”,由此使小说获得了强烈的反讽效果。

三、《铸剑》:复仇者之歌

在鲁迅作品中,《故事新编》是一部奇书,它戏仿历史、针砭现实,跨越文体、搅乱时空,既有史实或传说的依据,更有信马由缰的虚构、点染和夸张,鲁迅称之为“油滑”,但实则是“一种观察人生世相的特殊眼光,是一种对社会、历史、文

---

①《鲁迅全集》第4卷,第542页。

②《鲁迅全集》第7卷,第75页。

化独特的认识方式"[①]。在《故事新编》的八篇小说中,《铸剑》"油滑"情节少一些,也深得鲁迅的喜爱,他说:"《故事新编》真是'塞责'的东西,除《铸剑》外,都不免油滑。"[②]其实《铸剑》中也有"油滑"的腔调(如那些歌词和对民众的描写),但与其他篇章相比,更严肃、深沉一些,所以就更值得珍视。

《铸剑》的本事来自于《列异传》、《搜神记》等古籍中记载的"三王冢"的故事。经过鲁迅的艺术加工,这样一个古老的传说,演变为一篇具有现代思想和现代审美品格的经典小说。在干宝《搜神记》中,眉间尺名赤鼻,他踏上复仇之路后,"王梦见一儿,眉间广尺,言'欲复仇'",鲁迅据此将其名更为眉间尺,并增加了其性格由优柔到果敢的转变,显得更为形象、生动。小说中最具魅力的人物黑色人"宴之敖者"[③]在《搜神记》中被称为"客",除此之外没有任何多余的交代。但在《铸剑》中,鲁迅称其来自"汶汶乡"(昏暗不明的地方),并对其形象进行了细致的刻画,突显其冷、硬、黑、瘦的特征。他还用尖利的声音唱着谁也听不懂的歌曲,更增添了其神秘性。他帮眉间尺复仇没有任何的功利目的,并拒绝一切的感激和赞美,他认为:"仗义,同情,那些东西,先前曾经干净过,现在却都成了放鬼债的资本。我的心里全没有你所谓的那些。我只不过要给你复仇!"这其实是鲁迅一贯的态度,他分析说:"中国人总喜欢一个'名',只要有新鲜的名目,便取来玩一通,不久连这名目也糟蹋了,便放开,另外又取一个。真如黑色的染缸一样,放下去,没有不乌黑的。譬如'伟人''教授''学者''名人''作家'这些称呼,当初何尝不冠冕,现在却听去好像讽刺了,一切无不如此。"[④]这是黑色人拒绝"义士""仗义"等称号的主要原因。对他而言,复仇本身就是目的,他就是复仇之剑的"精魂"——一个为复仇而诞生的幽灵。而在复仇中,他可以毁灭自己,这似乎是他的一个愿望:"我的魂灵上是有这么多的,人所加我的伤,我已经憎恶了我自己!"从这个意义上来说,他帮助眉间尺复仇,也是为了实现自己的复仇愿望:毁掉他自己!与眉间尺的伦理复仇(报杀父之仇)不同,他指向自身的复仇行为,是

---

①郑家建:《历史向自由的诗意敞开——〈故事新编〉诗学研究》,上海三联书店,2005年版,第138页。

②《鲁迅全集》第13卷,第299页。

③"宴之敖者"是鲁迅虚拟的名字。1924年9月,鲁迅辑成《俟堂砖文杂集》一书,题记用宴之敖者作笔名。后来他曾对许广平解释说,宴从"宀"(家),从日,从女;敖从出,从放,我是被家里的日本女人逐出的。以此来映射兄弟失和之事。见鲁迅博物馆、鲁迅研究室编:《鲁迅回忆录·专著》上册,北京出版社,1999年版,第327页。

④《鲁迅全集》第12卷,第392页。

复仇的另一种形式，它根源于内心深处根深蒂固的绝望和对绝望进行的抗争。正是在这个人的身上,鲁迅暗置了自己的复仇心理。鲁迅出生于越地,自古乃“雪耻之乡”,他的骨子里有着越王勾践的精神遗传。所以他对那些阻碍社会进步的恶劣现象和自称“正人君子”的伪善之士深恶痛绝,至死也“一个都不宽恕”！黑色人正是鲁迅这种复仇心理的外化。

小说结尾,先写眉间尺的头颅在鼎中嬉戏,继写两颗和三颗头颅在鼎中撕咬,集诡异、怪诞和真实生动于一体,读来惊心动魄、荡气回肠,确是难得一见的好文章。而鲁迅快意恩仇、“与子偕亡”的复仇精神,也尽在这些描写中得以呈现。

四、《春末闲谈》:并非闲话的“闲谈”

鲁迅的杂文内容广博:从国家兴亡到日常琐事,均有奇思妙论;艺术上更是自由灵活：它穿行于各文体之间，但又不同于任何一种文体，是名副其实的“杂”。可以毫不夸张地说，鲁迅杂文是中国社会的百科全书，鲁迅自己也说：“‘中国的大众的灵魂’,现代是反映在我的杂文里了。”[①]所以,要了解中国的社会、文化与人生,就要读鲁迅的杂文。

《春末闲谈》是鲁迅杂文的名篇之一,他的目的是讽刺中国的“阔人”(统治者)处处为自己的安富尊荣算计,而一群帮闲文人也积极为之筹划,但效果总不是太理想——被统治阶级的反抗是不可阻挡的,所以他们所有的威逼和麻醉战略,都将会落空。但鲁迅并没有在杂文中将这一题旨充分表达出来,而是有意站在“专为阔人图便利”的角度来行文,造成了强烈的讽刺效果。

文章开篇谈到了细腰蜂对小青虫实施的残忍的麻醉术,由此想到了中国封建社会的“圣君,贤臣,圣贤,圣贤之徒”一直就有细腰蜂式的理想,并为了这一理想提出了很多麻醉民众的理论,但效果总是不理想。为此他假意对造物主表示了愤恨:“一恨其没有永远分清‘治者’与‘被治者’;二恨其不给统治者生一枝细腰蜂那样的毒针;三恨其不将被治者造得即使砍去了藏着的思想中枢脑袋而还能动作——服役。”他设想,如果只让统治阶级有脑袋,那就不会有革命、共和之类的运动,世间也就太平了——这实在是绝妙的讽刺。但随后他想到了刑天,

---

①《鲁迅全集》第 5 卷,第 403 页。

即使没有脑袋,也还能"舞干戚",看来统治阶级"长治久安"的梦想是难以实现的。在替统治做了种种设想之后,作者笔锋一转,认为中国的情形可能会例外:因为中国有"特殊的知识阶级",他们长期帮助统治阶级麻醉民众,创造了所谓的文明,所以"精神文明太高了之后,精神的头就会提前飞去,区区物质的头的有无也算不得什么难问题"。作者以此来安慰中国的统治者:在"特殊知识阶级"创造的"文明"中,他们的理想在中国还是有实现的可能的。

整篇文章采用讽刺的语调,看似处处为统治阶级着想,替他们谋划,而实际上暴露了他们的残忍与愚蠢。尤为重要的是,文章还无情地批判了某些中国知识分子的无耻嘴脸。他们打着文明的旗帜,实际从事的是麻醉民众的勾当。从古代的"君子劳心,小人劳力",到近代的"特殊知识阶级",都是统治阶级的帮忙和帮闲,所以鲁迅说:"文界的腐败,和武界也并不两样,你如果较清楚上海以至北京的情形,就知道有一群蛆虫,在怎样挂着好看的招牌,在帮助权力者暗杀青年的心,使中国完结得无声无臭。"①

五、《再论雷峰塔的倒掉》:破坏与建设

雷峰塔相传是由吴越国王钱俶于北宋太平兴国二年(977)在西湖南岸夕照山上建造的佛塔,初名西关砖塔,后定名王妃塔,因建在名为雷峰的小山上,通称雷峰塔。1924 年 9 月 25 日,该塔倒掉。约一个月之后,鲁迅撰写杂文《论雷峰塔的倒掉》,对白蛇娘娘的遭遇寄予了同情,批评了法海的多事,并对雷峰塔的倒掉表示畅快。数月之后,鲁迅又撰写了《再论雷峰塔的倒掉》,这次没有提及白娘娘的故事,而是从雷峰塔倒掉的后果("西湖十景"少了一景)和原因(被民众破坏)两个方面,论述了中国民众的劣根性和中国社会的种种弊端。

首先是"十景病"。在中国"十"有完美、完整之意(所谓"十全十美"),所以中国人很迷信"十"。而在鲁迅看来,这种人造的"十"(完美)其实是自我陶醉、自我欺骗、掩盖矛盾、粉饰现实的表现,反映了"中国人不敢正视各方面"的恶劣习惯。雷峰塔倒掉之后,"西湖十景"不再完整,在鲁迅看来这是值得快意的事,因为借此可以给中国人一个刺激,让他们知道现实的缺憾,以唤起他们改革现实

①《鲁迅全集》第 13 卷,第 52 页。

的勇气。所以在对“十景病”的鞭挞中，显露了鲁迅的良苦用心。

其次是破坏。雷峰塔的倒掉是因为乡下人迷信，以为塔砖能够避邪，所以争相把塔砖挖到自己家里去，挖得久了，塔就倒掉了。由民众对雷峰塔的破坏，鲁迅想到了社会发展过程中“破坏”的含义，并由此提出了三种形式的破坏：一是革新者的破坏；二是盗寇式破坏；三是奴才式破坏。革新者的破坏指卢梭、斯谛纳尔、尼采、托尔斯泰等“轨道的破坏者”，“他们不单是破坏，而且是扫除，是大呼猛进”，由于他们“内心有理想的光”，所以这种破坏是社会进步的动力。但中国很少有这样的破坏者，“即使有之，也会被大众的唾沫淹死”！中国多的是孔子那样的聪明人，深通世故，不做明目张胆的破坏者，因而也就不会与公众为敌。盗寇式的破坏是指大肆地掠夺，准备把一切据为己有。中国人面对这种破坏的时候，就将破坏者奉为主子，或者另外拜一个主子，“在自己的瓦砾中修补老例”。中国历史经常在这种破坏与修补中循环，所以鲁迅沉痛地指出：“瓦砾场上不足悲，在瓦砾场上修补老例是可悲的。”奴才式的破坏“非如革新者的志在扫除，也非盗寇的志在掠夺或单是破坏，仅因目前极小的利”。这种破坏在中国长期存在着，就像雷峰塔一样，每人挖一块砖，最后挖倒了。挖倒之后，还找不到直接的责任人，这是十分悲哀的。

“十景病”和破坏是连在一起的，因为有“十景病”，所以热衷于在瓦砾中修补老例，于是就开始了破坏与修补的循环，也就难有真正的建设。

在文章结尾，鲁迅呼吁“革新的破坏者”，提醒国人不要堕入后两种，充分表现了他对民族前途的忧虑和希望。

六、《〈野草〉题辞》：直面灵魂的写作

《野草》是鲁迅创作的最为晦涩、难解的作品，它的很多篇章意象怪诞，思维跳跃，有时缺乏清晰的逻辑思路和明确的意义指向，由此带来了研究的困难。直到今天，《野草》研究虽然成果众多，但仍聚讼纷纭，难成共识。

《〈野草〉题辞》最初发表于 1927 年 7 月 2 日北京出版的《语丝》周刊第 138 期上，是鲁迅为即将出版的《野草》写的题辞，“总括着《野草》的全部作品以及作者的内心世界”[①]。

---

①[日]片山智行：《鲁迅〈野草〉全释》，吉林大学出版社，1993 年版，第 4 页。

鲁迅创作本篇时的心境极为恶劣。一方面蒋介石刚刚发动了一场骇人听闻的大屠杀，鲁迅因要求校方营救被捕学生未果而辞去了中山大学的一切职务；另一方面，鲁迅的个人生活也发生了巨大变化：他与许广平的恋爱引发了一些人的攻击和嘲骂，尤其高长虹的攻击，更让他深感失望和悲凉。在写完《题辞》半年后的一篇文章里，鲁迅对自己的心情进行了描述："我靠了石栏远眺，听得自己的心音，四远还仿佛有无量悲哀，苦恼，零落，死灭，都杂入这寂静中，使它变成药酒，加色，加味，加香。这时，我曾经要写，但是不能写，无从写。这也就是我所谓'当我沉默着的时候，我觉得充实，我将开口，同时感到空虚'。"[①]文章里说这是自己在厦门时的心情，事实上鲁迅从被"挤出"北京之后，心情一直不好，到广州后遭遇政治事变，心情更为苦闷。所谓"不能写，无从写"，除了文禁森严外，作者因思想颓唐对写作的意义产生了怀疑，也是主要原因。所以在编订《野草》的时候，鲁迅的心情是复杂的，也是灰暗的。百病丛生的现实与围绕个人生活引发的种种非议，使他心力交瘁，说还是不说，就成为一个问题，所以文章开篇就有了"开口"还是"不开口"的犹豫。

在表达了自己的言说困境之后，作者开始反思自己的生活："过去的生命已经死亡……我借此知道它曾经存活。"以死亡来印证存活，这是一种向死而生的态度，是对生命虚无感的痛切表达。"过去的生命"已经逝去，化为岁月的积尘——"生命的泥"，从这"泥"中生长出来的不是乔木，而是一本薄薄的《野草》，就是这《野草》也注定"将遭践踏，将遭删刈，直至于死亡而朽腐"。但鲁迅会为此而感到高兴，因为"话说到有人厌恶，比起毫无动静来，还是一种幸福"[②]。《野草》的死亡（遭践踏、遭删刈）恰恰见证了它的价值，他为此而欣然，而歌唱。

但无论怎样的黑暗终究不会长久，地下熔岩会在沉默中爆发，把黑暗烧成灰烬，包括一切乔木和野草，但到这时《野草》早已朽腐，也自然就"无可朽腐"了，他为此感到快意，并再次为之欣然歌唱。用他的话说，这"是专与袭来的苦痛捣乱，将无赖手段当作胜利，硬唱凯歌"[③]。

但心中毕竟储满了浓得化不开的悲凉，大笑也好，歌唱也好，其实仍然是空虚，是无奈，只能期待着《野草》的"死亡和朽腐"火速到来，作为自己曾经生存过

①《鲁迅全集》第4卷，第18—19页。
②《鲁迅全集》第1卷，第3页。
③《鲁迅全集》第11卷，第16页。

的证据，来化解内心的苦闷和虚无。

七、《影的告别》：无地彷徨者的独白

鲁迅自五四时期登上文坛之后，就一直坚守着自己的启蒙立场，笔耕不辍。他抉发传统的弊恶，抨击现实的黑暗，文笔辛辣，思想深邃。但在他竭尽全力冲锋陷阵的同时，他对文学的社会功能，对自己写作的价值时常产生怀疑："我想：文学文学，是最不中用的，没有力量的人讲的。"①一旦对文学失去信心，他对自身的生命价值也产生了怀疑："然而我至今终于不明白我一向是在做什么。比方做土工的罢，做着做着，而不明白是在筑台呢还在掘坑。所知道的是即使是筑台，也无非要将自己从那上面跌下来或者显示老死；倘是掘坑，那就当然不过是埋葬自己。"②他就这样一边怀疑着，一边写作着，毫无希望地做着好像很有希望的工作。他对中国的社会、对中国的未来、对所谓的知识阶级，几乎不抱希望，但他又在努力地想通过自己的翻译和写作，使中国的社会变好。正如有学者指出的那样："怀疑、希望、再怀疑、再希望，而终于无所希望、反抗绝望的情况，贯穿着鲁迅的一生。"③而在日常生活中，他常常陷入论争的漩涡，成为人们的围剿对象：有人骂他激进，有人说他保守，有人说他拿卢布，有人说他反革命……他自己也常常被骂得一头雾水，不明就里。这种根深蒂固的怀疑情绪和现实中的种种乱相，使鲁迅陷入了精神的危机——找不到自己的位置，没有归宿感。"两间余一卒，荷戟独彷徨"，"梦醒之后无路可走"，都表达了这种精神的两难，而《影的告别》准确地传达了没有归宿感的人生困顿。"影"的告别辞，就是鲁迅的内心独白。

"影"拒绝去天堂、地狱和未来的黄金世界，因为那里有他"不乐意的"，这与鲁迅的人生原则是一样的：他不苟且，不迁就，不退让，不调和，对于他"不乐意的"人或事，他都决不饶恕，竭力给以打击。出于同样的理由，"影"要告别他的主人，但到哪里去呢？去寻找光明吗？光明会使它消失。躲入黑暗中吗？黑暗会将它吞没。那就只有到"明暗之间"了，可是，哪里会有这样一个地方？答案只有一个："无地"。从时间意义上说，"明暗之间"只有两种可能：黄昏或是黎明。但这对

---

①《鲁迅全集》第 3 卷，第 417 页。

②《鲁迅全集》第 1 卷，第 283 页。

③王乾坤：《鲁迅的生命哲学》，人民文学出版社，1999 年版，第 186 页。

一个影子而言都没有意义,无论是黄昏后的黑夜,还是黎明后的白天,都不是一个影子能够存在的地方,似乎除了"无地"之外,它无处可去。可"无地"又是一个怎样的去处?虚空而已。鲁迅自己说:"我常觉得'惟黑暗与虚无'乃是'实有'。"[①]"影"无处可去的惶惑,就印证了这一点。但鲁迅不会屈服于虚空与黑暗,他"却偏要向这些作绝望的抗战",所以文章的结尾又显出了一些亮色:"只有我被黑暗沉没,那世界全属于我自己。"自己沉入黑暗中,和黑暗一同消失,以后就不会有别的影在黑暗里了,这是一种很崇高的牺牲精神。鲁迅在自己杂文中曾经表达过这意思:"自己背着因袭的重担,肩住了黑暗的闸门"[②],"影"最终以自己的陨灭,"肩住了黑暗的闸门"。

八、《女吊》:东方的"复仇女神"

鲁迅写过两篇谈鬼的文章,一是《朝花夕拾》中的《无常》,把"鬼而人,理而情,可怖而可爱的无常"写得栩栩如生;另一篇就是《女吊》,向读者介绍绍兴舞台上这个"比别的一切鬼魂更美,更强的鬼魂"。如果说鲁迅喜欢无常是因为他"人味"十足,那么他喜欢女吊则是因为她的复仇精神。鲁迅憎恶社会上的种种恶劣现象,更痛恨"正人君子"们摆出的那幅"公正"、"公允"的嘴脸,所以他提倡韧性的战斗,主张"以眼还眼以牙还牙"。也许正是这样一种精神,使鲁迅对女吊大加赞赏。叙述女吊的文字读上去都带上了浓厚的感情,如写女吊出场:"自然先有悲凉的喇叭;少顷,门幕一掀,她出场了。大红衫子,黑色长背心,长发蓬松,颈挂两条纸锭,垂头,垂手,弯弯曲曲的走一个全台。"写女吊的脸:"她将披着的头发向后一抖,人这才看清了脸孔:石灰一样白的圆脸,漆黑的浓眉,乌黑的眼眶,猩红的嘴唇。"鲁迅认为女吊的形象"比起现在将眼眶染成淡灰色的时尚打扮来,可以说是更彻底,更可爱"。他甚至设想:"假使半夜之后,在薄暗中,远处隐约着一位这样的粉面朱唇,就是现在的我,也许会跑过去看看的。"一个满身戾气的恶鬼,俨然成为一个夜半出来与人约会的绝色佳人。在介绍女吊的时候,作者时常插入一些精彩的议论来讥讽现实。这些突然插入的议论,看似枝蔓斜出,实则避免使文章变为单纯的知识介绍,并赋予它强烈的现实批判性,这也是

①《鲁迅全集》第11卷,第20页。
②《鲁迅全集》第1卷,第140页。

鲁迅杂文一贯的笔法。如写到“假鬼”的时候作者议论道：“这挤在人丛中看自己们所做的戏，就如要人下野而念佛，或出洋游历一样，也正是一种缺少不得的过渡意识。”自己做戏给自己看，糊弄一下别人，也骗骗自己，正是中国的要人们经常玩的把戏。写到戏台两边挂满了纸帽的时候，顺手加了一句：“就是高长虹之所谓‘纸糊的假冠’。”高长虹曾在攻击鲁迅的文章中说鲁迅“遂戴其纸糊的权威者的假冠入于心身交病之状况矣”[①]！鲁迅在这里提到高长虹，既调侃、讽刺了高长虹，也捎带着发泄一下自己心中的不满。在写到自杀的时候，他发挥道：“自然，自杀是卑怯的行为，鬼魂报仇更不合于科学，但那些都是愚妇人，连字也不认识，敢请‘前进’的文学家和‘战斗’的勇士们不要十分生气罢。我真怕你们要变呆鸟。”在文章结尾，谈到报复的时候，鲁迅的语言突然变得尖刻起来：“被压迫者即使没有报复的毒心，也决无被报复的恐惧，只有明明暗暗，吸血吃肉的凶手或其帮闲们，这才赠人以‘犯而勿校’或‘勿念旧恶’的格言，——我到今年，也愈加看透了这些人面东西的秘密。”这刻毒的文字，既揭示了深刻的道理，也攻击了对手，还深化了主题，可谓一举三得。

①高长虹：《1925，北京出版界形势指掌图》，载《狂飙》周刊，1926(5)。

对我来说，阅读和研究鲁迅是内心的一种需要。我的案头放着一套人民文学出版社 1981 年版的《鲁迅全集》，那是我刚刚参加工作时购买的。由于时常翻阅，已经有些破烂。鲁迅的文章如火如冰，像他笔下的“死火”一样，既有灼人的热度，又有寒气透骨的冷酷——那是正在燃烧的火焰结成的冰，我喜欢甚至有点迷恋这样的文字。

鲁迅曾经多次说过，他希望他的文章“速朽”，因为攻击时弊的文字，应该和时弊一同消失，否则就证明了他攻击的时弊仍在，这是让他最感悲哀的。然而，鲁迅已经成了不朽的作家，他的文字已成为经典，大有永世流传下去的势头。这对鲁迅来说，是多么残酷的事实。鲁迅何以不朽？因为我们需要他，我们还生活在他疾眼怒视、愤声呵斥的世界里。读鲁迅的文字，总觉得他就活在我们身边。他的很多话，似乎就是专门为我们今天准备的。如果有好事者，编一本《鲁迅论当今社会》，一定会有刀刀见血的效果。是的，鲁迅说过的很多话，放到今天，也让人捏一把汗。他的确是一位医者，一位高明的外科医生，生活在今天的我们，似乎还躺在他的手术台上。

熟读鲁迅会让人痛苦。他那些头角峥嵘的文字，总能洞穿种种假象，撕裂种种冠冕堂皇的把戏，显露出世间的本相来。浸润久了，就变得像他一样思考，世界从此变得丑陋不堪。这是一种幸运，更是一种不幸。有“竹内鲁迅”之称的竹内好对此有着深刻体会，他说：“与鲁迅的邂逅对我来说不是幸福的事情，邂逅本身不幸福，结果也不幸福。如果那时我不是在不幸之中，我也许不会与鲁迅相遇。我的不幸让我发现了鲁迅。虽然通过认识鲁迅而变得不幸福，我却开始‘感知’到自己的不幸，这比之幸福来说，其实是对我的一种‘抚慰’。”[①]能够“感知”不幸，说明感知主体已经不再麻木，不再浑噩，这就是鲁迅的意义。如果我们这个民族还需要更多的清醒者、批判者，需要剥掉粉饰、直面现实的人，那么鲁迅还不会过时，他的文字还会继续流传下去。

对于我个人来说，鲁迅文学已经成为生命的一部分，只有在写有关鲁迅的文章时，才能感受到自己被烧在里面、被煮在里面的痛苦与快意，那是一种痛快淋漓的生命体验。所以对鲁迅的阅读还会继续下去，有了新的感受，也还会继续写一些文章。

最后要说的就是感谢：

---

①[日]竹内好著，靳丛林译：《从“绝望”开始》，生活·读书·新知三联书店，2013 年版，第 3—4 页。

感谢发表这些文章的编辑们,感谢帮我校对书稿的朋友和学生们,感谢山西人民出版社的编辑们!

张全之

2014 年 12 月 10 日于重庆

图书在版编目（CIP）数据

背对故乡：鲁迅文学的多维阐释 / 张全之著 .--太原：山西人民出版社，2015.12

ISBN 978-7-203-09316-9

Ⅰ．①背… Ⅱ．①张… Ⅲ．①鲁迅著作研究 Ⅳ．①I210.97

中国版本图书馆 CIP 数据核字 (2015) 第 246057 号

背对故乡：鲁迅文学的多维阐释

著　　者：张全之
责任编辑：李建业
装帧设计：陈　婷

出 版 者：山西出版传媒集团·山西人民出版社
地　　址：太原市建设南路 21 号
邮　　编：030012
发行营销：0351-4922220　4955996　4956039　4922127（传真）
天猫官网：http://sxrmcbs.tmall.com　电话：0351-4922159
E—mail：sxskcb@163.com　发行部
sxskcb@126.com　总编室
网　　址：www.sxskcb.com

经 销 者：山西出版传媒集团·山西人民出版社
承 印 厂：山西力新印刷科技开发有限公司

开　　本：787mm × 1092mm　1/16
印　　张：11
字　　数：260 千字
印　　数：1—2000 册
版　　次：2015 年 12 月　第 1 版
印　　次：2015 年 12 月　第 1 次印刷
书　　号：ISBN 978-7-203-09316-9
定　　价：30.00 元

后记

这里收集的文章，除一篇演讲的记录稿和一篇会议论文之外，都是近20年来陆续发表或出版的有关鲁迅的文章。我虽然不是专门研究鲁迅的专家，但几十年来，不断地阅读鲁迅、讲授鲁迅，偶有所得，便写成论文，承蒙编辑不弃，这些文章陆续刊发在《中国现代文学研究丛刊》、《鲁迅研究月刊》、《粤海风》等杂志上。尤其是《鲁迅研究月刊》，成为我发表鲁迅研究论文最多的刊物。其中一些论文发表后也曾经引起过较大影响，有的还被多种选本收录。现在将这些文章收集起来，印成一本小书，有三个方面的考虑：一是为自己的鲁迅研究做一个小结，文章虽然有种种瑕疵，但毕竟是自己独立思考的产物，记录了自己这些年来在学术道路上蹒跚学步的过程。二是给关心我、鼓励我、支持我的师友们一个交代。在学术道路上，我每走一步，都离不开师友们的支持和帮助，感激之情无以言表，就将这本小书，作为一份作业，接受师友们的批评和检阅。三是便于学生阅读。有时在课堂上讲过鲁迅之后，就有学生问我有没有出版过研究鲁迅的书，但很遗憾，此前虽然出版或主编过几种小书，但没有一本是专门研究鲁迅的，现在就用这一本来凑数了。

特别需要说明的是，《为什么要废除汉字？——兼对一种流行说法的辨正》一文不是专门研究鲁迅的，也赫然在列。这是因为文中所谈的问题与鲁迅密切相关，鲁迅那句“汉字不灭，中国必亡”的诅咒，常常成为某些人攻击鲁迅的口实。所以就将这篇文章放在这里，让有兴趣的人知道，“废除汉字”一说非自五四始，而是有着更远的背景，同时也让人们明白，这一口号背后有着深刻的理论思考和难以言说的苦衷。